她比咖啡療癒

終燦——著

目次

楔子　每個人都有少女心

她想，有時候喜歡是一顆沒有顏色也沒有形狀的種子。

萌芽的起點，是產生好奇心的那一刻；不受控制的嫉妒心會催促幼苗生長；光合作用是一句話、一顆相伴捕捉的流星、一場在東京街頭的巧遇、一抹美麗卻奢侈的淺笑，或著，是當他唸著她的名字時的每一個瞬間。

獨自一人耐心呵護，偶爾明目張膽，時而小心翼翼，就這麼日復一日——

直到被自己捏碎為止。

第一章　十七歲的童話

整個世界在眼前天旋地轉，滾呀——滾呀——滾呀——不幸中的大幸是，幸好不是磁磚樓梯而是木質樓梯，幸好才踩到第六階而已，幸好不偏不倚跌進某個結實溫暖的懷抱……

唐知菲怔愣，身周的空氣彷彿在一瞬間被按下慢動作的按鍵——碰！一道悶厚的重擊聲響起。她墜地之際還是狠狠磕著了手臂，左手肘激起一陣痠麻，忍不住皺眉嘶氣，背後的肉墊也被撞得悶哼兩聲。

而混亂未退，她隱約又聽見頭頂飄來一道慵懶清冷的喃喃低語：「……沒事吧。」

她下意識晃晃腦袋，「還好，還活著——呃，什麼……啊啊啊！」

話還沒說完，唐知菲整張臉猛然被一隻狗掌硬生生踩過，右肩也冷不防被人用手指抵住，下一秒，身體被毫不留情地往左側一推——她一路滾到牆邊，額頭差點就撞上牆面。

她用力坐起身，一綹未乾的髮絲像藤鞭直接甩在眼皮上，無言地抽了抽鼻子，無心理會本就髒兮兮的自己變得更狼狽，目瞪口呆睨向那隻明目張膽踏過她的臉、現在正窩在某個男人懷裡一副受害者姿態想討摸的狗……但更過分的是面前這個男人，居然粗魯地直接將她推開！

「萌萌沒事吧，真可憐……被嚇成這樣。」

原來他剛才說的「沒事吧」不是在問她，是在問他的寵物。唐知菲感到有些荒唐地哈一聲，咬牙切齒扒開黏在肌膚上的凌亂髮絲。

然而，事情會發展成眼下這般慘況，都要回朔到十四個鐘頭又三十六分鐘前——

♠

傍晚五點三十四分，台北小巨蛋。

川流不息的歌迷粉絲，五彩繽紛的演唱會旗幟，巨大閃亮的ＬＥＤ視覺圖，不停歇的談笑喧鬧……唐知菲隻身蹲在地上，對比前後的成群結隊，頂著一頭金燦燦短髮的她在隊伍中顯得突兀，在此刻的人山人海卻又只是渺小的浮游生物。

唐知菲戴著耳機，兩手抓著手機，盯著看不下百遍的失眠星球新歌ＭＶ呵呵傻笑，春風滿面地活在自己的小世界，因為再過不久，她就能見到崇拜多年的偶像。

「失眠星球」是以四名成員組成的人氣樂團，唐知菲從十三歲那年開始成為粉絲，他們的音樂陪她走過無數上下學的早晨黃昏，是維他命和搖籃曲，也是一艘能任意在宇宙遨遊的飛船。

今天不是唐知菲第一次見到活生生的本尊，卻格外值得紀念，因為這次是失眠星球出道以來第一次大型全台巡迴演唱會的首站。

她期待這場演唱會整整六個月，努力存錢，拚網速拚人品順利搶到一張寶貴門票，拚死拚活考回段考班排第一名讓家人答應讓她獨自出門，前一晚亢奮得睡不著，如今終於、終於——

「哈囉——請不要插隊，要按照順序排隊喔！」

「你看旁邊那幾個人……欸欸幹，竟然真的擠進來了！前面的！解什麼壓縮啊，這次周邊又沒限量。」

「好痛！你踩到我的腳了！」

「又不是我踩的，是後面的——」

「喂，喂！不要推！啊——」

猛然間，後方人群紛紛往前擠，排在唐知菲後面比她高大許多的女孩本在講電話，卻重心不穩而手掌順勢往她頭上壓，導致她整個人被迫向前撲跪，耳機被扯下，連手機都摔在地上——

唐知菲顧不得自己膝蓋的疼痛，下意識想先撿回手機，而在一片吵雜紛亂間，一道模糊不清的聲音自旁邊響起，儘管音量不大，幾乎被周遭的人吃掉，她仍是隱約聽見了——

「同學，妳的票掉了。」

她瞬間內心警鈴大響，視線範圍同時出現一張票券，她起身接過，卻來不及看清對方的臉孔。

「對不起……妳有受傷嗎？」女孩連忙向唐知菲道歉。

她莞爾搖頭便轉回身，仔細檢查著手中的長方形票券，確認沒損壞便將它收回後背包。

「歡迎登陸失眠星球巡迴演唱會　黃31區16排7號」

唐知菲環顧左右人群，視線好奇地望向那一個個繁雜陌生的臉孔，根本無從得知哪一個才是好心人……她剛才連謝謝都還沒說呢。

晚間七點四十分，演唱會正式開場。

巨大場館激盪出源源不絕的尖叫聲，台下歌迷瘋狂跟著台上同樣沉浸在音樂的樂手們搖頭晃腦。音符釀出無數如夢似幻的時空，時而遊走在迷幻宇宙般輝煌，時而漫遊在午後森林般輕揚，是只屬於在場上萬粉絲的、效期只有一個夜晚的小世界。

唐知菲又哭又笑，右手緊緊握著會隨歌曲變換顏色的螢光棒，當耳朵被電吉他和爵士鼓炸得轟隆作響時，她震撼得連血液都沸騰，當主唱用迷幻帶柔的歌聲唱著她最喜歡的那首情歌時，她感動得心臟要融化，融出成串的眼淚，一雙眼在萬丈光芒下彷彿鑲著幾顆小星星。

根據粉絲們歷年統計，失眠星球演唱會平均會有二安可，她不敢相信這次竟被喊到了四安可！

然而，離自己預計離開小巨蛋去搭車的時間已所剩無幾，她此刻心情狂喜卻掙扎。

但只要自己的腳程再快一點，應該能搭上末班車……畢竟四安難得一見，今天實在太幸運了，下一次再來聽失眠星球的演唱會不曉得得等到何年何月何日了，她不捨地思忖。

於是唐知菲仍選擇留下，這難以忘懷的一夜，絕對能成為她人生自傳裡前五名的回憶。

最終還是來到依依不捨的散場，她被困在人海中動彈不得，只能隨波逐流，整個人飄飄然的，左臉頰黏著擦眼淚時乾掉的面紙碎屑，還沉浸在幸福卻有些空虛的餘韻。

連後方有個人不小心踩到她的鞋而出聲說了抱歉時，她也只是懵懵地轉頭向對方頷首表示沒關係，懸在眼眶的淚珠還掉了下來，就這麼繼續邊擤鼻涕邊往出口的方向擠呀擠——

霾雨霏霏。

♠

唐知菲呆若木雞杵在原地，面前那又灰又黃的大水窪泛著一點也不浪漫的漣漪，剛才那輛該死的跑車飆速駛過的引擎聲彷彿還殘留在耳邊——所謂從天堂一瞬間墜入地獄，就是這種感覺吧。

她疲倦地跌坐在路邊花圃，唯一沒被濺到水的後背包擱在腿側，徹夜未眠的雙眼乾澀無比，濕透的白襯衫混雜著細小的泥巴砂礫緊貼肌膚，頭髮也濕了，右臉頰還黏著一片被蟲咬破的落葉——

我到底招誰惹誰了……她遷怒地用力跺腳踐踏地面，欲哭無淚。

昨晚演唱會結束後，唐知菲才發現戶外正下著滂沱大雨，趕緊躲在出入口的圓柱旁手忙腳亂套上演唱會贈送的造型輕便雨衣，隨後衝進暴雨中，懷揣忐忑，奮力奔往捷運站。

起初一路上都很順利，卻在總算抵達捷運台北車站時，被旁邊爭先恐後的乘客擠往車廂更內側，她在混亂中來不及下車，就這麼硬生生被載往下一站。

等到她上氣不接下氣趕到火車月台時，卻只能眼睜睜看著那班預計搭乘的末班車駛遠。

她沒有親戚朋友住在台北，身上的錢也不夠付房費，只能先與家人聯絡後，到火車站附近一間二十四小時營業的速食店暫時避難，幸好行動電源還剩一格電量，至少能撐到明天早上。

她的褲管滴著水，本打算當紀念品的雨衣也破了大洞，只好沮喪地扔進垃圾桶，整夜下來，她心累身體累，只啃了一包薯條。

隔天一早，唐知菲搭了第一班火車回到新竹。

毛毛細雨的早晨，她研究著面前有些泛黃的公車時刻表，會經過她家小區的公車居然最快得等上兩個半鐘頭，但她真的好想趕快洗澡……於是決定硬著頭皮直接花兩小時徒步返家。

她面無表情地走了許久，直到不知不覺終於進入熟悉的小區，恍惚地望向遠方被薄紗般的白霧籠罩的山丘，雖然頭昏腦脹，卻忽然覺得今天的空氣特別好聞。也許是因為昨晚的雨洗滌了一切，但沒多久後，大概又會變得混濁了吧，所以是不是，時不時的就會需要一場滂沱大雨呢——

正這麼想時，一輛黑色跑車的輪胎急速壓過她面前的大水窪，濺起的水花如瀑布般朝她慢動作逼近……狠狠潑了她一身泥巴水，她完全來不及躲避，甚至硬生生吃了幾口髒水。

於是此刻，唐知菲整個人狼狽地像是一隻掉進臭水溝的小狗狗，灰頭土臉，看起來好可憐。

她相信人一生中有所謂的幸運與不幸的額度，那麼至今發生的一切，是否已用掉一些不幸了呢？

她撥開臉上的落葉，無聲冷笑，詛咒那輛車不得好死最好輪胎爆胎撞上電線竿——

「妳還好嗎……」

恍惚間，灰壓壓的天空驀然盛開了花海……不對，是一把有著花朵圖案的透明雨傘，唐知菲的視線順勢往下移動，印入眼簾的是一名陌生女子。

「需要幫忙嗎？妳全身……都濕了。」

唐知菲怔愣，氣若游絲地應聲：「喔呃，沒關係，謝謝……」尾音未落，一陣風吹過，濕透的白襯衫使涼意加倍，更讓她慢半拍意識到自己若隱若現的黑色內衣痕，半尷尬半害羞地縮起肩。

女子心領神會地微微一笑，聲線輕柔，提議道：「如果妳不介意的話，我工作的咖啡廳剛好就在附近，走五分鐘就到，至少——那裡有乾淨的毛巾可以先讓妳擦乾頭髮和衣服。」

其實這時的唐知菲彷彿處在半醉的狀態，迷糊間，只聽見有道如沐春風的嗓音，幾束光線朦朧地自雲層穿透落下，她瞇了瞇眼，發現女子的容貌在陽光沐浴下，更清晰了幾分。

女子有著一頭巧克力牛奶色的及胸長髮，身穿米白色洋裝，肩揹英倫風小包，標準的鵝蛋臉，唇瓣塗抹嫣紅色的唇蜜，整個人像套了唯美濾鏡，氣質就如對她釋出的善意一樣，溫柔又溫暖。

「……仙女下凡啊。」

「嗯？妳說什麼？」

傻笑著的唐知菲累到神智不清了，本只是在腦袋想想，卻說溜了嘴，幸好是喃喃自語的音量。

女子的名字是楊若伊，此刻雨已經不再下了，宛如隨著她的出現，帶出了晴天，蒸發了晦暗。

「……所以我現在其實很後悔，早知道就乖乖在車站等公車了。」唐知菲苦著一張臉。

「沒關係，反正就當……提早把霉運消耗掉！」聽著楊若伊爽朗的語調，她不自覺被逗笑。

「妳說妳住這附近，那妳的學校是吉川高中囉？」楊若伊將甩乾的雨傘重新用束帶綁起。

「對呀。」

「我以前也是讀吉高的，算算應該大妳……妳今年十七歲嘛，那我大妳七屆。」

「原來妳也是吉高的。」唐知菲併起右手五根手指置在眉尾，鬼靈精怪地笑笑，「學姊好！」

「哈哈哈，什麼啊！」兩人有說有笑，直到楊若伊彎進其中一處民宅縫隙間，這是一條只夠一個人擠的小巷子，「走這裡比較快，是捷徑……旁邊有磚頭凸起來，小心不要被絆倒喔。」

應該不會被騙吧，現在可是大白天喔，只要一叫立刻就會有人聽見——當唐知菲的右腳踏進昏暗巷弄的瞬間，腦袋閃過昨晚從電視機瞥見的社會新聞案件，雙手握拳戒備，再次緊繃了起來。

幾秒鐘後，強烈的晨光恣意襲來——

唐知菲下意識瞇了瞇眼，這一刻莫名令她聯想到《神隱少女》和《貓的報恩》這兩部電影，從漆黑到光明的幾步路似乎有幾分像小千、小春她們那樣的經歷……直到適應亮度後，她目瞪口呆望著面前一片乾淨浪漫的屋宅街道，佇立在她右側的路牌標示著：「澄河路19巷」。

唐知菲走馬看花地觀察四周，這兒住宅商家各半，大部分店面尚未營業，放眼望去是一排排五顏六色的樓房建築，明燦的黃、迷霧的藍、柔美的白、微甜的粉……其中屋頂有平有尖，幾戶陽台外牆種植了成串成團的花花草草，主街道由相對低調的石灰色地磚鋪成，翠綠的路樹，整齊的木長椅，歐式風格的老油燈……還算靜謐的空氣中，迴盪著簡練質感的氛圍。

面前的畫風像極了童話繪本的某頁村莊場景，她在這座城鎮活了十七年都不知道原來自己的生活圈竟藏著這樣的地方，好神奇啊，她心想。

楊若伊在一棟房子前停下，偏頭對她笑說：「我們到囉，很近吧。」

「咖啡堂」

唐知菲仰起臉，端詳著那塊釘在牆上的手寫招牌，原來店名就叫咖啡堂，還真是簡潔有力。

咖啡堂的地理位置靠近澄河路河堤公園的起點，整體是一棟兩層樓的房屋，和她鄉下外婆家的房屋歲數差不多，頂樓是一片架高的花草植栽，猶如數種繽紛花草編織而成的糖果屋屋頂，建築外牆是混雜著斑駁龜裂的米白色，彷彿歷經了一輪又一輪的風霜雪月，充滿獨樹一格的歷史感。

從落地窗無法一窺裡頭的模樣，因為被厚實的燕麥白窗簾掩得密不透風，入口大門是兩片胡桃木門的設計，也許是刻意有些生鏽的黑色門把上掛著鏈條吊牌，木頭小板刻著Close的字樣。

叮鈴——屋內一片幽暗，楊若伊將包包放在門邊的小沙發，摸黑打開吧檯燈，一簇暖橙色的光打亮部分玻璃杯盤和咖啡器材。唐知菲戰戰兢兢地止步於門口地墊，畢竟自己渾身髒兮兮的。

楊若伊注意到了，再次向她招手邀請進屋，並給她一條毛巾，「先擦擦頭髮，我要關門了唷。」

於是唐知菲挪動腳步，卻仍站在角落，頭頂罩著毛巾，熬夜奔波的副作用使頭又更悶脹了些，手裡捧著楊若伊遞來的溫開水，一口一口慢慢喝著，乖巧得像隻玩累了的小狗。

她往周遭環顧一圈，氛圍彷彿闖入一座天色將明未明的無人小鎮，勉強能藉由吧檯燈描繪出幾張餐桌椅的輪廓，還有牆上幾幅手繪畫作，乍看是很典型的咖啡廳裝潢，然後——叮鈴！

楊若伊望向大門，又瞥了腕上的手錶，朗道：「你回來啦，今天比較晚喔。」

此時推門入屋的是一名高䠷男人，他摘下右耳的無線耳機，戶外的陽光連帶偷偷流了進來，間接照亮他精緻的五官，表情卻是一張桀傲不馴的撲克臉。

「昨天沒睡飽，晚一小時才出門。」

「難得你會賴床。」

男人身穿一套黑白相間運動服，神情慵懶，聲音有幾分低啞，一頭墨黑短髮微亂甚至翹了幾根，卻有種冰山美人的氣質。他帶上了門，這才慢半拍發現恰巧被門片擋住整個身體的唐知菲。

「……」他沉默。

「……」她不語。

視線交疊的剎那，唐知菲發現男人竟微妙地瞪圓了眼，並不是被嚇到的那種，因此這令她也微妙地感到有些奇怪，而下一秒，男人又不著痕跡地恢復清淡從容的神情。

「她是誰？」男人問。

「我撿回來的。」楊若伊堆起笑臉，開玩笑地說，她輕拍唐知菲的頭頂，簡單介紹：「知菲，他是季沃，是這間店的老大，雖然比我小三個月。季沃，她是唐知菲，她也是吉高的學生喔。」

名為季沃的男人沉默了兩秒，走進吧檯，將左手提著的環保袋放在桌上，裡頭是幾顆紅蘋果，有些無奈地說：「……妳又在發什麼瘋了。」

儘管眼下氣氛似乎有些尷尬，唐知菲還是先禮貌地向對方打招呼，「……你好。」

季沃聞聲抬頭，只是輕輕頷首，唇角抿出淺淺陰影，沒有過多的表情和語句。

「什麼『又』……我是在來的路上剛好發現她一個人坐在路邊，而且全身都濕了，才想說帶來店裡讓她換件衣服什麼的，做人要有愛心一點嘛。」楊若伊嘟嘴擰眉，假裝不滿。

是女神啊，連皺眉都美，這世上怎會有這樣善良的人存在呢……唐知菲在旁邊偷偷膜拜。

「再過一個小時就要營業了，咖啡豆——」話至此，季沃陡然定睛在地板的幾個水痕鞋印。

罪魁禍首的唐知菲心一驚，正開口想道歉，身旁的楊若伊卻扛下責任，吐舌輕笑，「啊抱歉，我會再清理。」，並同時偷偷輕拍她的肩讓她別在意。

但季沃不知是有聽還沒聽見，直接推開一扇掛著黑板告示牌的深色木門，上面寫著「非工作人員請勿進入」，隨後拎出一支拖把，面不改色開始拖地。

「對了季沃，借我一下你家的吹風機唄，之前工讀妹妹的那件制服應該還放在倉庫吧……知菲，妳要不要先把濕的衣服換下來？可以暫時穿我們的制服。」楊若伊說。

「沒關係，我回家再換就好了。」楊若伊的熱心令唐知菲受寵若驚，受寵到有些招架不住。

「放心，都有送洗過了唷。」

「不是的，其實我不是在介意這個——哈啾！」話未說完，她就戲劇性地打了個超大噴嚏。

「妳看吧，小心感冒。」楊若伊從吧檯抽了面紙讓她擤鼻涕，「妳在這裡等我，我先去二樓拿。」

「呃，那，那我可不可以跟妳一起去——」唐知菲下意識開口，聲音還混著濃稠鼻音。

「哦，妳想跟我來呀？好呀，嗯……那季沃，可以嗎？」

站在旁邊的季沃始終是一張撲克臉，唐知菲偷瞄一眼，能感覺到他無聲的強烈抗議……而最終，他只是冷淡地也瞥了她一眼，繼續把地板拖上第二遍，「……別弄髒就好。」

獲得許可後，唐知菲乖巧地跟在楊若伊身後，還微顛起腳尖走，儘管褲管已經不再滴水了。其實唐知菲對於季沃待她的態度頗不舒服，因此不想單獨和他處在同個空間。偏偏剛才轉身之際，兩人又對上眼，他率先移開視線，她也聽見一抹近乎無聲的嘆息。我做錯什麼了？她心想。

這次換楊若伊推開那扇木門，門後是一段類似走廊的空間，先經過右側的員工休息室，往前幾步後是通往二樓的階梯，左側是地下室倉庫的入口，直走到底則是後院。

「那個……我用吹風機吹乾就好了，真的不用借我衣服。」唐知菲忍不住又婉拒了一次。

楊若伊頷首微笑，自己也有些不好意思了，「那就不勉強妳了，等等我帶妳去休息室，那裡有插座可以插電。」

「好的，謝謝。話說剛才那個男生……他就住在咖啡廳的二樓嗎？」

「對呀，這間咖啡廳的二樓就像一般住家，有客廳廚房房間等等，麻雀雖小五臟俱全，以前曾是給客人的用餐區，後來內部裝潢改建，才變成現在這樣的格局。」

「妳在這裡已經工作很久了嗎？」

「哈，看起來很久嗎？我大概做快兩年而已，其實本身還有其他正職工作。季沃比較早先待在這裡，他很厲害喔，大學一畢業就二話不說幫朋友一肩扛起整間店。」

「哇，好有義氣。」

「是啊，他其實很重感情。」

她們一前一後步上階梯，楊若伊竊聲爆料：「雖然他的個性偶爾比較龜毛難搞，又有某種程度的潔癖，我也常被他唸……噢，不知不覺跟妳愈講愈多，不好意思。」她自嘲地笑了笑，唐知菲也笑了，表示自己很樂意聽，於是她語調放軟，「不過其實他人很好，所以妳別放在心上唷——」

原來她剛才有注意到，唐知菲想著。儘管走在前方的楊若伊看不見，她還是乖巧地點了點頭。

楊若伊打開有些厚實的木門，門沒鎖，自然地走了進去，唐知菲則站在門外的鞋櫃旁等她。

安靜在小小的空間擴散，她嗅到一抹咖啡香氣，隱約聽見近在遠方的水晶音樂，忍不住打了個哈欠，好想睡啊……然而下一秒，一隻肥肥壯壯的柴犬從門縫鑽出，猶如脫韁野馬般飛撲而來！

「呃啊——」唐知菲被嚇得心臟要從喉嚨噴出，她腳步慌亂，一個重心不穩直接失去平衡。

「……喂，喂——妳小心——」而這時，正要去倉庫的季沃路過，聽見來自二樓的騷動，先愣了愣，隨即便有個髒兮兮的龐然大物朝他撲來，結果不偏不倚被迫當成了肉墊。

於是，才造成此時此刻這般慘況——

「我知道踢到你家寵物是我的錯，我也知道撞到你是我的不對，我很抱歉……但好歹我也是受害者，況且嚴格說起來有一半原因也是狗狗突然衝出來害我嚇到……我不是故意的，所以也沒必要直接用力把我推到旁邊吧，至少先說一聲『要起來沒？』再推開也可以啊……」唐知菲難得發了一頓脾氣，這讓她更覺得莫名其妙了，有種被冤枉的委屈感，「不懂得要憐香惜玉餒……」

其實她怕狗怕成這樣的原因，是源於幼稚園時曾被狗咬傷小腿，至今仍記得那隻吉娃娃的名字叫作小白，老是喜歡黏著她，從此一朝被蛇咬十年怕草繩。

一早就厭世的季沃慢條斯理站起身，低頭看了眼身上的白色T恤，不看還好，望了一眼後他臉色更難看了，「嗯——」他無聲地深呼吸一口氣，挑釁般的微微勾起唇角，「我只看到一個小瘋子。」

「你、你說誰瘋子——沒禮貌！」她要抓狂了，不甘示弱地咆哮反擊。

「妳的頭髮……」他的視線毫不遮掩地往她身上審視了圈，恥笑冷哼，「亂七八糟。」

「天啊，你們兩個怎麼了——」聽聞聲響的楊若伊跑下階梯，手上還拿著吹風機，緊張地詢問兩人，「跌倒了？有受傷嗎？沒事吧——」

然而她左看右看，一邊是臉很臭的少女，正狠狠瞪著比自己高上兩顆頭的男人，半乾半濕的頭頂彷彿還能燒出蒸氣。另一邊則是頂著一張撲克臉的男人，正以天生優勢居高臨下與氣到面紅耳赤的少女對瞪，他胸口的位置突兀地印上一塊可笑的濕印子，而萌萌事不關己地舔著方才挨踢的地方。

楊若伊雖見兩人沒事，但對此刻一觸即發的戰場滿頭霧水，正想問發生什麼事時，唐知菲卻先開口，並將用過的毛巾摺好，雙手遞給她，「姊姊抱歉，我想先回家了，謝謝妳的毛巾，拜拜。」

然而，當唐知菲彎腰撿起混亂中不小心甩到牆角的後背包時，某道沉聲自一旁飄來——「謝謝呢？」

她賭氣地故意咚、咚踏步轉身，好像會咬人的兇狠視線對上季沃，皮笑肉不笑……「謝、謝！」

幾天後，一家四口用完晚餐，唐知菲爬回沙發看電視，現在正在重播《來自紅花坂》，等待廣告時，她無意間在桌上雜誌堆內發現某樣東西，驚呼：「旅行社？日本？要出國玩？誰要出國玩？」

「妳爸公司今年員工旅遊要去東京四天三夜，這小冊子是先給大家參考行程用的，他說今年要帶我去，自從生完妳們兩個後我跟妳爸就沒出過國玩了。」唐母摘下頭上的鯊魚夾，雀躍地說。

「那麼好！我也要去……」

「員工眷屬可以打五折，但名額被我占去囉，想去的話自己出旅費，妳妹也說她自己會出錢。」

唐知菲哀愁地咬著西瓜，想想自己那乾癟的錢包，嗚嗚咽咽，「沒錢……」

「妳之前作文比賽得優選的獎金呢？」

「花光了。」

「上次申請英文檢定的獎學金呢？該不會也花掉了吧。」

「畢竟——物慾是無窮無盡的。」她理直氣壯，「我有看到街上那間二手書店在徵暑期工讀，所以明天上完暑輔後想直接去投履歷面試。」

「妳不要又亂買一堆沒用的廢物，像那個螢光棒買了要幹麼，還不是晾在那裡生灰塵。」

「哪是廢物——如果遇到停電就可以把螢光棒當照明燈了，還可以變色，超有氣氛喔。」

然而翌日，唐知菲騎腳踏車去街上早餐店買早餐時刻意經過那間二手書店，卻發現徵人公告不見了。猶豫幾秒，她進店詢問，才得知昨天已經有人面試錄取了，當下不禁有些懊惱，自己應該要更積極一點才對。

「菲菲妳幹麼自己在座位發呆，我們要去打掃了喔。」副班長反身坐進她前方的座位。

唐知非指尖把玩著橡皮擦，「……問妳喔，妳這個暑假有要打工嗎？」

「沒有耶，我家人叫我現在先專心讀書，等上大學之後再打工，怎麼了？」

「沒啦，因為我現在超想打工……」

「妳缺錢喔？」

「缺——缺啊，這世上應該沒人不缺錢吧。」

「也是啦哈哈，大家都愛錢。」

「唉算了，先去打掃，早點掃完早點放學，不然等等又要被老師趕了，走吧。」

唐知菲的打掃區域是校門口，她將畚箕裡的落葉倒進橘色塑膠桶後甩著竹掃把晃到警衛室，偶爾會給她糖果吃的警衛伯伯人不在，桌上倒是有一個漂亮的淺藍色紙袋——

「……知菲？」

恍惚間，身後響起一道呼喚，唐知菲轉過頭，驚喜地睜圓了眼，「……咦？是妳，哈囉！」

楊若伊溫和的笑顏近在眼前，正午烈陽被樹叢削弱了強度，過濾後的斑駁碎光散落在她身周，一頭長髮紮成俏麗高馬尾，領口微敞開的白襯衫搭配合身的藍色牛仔褲，手上提著一個小野餐籃。

「我外送咖啡過來，原來今天是暑輔，還在想不曉得會不會碰到妳，結果就在校門口巧遇了。」

「看來這是緣分了。」唐知菲嘿嘿笑，「原來你們還有提供外送喔？」

「其實只限定吉高啦哈哈，從咖啡堂騎車到這裡不用十五分鐘，我跟季沃都是吉高畢業的，班導……喔，現在應該是教務處主任了吧，還有其他幾個老師是我們的常客，所以有空就會直接外送過來，警衛伯伯也很喜歡我們家的甜點喔，妳下次可以來吃吃看！」

「好啊，我超愛吃甜點的，上次也沒機會吃到。」

「對了，妳今天放學後有空嗎？因為妳的——咦？」

她話說到一半，卻見唐知菲突然視線上仰越過自己的頭頂，接著兩隻手一上一下握住竹掃把握柄，帥氣地將一顆天外飛來的棒球不偏不倚打回去，砒——

「靠，見鬼了，啊球怎麼自己飛回來？」不遠處的操場傳來某個男孩子的驚恐叫嚷。

「剛才有球飛過來，差點就砸到妳了。」唐知菲放下竹掃把，卻見楊若伊有些發愣，試探性地問：「……怎麼了嗎？喔對了，請問妳剛剛說了什麼呢？可以再說一次嗎？」

聞聲，楊若伊回過神，莞爾道：「……我是要說，妳今天有沒有空來咖啡堂一趟，妳的學生證忘記帶走了，大概是那天不小心從包包掉出來的吧，我本來想直接拿來學校還妳，結果我也忘了。」

「原來掉在那裡，妳人也太好了，那我等等放學後就去拿。」唐知菲連忙彎腰道謝。她在暑輔前一晚才發現學生證不見，但完全沒印象在哪弄丟的。起身時又問：「那我可以跟妳交換LINE嗎？」

楊若伊見小女孩太過禮貌舉動笑了笑，「當然好，那我等妳來。」

後來唐知菲獨自前往咖啡堂，將腳踏車停在店門旁的花圃，她有些緊張，推開了門。叮鈴——

「歡迎光臨……嗨，妳來了。」清脆的鈴鐺聲敲亮一抹輕柔嗓音，吧檯內的楊若伊加深笑意。

「妳、妳好，我是那個吉高的——呃，我來拿學生證的。」唐知菲莫名有些結巴。

「好，那妳先在旁邊找個座位休息，等我一下下喔。」楊若伊親切示意，並取出兩個透明外帶杯開始調製飲品。

悠揚的水晶音樂在偌大的空間流動，唐知菲選了靠落地窗的角落座位，抱著書包，伸直了腿，布鞋鞋跟抵住地面，晃呀晃，好奇地左右觀察，畢竟上次是在太過突然且尚未營業的情況下闖入。

牆壁乾淨得像是一張巨大畫布，若有似無的燦亮日光從落地窗傾瀉而入，與天花板的圓形電燈巧妙融合，霧面的淺灰色地板，門旁有張白色小沙發供外帶顧客稍坐，店內共有三張兩人桌與五張四人桌，放眼所及的每張餐桌椅、吧檯、嵌在牆內的收納櫃，甚至是後場門等等皆是以木質打造，類似楓木的紋路色澤，她愛極了咖啡堂的環境，彷彿置身一座溫潤清爽的小森林。

接著她視線轉往牆上一塊軟木塞留言板，彩色小圖釘釘著幾張紙條，兩三張明信片和拍立得相片被紙膠帶黏住，發現其中一張明信片下藏著一張失眠星球的演唱會票券——

「久等了，這請妳吃，中午剛出爐的唷。」

正當她想細看是哪一場次時，楊若伊端著托盤靠近，上頭擺著一碟棋格餅乾和冰涼的檸檬水，而一旁內用的客人剛好起身離開了，便又先去收拾桌面。

慢步調的氛圍下，唐知菲看著她忙碌的身影，一口接著一口吃著餅乾，忍不住暗自竊喜幸好那個男人似乎不在這裡。

「好吃嗎，這是季沃做的喔。啊對了……妳的學生證，我去休息室拿。」楊若伊走近，隨即又轉身推開後場門。

門板即將闔上的瞬間，唐知菲聽見她似乎正和某人說話，漸弱的語句自門縫竄了出來：「……那個妹妹已經來了唷。」

不妙的預感，唐知菲背脊發涼。下一秒，才闔上的門又被打開了——隨之走出的是季沃。

「……」她沉默。

「……」他也沉默。

尷尬在這一刻爆炸，她嘴裡的餅乾還未嚥下，快速朝他頷首後僵硬地望向窗外的行人，佯裝若無其事。而他對她的出現並不意外，僅是淡淡瞥了她稚嫩的側顏，視若無睹地走進吧檯。

季沃仍記得那個令人厭世的早晨──前一晚被塞在豪雨中的車陣許久，還倒楣碰上車禍，所幸只是車殼凹傷，但到家已是深夜，睡眠不足的他隔天一早犯了胃痛的老毛病，心情自然也沒好到哪去，又莫名被當成肉墊……總之是個相當糟糕的早晨。

當時唐知菲離開後，楊若伊問發生什麼事，季沃只是簡單解釋，打算回房沖澡的時，餘光瞥見地上躺著一張學生證。

他彎腰撿起，清冷的目光掃過唐知菲的名字，直接塞給楊若伊，「妳帶回來的，妳負責處理。」

「好啦，我再想辦法還她……好懷念，吉高的學生證還是跟以前長一樣耶──」

嚓、嚓──思及此，季沃回神，繼續專注備料。

他熟練地托著刀片將切丁的蘋果放進透明碗，從上方層架取出木鏟，視線穿透幾個倒掛的高腳杯縫隙，不偏不倚逮住小女孩做賊心虛轉過頭的瞬間……她偷窺的伎倆有待加強。

「來，妳的學生證還妳。」楊若伊坐進唐知菲面前的空位，「對了，妳現在有在找打工嗎？」

唐知菲將學生證收回書包，「打工嗎，有是有──」

「太好了，我們在找長期工讀生，有沒有興趣？」

哐啷！吧檯猛然傳來玻璃碰撞的聲響，座位區的她們納悶地望去，只見季沃氣定神閒地重新將蘋果丁倒入平底鍋和融化好的奶油和三溫糖一同拌炒。

楊若伊拉回視線繼續說：「別看現在店裡空蕩蕩的，其實平常還蠻忙的，除了假日外平日也常爆滿……不過不勉強唷。」

唐知菲指腹摩挲著玻璃杯思考著，楊若伊的提議十分誘人，這或許是個值得把握的機會，天時地利的條件都滿足，雖然人和的部分……

食物沸騰的聲音和濃郁的甜香若有似無融在空氣中，唐知菲視線默默往吧檯飄去，不料季沃竟同時抬眸。這次她被當場抓包，肩膀還很不給力的抖了下，就見他淺淺勾起唇角，她知道這絕不是善意的微笑，而是在恥笑。

他淡定地皮笑肉不笑，她懊惱地咬著下唇肉，四目相對之下，電光火石之間，彼此無聲地擦出一場劍拔弩張——

下一秒，唐知菲率先移開視線，彎起明亮的笑眼，向楊若伊說：「好呀，我有興趣！」

「真的嗎，太好了，那——」

「……慢著。」此時，從頭到尾都被晾在一旁的季沃終於發聲。

唐知菲從那張桀傲不馴的撲克臉抓到一抹極其微小的驚慌，儘管只有一瞬間，她卻有種得逞的快感。

「好吧，我們還是得先走完正式的面試程序。」楊若伊壓低肩膀，俏皮地朝她眨了個眼。接著她單手托腮，轉頭對他說：「季沃，你忍心看我跟木藤累死嗎，最先提議想再找工讀生的不就是你嗎？而且都刊登多久了卻都沒有你滿意的……上一個妹妹還被你嚇跑，你要適時多笑一點啦。」

季沃沒回應，只是慢條斯理地將塑形好的蘋果派送入烤箱，接著從收銀機旁的小布籃摸出原子筆和便條紙，默默走向她們的座位，輕輕將紙筆放唐知菲面前。

稍微居高臨下的角度使唐知菲必須仰起臉，季沃一部份身軀融於自窗外流入的逆光，她看不清他的表情，只聽見他說：「在紙上留下妳的名字和聯絡方式，後天傍晚五點有空面試嗎？」

她愣了愣，才趕緊回答：「……有。」

「好，那我們後天傍晚五點見。」

回到家後，唐知菲打開筆電上網找到咖啡堂的Instagram，置頂貼文是徵人公告，最新貼文是三天前發布的新款甜點，平均每週更新一次，貼文字句讀來親和又飽含詩意，愛心數和留言數以這領域並不算多，卻仍有一定基礎數量。

她想著自己本只是去取回學生證，卻誤打誤撞獲得了一次面試機會，其實在回答當下有一半是抱持著惡作劇的好玩心態，因此對於季沃的反應她是意外的。她知道他對她這個人大概也沒有什麼好印象，所以就算不會錄取……也是情有可原吧。

面試當天，傍晚五點零五分，咖啡堂沒有客人，夕陽餘暉照亮室內一隅，一個穿著白色襯衫的女孩正襟危坐，一個身穿牛仔藍襯衫的男人長腿交疊，兩人中間橫著一張桌，面對面乾瞪眼。

與那一天同樣的炎熱天氣，與那一天同樣的落地窗位置——只是坐在唐知菲對面的人從親切溫柔的楊若伊變成相對陌生冰冷的季沃。

三秒、四秒……寂靜的第五秒，唐知菲保持著像在拍證件照的表情，心想現在是要等什麼時辰嗎——

「嗯，我們開始面試吧。」結果下一秒季沃就說話了。

他拾起桌上那張沒有任何摺痕的履歷表，眼眸微斂，開始閱覽，她的筆跡雖算不上工整但間距相當整齊，又向她確認了些基本資料後話鋒一轉：「妳現在十七歲，怎麼會想要打工？」

來了，預料之中的面試問題，她胸有成竹，微笑應答：「主要想透過實際進入社會環境拓展更多的視野，並累積社會經驗，一方面想充實自己，一方面也希望藉由多方嘗試，瞭解自己將來適合的就業方向，而且，也很喜歡咖啡堂給人的氛圍……」

然而這串公式化的回答讓唐知菲自己愈講愈心虛，季沃當然也察覺到了，她有些尷尬，以為他會皺眉，卻發現他反而淺淺地揚起了唇角。

「那真心話呢？」

「……我缺錢。」

「好，很誠實。」

嗯嗯嗯？誠實？他的結論令她感到意外，聽起來像在稱讚她——不管了，就當他這是稱讚。

季沃收回原本交疊的雙腿，左手胳臂輕輕置在桌緣，右手指尖夾著一支原子筆，隨興轉了兩圈，確認般的又問：「妳真的想在咖啡堂打工？」

唐知菲眼神堅定，「對，我想在這裡打工，而且我是真的很喜歡咖啡堂，這也是我的真心話。」

於是接下來季沃直接開始說明關於工讀生的工作內容，融化的夕光將他的輪廓沾上一瓢金燦的柔焦，白淨的側顏刷上透明感，氣質竟也顯得幾分優雅，唐知菲邊聽邊寫進筆記本記錄起來，他說話的速度稍快卻口齒清晰，過程中也會停下問她有沒有哪裡不清楚。

「目前時薪是兩百二十元，妳的時段主要會跟我的班別搭配，但都可以視情況彈性安排調整時數，上班會供餐，員工福利也不會少，例如我們另一個工讀生做了一年多就胖了五公斤。」

「好的。」看他淡定地爆某人料，她嘴角忍不住抽動兩下，「那請問我要什麼時候報到呢？」

「下星期一早上十一點報到，到時候會給妳名牌和制服，也會有一份員工資料表需要請妳填寫，想穿球鞋或皮鞋都可以，以方便就好。」面談告一段落，季沃將桌面紙筆收齊，「如果以上都沒問題，今天的面試就到這裡結束——歡迎妳加入。」

唐知菲也趕緊頷首道謝，內心同步想著以為他至少會稍微微笑一下，結果依然是那張撲克臉。

報到第一天，唐知菲有些緊張也有點興奮，今天負責帶她的人是一位叫高木藤的大三男生。

「知菲，包包可以先放這格置物櫃，它以後就是妳的囉，記得鑰匙要保管好，不然——」

「……不然？」抱著屬於自己的名牌及制服的唐知菲聞言，也默默跟著瞠圓眼。

「不然季沃他會碎碎念，我上次被他唸了整整半天……超扯！半天！他不渴我都嫌渴了……喔對，他也蠻會嘴人的，等變熟後妳就能體會了哈哈哈——喔，嗨季沃。」

季沃淡定地直接忽略高木藤，目光朝向唐知菲，問：「知菲，有帶妳的身分證影本嗎？」

「有的，在這裡。」唐知菲連忙將手中的資料交給他。

「好，謝謝，那妳今天就跟著木藤走一遍流程。」語畢，正要退出休息室門框時，他冷不防朝高木藤飄了一句：「想讓我們再變得更熟一點嗎？」

「夠熟了、夠熟了——」高木藤呵呵笑。

季沃離開後，唐知菲好奇地問高木藤：「對了，那我應該怎麼稱呼他才好，直接叫他店長嗎？」

「他不喜歡別人叫他店長，妳就直接跟我們一樣叫他季沃就好囉。」

後來，高木藤繼續領著唐知菲逐一介紹工作環境，從一樓吧檯及用餐區，跳過二樓的季沃住所，走到頂樓，頂樓種了幾株香草，她還注意到角落一隅擺著一張淺木色的編織躺椅。

「喔，那張躺椅是季沃放的，他會上頂樓曬太陽，以後在倉庫或二樓都找不到他，那妳來頂樓就對了……我們的營業時間從早上十一點到晚上七點，每週日公休，偶爾也會提早打烊，總之就是蠻隨興的。走吧，下一站帶妳去地下室的倉庫看看。」

倉庫坪數不大，幾座囤放備品及器材器具的鐵架聳立，褪色的牆面嵌著兩盞中世紀風的壁燈，橘紅色的光不算明亮，天花板只有一盞小小的陽春電燈，乍看各處堆滿了物品，卻亂中有序。

「相信嗎，我在這裡打工一年多，到現在從沒見過半隻蟑螂，連屍體都沒有。」

「真的假的？」唐知菲不太相信，高木藤的語調彷彿在分享一則都市傳說。

「真的啦，雖然沒有蟑螂，但曾有蛇出沒，所以夏天的時候一定要記得把後院鐵門關緊。」

高木藤打開後院小燈，「後院的功能就是……後院，旁邊那個是萌萌偶爾會用的狗屋——喔，萌萌是季沃養的狗，也算店狗，妳應該沒看過吧，妳今天可以叫季沃把牠放出來，牠很可愛喔。」

不不不，其實她有看過，還被狠狠飛撲過，牠很可怕——唐知菲回想那天的慘況仍心有餘悸。

「那平常萌萌只會待在……二樓而已嗎？」她試探性地開口詢問。

「對呀，平常不會隨便讓牠下樓，怕有狗毛……但偶爾打烊後會讓牠出來，而且有些客人還會特地來找牠……」見她驚恐地倒抽一口氣，高木藤挑眉，「原來妳會怕狗喔，沒關係，熟能生巧，久了就不怕了！好，那接下來跟妳介紹一下逃生路線——」

「躲狗的嗎？」

「當然是遇到火災時的逃生路線，妳超誇張！」他捧腹大笑。

下午兩點半，穿著一身亮眼白色連身褲的楊若伊也來了。

「哎唷！今天休假的大明星竟然出現了。」正往機台裝填咖啡豆的高木藤嘻笑出聲。

楊若伊失笑，「少耍白痴了，我趁中午拍攝空檔來看看我們家工讀妹妹……她去吃飯嗎？」

「剛進去而已，季沃也回二樓休息了。拜託，有我帶，她立刻就上手了好不好。」

「你可不要教她一些有的沒的。」她推開後場門，走往休息室。

楊若伊一手扳住門框，只探出一顆頭偷看，而裡頭的唐知菲絲毫沒發現她的出現，正坐在靠牆的沙發上啃著三明治，還在播放影片的手機被晾在桌面，表情有些呆滯地望著窗外的藍天。

一百五十九公分的嬌小身材，淺棕色的蓬鬆短髮，白嫩的娃娃臉，稍嫌寬鬆的牛仔藍襯衫和腰間的深褐色皮製圍裙，一雙墨黑色的大眼睛在午後日光下透著琉璃般的水光，她整個人散發的氣質像一隻無辜又乖巧的小狗狗——

好可愛！楊若伊忍不住心想，接著直接坐上她旁邊的布椅凳，「嗨，知菲，第一天還適應嗎？」

一見來人，唐知菲喜上眉梢，連忙嚥下嘴裡的食物，也嗅到一抹揉合茉莉與甜橙的淡淡香水味。不久前她曾問高木藤，才得知楊若伊今天排休，後天才會一起搭到班，還有些小失望。

「可、可以的，大家人都很好。」與她如此近的距離，唐知菲竟害羞得紅了臉。

「放輕鬆就好，接下來請多指教囉，叫我若伊就可以了，以後有任何事都可以找我。」她笑。

一天、兩天……唐知菲很快就習慣在咖啡堂打工的生活，工作內容不難，加總起來卻相對繁雜，她幾乎聽完他們三人講解一次便能融會貫通，現在也已能獨立完成一整天的作業流程。

「知菲，妳去幫我叫一下季沃好嗎？結帳系統怪怪的……但他手機放在這裡。」吧檯的高木藤一頭霧水翻著有些破舊的說明書，邊按著POS機螢幕。

「好。」唐知菲點點頭，先去了休息室，又繞到倉庫，但都沒看見他人影，便直接走往頂樓。

內側鐵門是敞開的，她伸手推開外側紗門，嘎咿——炙熱的光線刺得她下意識瞇了瞇眼，左右環顧了下，果不其然發現季沃正隻身躺在那張編織躺椅睡午覺，她悄聲朝他的方向走去。

「季沃。」唐知菲喚道，沒反應，「……季沃，起來了。」還是沒醒？睡太熟了吧。

微弱的鼾息幾乎被頂樓的風吃掉，他胸膛平緩地微微上下起伏，肚子上還擱著一本攤開的書，像睡美人般依舊沉沉睡著，殘暑的豔陽悄悄收斂了幾分，吹拂而過的風並不黏膩，反而夾帶著絲絲涼爽，斑駁碎光零散地灑在他清淡的睡顏。

唐知菲安靜地蹲下抱膝，偷偷觀察季沃的臉，她想起高木藤說季沃喜歡曬太陽，但其實他的肌膚在男生中算是相當白皙細緻，長得真漂亮，可惡，好羨慕啊……接著又忽然萌生一種想法，此時此刻沐浴在陽光下的他，就好像是一隻喜歡曬日光浴的白貓——

思及此，她不禁噗哧笑出聲，連忙掩住嘴，本正熟睡的季沃反而這才睜開眼睛，緩緩起身。

唐知菲立刻起立倒退兩步，半舉著手，一副「沒，我什麼事都沒做！」的做賊心虛樣，若無其事地咳了兩聲，「高木藤找你，POS機好像有問題。」。

「……喔。」睡眼惺忪的季沃只是簡單應聲，便下了躺椅默默走向門口。

陽光也默默變強了，唐知菲跟著要離開，卻發現他忘了書，乾脆隨手一撈，順便幫忙帶下樓。

目前為止在咖啡堂打工的日子十分充實且有趣，唐知菲覺得自己簡直是用上這輩子一部分的幸運才換得這樣的機會，幾乎沒什麼能挑剔了……幾乎。唯一需要費心習慣的是季沃無可救藥的潔癖，為什麼總覺得咖啡店的店長好像都有潔癖呢？當第四十次被季沃碎念時，她在內心吐槽。

「唐知菲！妳過來——」

被點名的唐知菲聽見季沃難得拔高音頻的喊聲，用膝蓋猜都知道是什麼事，不慌不忙將手上的泡沫沖淨，旋上水龍頭，心不甘情不願地走往休息室。

「我剛才垃圾有丟好，桌面也擦乾淨了，我發誓沒像上次掉屑屑在地板——都檢查過了喔。」

唐知菲半舉高雙手，在他開口前先發制人。靠坐在沙發左側的季沃長腿交疊，手裡拿著一杯冰拿鐵，犀利的目光對上唐知菲堅定的氣勢。

「是嗎，妳自己過來看。」

「……怎麼可能，我就真的都擦過了。」她哀怨地吐出一口長氣，像被欺負的小媳婦般蹲下身將茶几裡裡外外掃視一遍……赫然發現剛才吃午餐時坐過的位置前的桌緣竟沾著一滴番茄醬。

「妳到底怎麼吃的可以吃到連桌子邊緣都能沾到。」他咬下一口烤飯糰，惡婆婆似的碎唸。

唐知菲倍感無奈，要氣出內傷了，就那麼一小滴而已！直接當做善事順手把它抹掉不就得了！回到吧檯，高木藤見唐知菲臭著一張臉，想必又是季沃惹的禍，有些好笑地湊近關心，於是她也忍不住抱怨了剛才的事。

「哈哈哈，所以妳明白為什麼我會說我在這裡一年多從沒看過半隻蟑螂了吧，不過我也覺得直接幫忙擦掉就好啦，這我挺妳。」高木藤拍拍她肩膀。

「我都懷疑他是不是故意想找我碴了。」她抓著菜瓜布，用力刷著乾淨到已經會反光的盤子，「……啊！不然他一定是要報上次在門口被我嚇到的仇，其實我本來是要嚇你的你知道嗎。」

「他沒那麼幼稚啦，但那時我真的笑死，第一次能看到季沃有那麼驚恐的表情。」

「……不然就是還在記恨昨天的事。」

「昨天？昨天怎樣，說來聽聽。」

昨天上午只有唐知菲與楊若伊搭班，楊若伊將千層蛋糕放進甜點櫃時，唐知菲去倉庫拿外帶用的紙袋，她伸手摸上電燈開關，卻仍一片漆黑，才想起楊若伊剛才說電燈燒壞了，季沃下午上班時才會換新燈泡，於是她憑藉印象，直接鑽入最後一座鐵架走道，探頭探腦尋找要的東西。

然而當她拎了兩串紙袋要回去時，右腳才抬起，面前冷不防冒出一堵人牆，只差幾釐米就撞上，壁燈橘紅色光芒在此刻顯得詭譎，導致她膽子也縮小了，嚇得大叫：「呃啊！」

唐知菲身體反射性倒退踉蹌一步，屁股不小心撞上鐵架，老舊支架禁不起撞擊開始搖搖欲墜……有不祥的預感！於是下一秒，她敏捷地原地抱頭蹲下——

本以為鐵架上的雜物會掉下來，豈料瓶瓶罐罐穩了，反而是暗藏其中的一袋包裝有瑕疵的麵粉倒了，粉末如漫天雪花直接砸在來不及閃避、還偏偏人高馬大的季沃身上。

唐知菲驚險躲過一劫，雖然肩膀還是沾了一點麵粉，也才意識到自己反射性就躲進鐵架與季沃之間的狹窄縫隙，擅自拿他當盾牌擋了。

「唐知菲……」猙獰的季沃咬牙切齒，猶如惡魔低語，下一秒卻被一口麵粉嗆到咳個不停。

「我不知道——就、就挺突然的。」慌亂間，唐知菲連忙起立並縮著身要鑽出去，不料右手拎著的那串紙袋擠在膝蓋側，間接又撞上鐵架，近乎風吹草動的推力讓邊緣的一罐紅茶茶葉順勢落了下來，不偏不倚砸到季沃的腦袋——咚！

「……妳想死嗎？」

「我不怕死，我怕痛。」

「妳——」季沃語塞，一時之間竟被她理所當然的誠實堵得啞口無言。

「誰叫你一聲不響地突然出現，一般人都會被嚇到好不好……我以為你還在家睡覺。」

「睡妳個大頭，早就醒了！」

季沃氣炸了，平時的從容優雅瞬間灰飛煙滅，表情難得扭曲崩潰，渾身沾滿白茫茫麵粉的他看上去既狼狽又好笑，於是唐知菲還真忍不住噗哧笑出一聲，結果又遭來他惱羞成怒的一陣罵。

高木藤聽完後哈哈大笑，戲稱：「我會笑死，你們兩個怎麼有點像少女漫畫裡常見的那種歡喜冤家。」他覺得這個唐知菲有時候就像個吃膽子長大的少女，總能輕易擊破季沃那張萬年撲克臉。

「別別別，我都起雞皮疙瘩了……」唐知菲嫌棄搖頭，嚴正修改，「沒有歡喜，只有冤。」

在咖啡堂乍看世界和平的氛圍之下，唐知菲與季沃兩人其實經常發生你一瞥我一瞪、你一推我一踢的狀況，或許是頻率不對，也許是電波相斥，儘管隨著日漸相處，對彼此的存在也變得習慣，卻仍時不時會摩擦出如初相見那時劍拔弩張的火花。

例如幾天前的傍晚，一下子同時來了幾組客人，店內瞬間人滿為患，高木藤負責外帶結帳的客人，季沃氣定神閒地在吧檯處理餐點，而唐知菲則如工蟻般端著托盤穿梭在各桌間。

其中一桌是三個年輕媽媽帶著四個小朋友聚餐，媽媽們聊著育兒經，小朋友們乖乖坐在椅子上吃烤布蕾，卻有一個小女孩爬下椅子開始在店裡橫衝直撞，還差點撞上桌角，幸好一旁經過的唐知菲眼明手快及時伸出自己的手掌當肉墊才免於血光災難。

然而好奇心旺盛的小朋友體內搭載耗不完的電池，來回之下，唐知菲除了點餐送餐外還得身兼監視器，然而一個不留神，小女孩這次居然硬是伸手抓住遺落在吧檯的叉子揮舞。

「不行喔——」唐知菲皮笑肉不笑，趕緊將叉子抽回來，順便也把刀子拿得遠遠的。

小女孩無辜地皺著小臉，扯著稚嫩童音開始呃呃啊啊，彷彿在指控她搶走了自己的玩具。

「這個叉子很危險，妳不行玩，乖，回去找妳媽媽喔——」

「我要！我要！」

天啊，她頭好痛，到目前為止她幾乎什麼都學得快學得好，唯一就是拿小朋友沒轍……幸好這時小女孩的媽媽總算發現自家孩子不見了，連忙一把抱起抓回去揍她屁股。

「畢竟小孩對小孩的殺傷力不大。」季沃從旁經過，默默冷笑，風涼地飄了一句。

唐知菲扭頭瞪他，「你是在說我是小孩？」

「難道妳不是嗎，十七歲的唐知菲小朋友。」

這傢伙一天不找她碴會死嗎。

♠

下課鐘聲響起，下午第一節課結束，教室掀起吵雜的聲響，撐到最後十分鐘才陣亡的唐知菲懶洋洋地趴在攤開的歷史課本，又打了個哈欠。昏昏欲睡間，她聽見身旁女生們正談論關於初戀的話題，默默也回想起自己小學曾暗戀班上那個跑最快的男生，國中時曾湊熱鬧地關注某個風雲人物學長，後來卻不曾再認真喜歡誰誰誰了……回想至此，她起身撈過桌上的水瓶喝水，迷糊想著自己所有的喜歡大概都奉獻給失眠星球了。

而這時，女孩們轉而討論起自己的童年男神，其中一人注意到唐知菲醒了，邀她一起加入。

「童年男神？那當然是庫洛魔法使的李小狼，還有審判者月！」

「還有海斗跟羽山秋人！」

「可是擅自亂親人這種事在現實生活中早就被賞一巴掌了吧，還是怪盜基德好，完全是個浪漫紳士來著！」

「還有服部平次啊，雖然是鋼鐵直男，但爽朗聰明又專情，感覺就很疼老婆，還會劍道跟騎重機，關西腔超可愛的啦。」

「論專情誰比得過鳴人，他可是追佐助追了整整六百多集的癡情男人！」唐知菲握拳捶桌，大家笑成一團。

「霍爾呢！怎麼可以忘了提到他，又帥又可愛，黑髮金髮都可口！每個少女的初戀耶，這麼完美的男人哪裡找。」

「還有貓的報恩的貓男爵！我的初戀竟然是一隻貓。」

「雖然他不算童年但我唯一的男神只有里維兵長，身高一米六氣勢一米八，太反差萌了，好想被他踹——」

「看不出來原來妳隱藏這麼深的M屬性。」

「還有卡卡西老師，他曾經是我的理想型。」

「說到理想型，說來說去那當然還是白龍，又溫柔又體貼的暖男，還會親手捏飯糰哈哈哈！」

於是話題又順勢一轉，女孩們興致勃勃地談論一串關於理想型的各種條件，幽默風趣、聰明斯文、成熟穩重、價值觀相同的、誠實的、長得帥的、有錢的……

「那知菲呢，妳比較喜歡怎樣類型的人？」

「我喔，我想想——」唐知菲托腮，倒也不是很認真思考，卻先想起楊若伊和高木藤的模樣，「個性比較陽光開朗吧，總是笑臉迎人的那種。」

今天唐知菲和高木藤是晚班，早班的楊若伊等等六點就下班，季沃休了兩天假，帶著萌萌回位於隔壁鎮的老家去了。

休息時間到了的唐知菲端著剛做好的冰焦糖瑪奇朵推開後場門，看見高木藤正坐在後院的階梯吃銅鑼燒，他聽聞腳步聲轉頭，笑嘻嘻地朝她招了招手，示意她過去。

下午四點左右下了場大雨，直到十分鐘前才停歇，灰壓壓的雲團逐漸飄遠，留下一地潮濕。

「幹麼坐在這裡餵蚊子呀？」她坐在比他高一層的階梯位置，拆開鮭魚飯糰的包裝紙。

「沒蚊子啦，我有點蚊香。不覺得剛下完雨後變得很涼爽嗎，而且妳看那裡有彩虹。」他說。

淺藍淺橘的漸層天空，雲朵間藏著一截彩虹，被雨水滋潤後的空氣聞起來清新濕濡，綿延的雨珠斷斷續續地沿著屋簷落下，沾濕了水泥地，萌萌的狗屋附近積了小水窪，滴答、滴答、滴答——

唐知菲和高木藤邊吃邊閒聊，聊到最近聽的音樂，她這才得知原來他也是失眠星球的粉絲。

「那你有去過他們的演唱會嗎？」難得在生活圈遇到同樣狂熱的粉絲，唐知菲難掩興奮。

「當然有，雖然……現在有愈來愈難搶的趨勢。」入坑兩年的高木藤不禁苦笑。

兩人你一言我一句聊得熱絡，話題也從失眠星球聊到上星期剛開播的某部動畫，他們平常都喜歡看日本動畫，互相分享了不少自己的口袋名單。

「對了，我昨天跟我同學她們聊天，講到關於理想型的話題。」

「是喔，那妳的理想型是誰？」

唐知菲豪邁地把鮭魚飯糰塞進嘴裡，兩頰鼓得像是囤食物的松鼠，嘿嘿笑：「噢——我說你。」

「咳！」高木藤差點被流到喉間的冰美式嗆到，「原來我是妳的理想型……難不成妳其實——」

「只是理想型而已，理想型。不代表我喜歡你的意思。」見他一臉「妳要跟我告白嗎可是抱歉我還沒準備好」的浮誇表情，她被逗笑，從口袋拿出面紙，讓他把嘴角沾到的咖啡擦一擦。

「妳這是給糖又給毒藥嗎，太傷我的心了……不過，有時候理想型真的只是理想型，到最後反而真正喜歡上的是完全相反的類型。」他將擦過的面紙揉成一團。

而這時，唐知菲自己剛才的舉動卻莫名使她分神地想起某次到休息室吃晚餐，早她二十分鐘休息的季沃在沙發用筆電處理公事，只見他眉心攏緊，專注到絲毫沒發現她進來了，桌上那碗跟她的晚餐相同口味的奶油義大利麵甚至完全沒動。

於是她輕手輕腳拉過布椅凳，選擇坐在距離相對最遠的位置，塞進耳機，架起手機，配著蠟筆小新開始大快朵頤。直到吃飽喝足準備離開前，她刻意擦淨桌面上下，畢竟那隻潔癖鬼就活生生坐在對面，而這時某人才遲遲發現她的存在。

唐知菲像要解釋什麼似的澄清：「……我沒吵到你，我剛才都很安靜喔。」語落，她才開始納悶自己這是在幹麼，「呃，我要出去了。」

「我什麼話都沒說。」而季沃更不懂她幹麼一副作賊心虛的模樣，怪小孩。

然而當她跨出休息室的瞬間，他卻突兀叫住她。她先是疑惑，隨即無奈喊冤：「吼唷，我現在只差沒把酒精拿出來噴桌子了，你也太龜毛了吧——」

「但妳忘了妳的嘴巴。」他用下巴指了指桌上的面紙盒，嫌棄道：「髒死了。」

她這才發現自己嘴角還沾著醬汁，默默抽了面紙擦掉，心想季沃根本比她家老媽囉嗦一百倍。

「倒是我有點好奇，妳當初怎麼會想染一頭金髮，這麼醒目的顏色教官或家人看了不會說什麼嗎？」高木藤問，以前他跟幾個朋友用噴霧噴了一頭挑染，回到家後阿嬤氣得拿藤條追著他打。

「那個啊，其實是因為我跟同學打賭輸了，想說反正再過幾天就放暑假了所以沒關係，結果當天回家後我爸嚇到，以為我要加入黑社會，我媽還把我罵了一頓。」她聳肩笑道，話鋒一轉：「對了，我後來發現原來咖啡堂這間店已經有五十幾年的歷史了。」

「很驚人吧，第一代店長傳給兒子，第二代店長又傳給女兒，季沃跟若伊和第三代店長很熟，特別是季沃，她兩年前去日本定居到現在，當時季沃毅然決然幫她顧這間店，畢竟是家族代代相傳的心血，總不可能到她回來前都關著，不過其實我也不清楚細節，我也只見過她幾次。」

「原來季沃只是暫時代理店長，這麼說來，若伊和季沃也真的認識很久了。」

「他們從國中就認識了，我一開始還誤會他們是情侶，才知道若伊已經有論及婚嫁的男友了。」

「那季沃現在也有另一半了嗎？」

「沒有，其實我本來也以為有，蠻意外的。」

季沃一百八十三公分的高䠷身材，牛仔藍襯衫加皮革圍裙及黑褲，腳踩一雙休閒而率性的黑色軍靴，七三分的微捲瀏海下若隱若現藏著濃黑眉毛，細長眼眸蘊著清澈的水光，氣質優雅斯文，模樣卻又有幾分雅痞。當他偶爾卸下撲克臉，輕輕上揚的唇角經常勾得藉喝咖啡之名行搭訕之實的女孩女人們心花朵朵開，唐知菲和高木藤曾私下調侃季沃每天「笑的額度」都留給客人了。

「對了，倒是半年前某次下班吧，我跟季沃去附近新開的小吃店吃熱炒，因為那天比較累，我們不小心酒喝多了，我很好奇，所以就問他有沒有女朋友……」高木藤回想著，「他說沒有，我問為什麼，他含糊回現在還不想談戀愛。說真的，季沃其實酒量不好，是那種喝了酒後很好拐的類型——所以我又追問，那你有喜歡的人嗎，他先是搖頭，結果沒幾秒又點點頭，雖然有點搞不太懂，但他當時出乎我意料的坦率。」

「所以如果想聽到季沃的真心話，把他灌醉就好？」唐知菲靈光一閃，不懷好意地抿嘴壞笑。

「呃，也不是這樣啦，哈哈哈……」他怔愣，發現自己似乎不小心就把季沃的弱點給賣掉了。

「你們兩個，窩在這邊偷偷講八卦吼。」這時，楊若伊神不知鬼不覺地突然從後方冒出。

「喔幹，超過休息時間了，那我先回前場囉。」高木藤收拾腳邊垃圾，起身離開。

換回便服的楊若伊坐在唐知菲身側，抱住膝蓋，含笑仰望天空，「現在應該習慣咖啡堂了吧？」

「已經當自己家了哈哈哈——沒有啦開玩笑的。」唐知菲發現那道彩虹不知不覺已經消失了，「雖然有時候很累，要做的事也很雜，可是大多時候都很好玩，而且我特別喜歡和妳一起搭班。」

「哈，妳是不是今天吃太多糖果了。」楊若伊聽了開心，忍不住就伸手揉揉她的腦袋。

身為獨生女的楊若伊從小一直想要個弟妹作伴，父親長期在外地工作，懂事以來她為了照顧體弱多病的母親，總是醫院學校兩邊跑，童年的玩伴是刺鼻的藥水味及醫院裡的護理師姊姊們。

長大後，母親的身體慢慢恢復正常，但當面對同儕間的人際關係時，她卻已變得遲鈍且畏懼。

直到十五歲那年認識了季沃。而唐知菲以年紀來說的確是小妹妹，卻也是個可愛討喜的朋友。

時序進入晚秋，粉橘的晚霞，成群的候鳥，傍晚時分的澄河路河堤公園正有不少人在散步運動，綿延的長條步道下方各遍布三座簡易棒球場，偶爾假日會舉辦棒球比賽，總是能吸引路過的民眾靠著木圍欄觀看。

今天是星期日，套著卡其色寬鬆大學T和牛仔短褲的唐知菲一個人愜意地溜著滑板，耳鬢的碎髮被風吹得凌亂，她最喜歡像此刻這樣的天氣，燦爛的夕陽餘暉像裝飾用的，卻還是保留一點點的暖意，挾帶涼意的微風拂過頰畔，不到冷的程度，卻讓空氣變得更清爽鮮明。

某處突然響起一陣歡呼，是底下球場有兩所國中棒球隊正在進行比賽，打擊手適時敲出一記二壘安打，原本三壘的跑者順利跑回本壘得分，而接著，她還發現眼尖前方有一道熟悉的身影。

身穿一套深藍色運動服的季沃一個人手肘靠著木圍欄，夕光照耀下，他眉眼含笑，視線正望著那場棒球比賽。

哦——是季沃呢。唐知菲順著身體節奏，右腳往地面掂了下。幼稚的玩心蠢蠢欲動，她俐落地繼續向前滑行，打算要在溜過去的同時偷偷嚇他一跳。

十七歲的唐知菲小朋友噙著惡作劇的笑意，然而就在距離剩兩公尺之際，她半舉起右手準備要拍他肩膀，意料之外的萌萌卻冷不防從季沃腳邊冒出來，比他還早一步發現正離他們愈來愈近的她，猶如脫韁野馬般興奮地朝她的方向暴衝。

「萌萌，不可以亂跑……」季沃順勢抬眼，立刻就看見一臉猙獰的唐知菲，「唐知菲？妳在幹麼——」

一陣混亂間，她為了躲避萌萌，當機立斷硬是扭身順勢拐個角度，指尖卻還是剛好擦過他的外套拉鍊，她無暇出聲回應，只見萌萌繼續追著她跑，她明明跟牠打照面的次數用一隻手就數得出來，怎麼就老愛黏著她，根本是追殺！一路逃亡，她趁機躲入某根樹幹死角期盼能騙過萌萌。

豈料下一秒萌萌陡然從左邊竄了出來，如困獸之鬥的唐知菲欲哭無淚，束手無策地任憑兩隻狗爪攀在她的大腿上，只得雙手緊抱著滑板高高抬起。

這時，季沃從後方追上，左手拎著狗繩和用來裝萌萌大便的塑膠袋，步伐輕鬆，神情愜意。宛如天降甘霖，苦著一張臉的唐知菲見唯一的救星出現，立刻嗚嗚嗚的求救：「季沃——你快把牠抓走！」

「抓什麼抓，好難聽。」他蹲在一旁，頗有閒情逸致地半好奇半納悶問她：「妳怎麼會怕狗怕成這樣啊，該不會是小時候被狗咬過？」

她直接忽略，張牙舞爪地再次求援：「你快點啦！」

「求我啊。」

「求你！」

「萌萌過來，不要再欺負她了——你怎麼這麼愛黏她。好，坐下。」季沃出聲，聰明的萌萌立刻乖乖地「放過」唐知菲，回到主人身側蹭著他的手臂想討摸。

這下唐知菲總算能鬆一口氣，她知道萌萌每次都只是單純想跟她玩，她愈躲牠反而愈興奮，可自己也總不能心眼狹小的跟一隻換算人類年齡已是中年大叔的小狗計較，於是她將砲火轉向整個過程都在看好戲的惡劣主人。

「你真的很幼稚欸，都幾歲人了。」唐知菲皺眉，她現在是真的生氣。

「不多不少，二十四歲。」季沃隻手托腮，似笑非笑，理所當然地回答。

這傢伙，不但良心被狗啃還是個存心要把她氣到一次少十年壽命的討厭鬼！

第二章　朝聖者

寒意咆哮的藍色星期一，下午三點半，晚班的高木藤把後背包塞進置物櫃，路過白板時順便看了下昨晚季沃印出來的班表，走回前場，此時店裡沒有客人，早班的唐知菲正掂著腳擦落地窗。

他伸手接過她的抹布，接續清潔她沒辦法搆到的部分，「看妳月底排了四天假，要出去玩啊？」

「對呀，我爸公司員工旅遊今年要去日本東京，雖然天數算短，但眷屬有補助，我媽也想說很久沒一家四口一起出門玩了。」唐知菲掩不住雀躍地堆起笑，這其實是她第一次出國。

「不錯耶，反正以後還多的是機會再去，而且妳到日本的時候還剛好是聖誕節期間，我去年也自己一個人到京都大阪玩十天九夜……欸對了，妳知道季沃下個月也要去東京嗎？妳是星期三、四、五和六，他是星期三、四和五……」高木藤拿起玻璃清潔劑往落地窗噴了下，撇過頭，瞇眼懷疑：「你們兩個該不會是私下約好要放生我跟若伊然後自己去逍遙吧……」

「白痴喔，怎麼可能啦，要找人逍遙也是先找……若伊一起好嗎。」唐知菲笑著吐槽，「季沃也是跟家人朋友去旅遊嗎？這樣的話等於那三天只剩你和若伊兩個人顧店，忙得過來嗎？」

記得前陣子她提早先跟季沃知會自己下個月想連休四天，他什麼也沒提，只說好，他知道了。

「不是耶，就他自己一個，好像是私事，我也沒多過問，不過其實季沃本來有考慮要退掉機票，因為若伊星期五那天也要休，雖然我是覺得我自己一個人顧店忙得過來啦，也不是不曾顧過，結果隔天他就跟我說：『星期五直接公休一天吧。』」

「……也太隨興了吧。」她噗哧一笑，難怪這次班表的公休日多了一天。

傍晚接近五點鐘，冬季的白天暗得快，轉瞬之間天色已一片昏暗，連星星都冒出來了。

高木藤去巷口子母車丟垃圾，唐知菲正用除塵撢清潔角落的書架，這將近三十本的書以散文及國內外小說為主，其中幾本是高木藤貢獻的漫畫，平常有閱讀習慣的季沃也提供一本足足四百頁厚的散文集，剩下的書全是愛書成痴的楊若伊大方捐贈的。撢得一塵不染後，她將書一本本放回書架排列整齊，卻不小心讓其中一本頗厚實的書掉在地上，連忙拾起檢查，幸好沒撞傷。

她房間的床頭櫃也擺了幾本書，有小說，有詩集，也有科普類型的書籍，看完一本書的時間總是拖得很慢很久，習慣在睡前讀完一章節的範圍，更多時候是被文字催眠就睡著了。

指腹輕輕撫摸，紙張的觸感自指尖傳遞而來，書本設計採用童話故事的元素，封面書名的印刷質感和橙黃色書衣紙質不一樣，她發現這是上次季沃在頂樓看的那本書，隨意翻了翻，這是一本三年前出版的散文集，作者的名字是木頭人。

唐知菲不自覺席地而坐盤起腿，在第三百二十三頁的地方夾了一張書籤，她眼眸微斂，情不自禁地一字一句往下閱讀，第一段寫著——

「這是一座寧靜的湖，一顆石子投入水中，泛起了圈圈漣漪，漣漪卻永不止息，我是湖，而你是石子。」

「外面有夠冷……」高木藤推門入內，顫著牙關，「哇靠，知菲妳坐地板不冷嗎，話說妳可以下班了耶，妳要陪我到打烊我也是很樂意喔——」

唐知菲聞聲抬頭，思緒也從書中拉回現實，她哼哼笑，「才不要咧，我要下班回家吃飯了。」

雖然不知道這書籤會是誰放的，她還是小心翼翼將它重新放回原本的頁數，接著把書放回屬於它的位置，打算之後有空再借來看。

♠

座標——日本，東京。

機艙窗外的景色隨著升空，從熟悉的台灣土地轉瞬變成遼闊無邊的鮮明雲海，橫越蔚藍的海洋，約兩小時四十分的飛行時間，飛機最終緩緩降落在成田機場，唐知菲臉上的笑容也愈發閃亮。

這趟四天三夜的行程安排許多觀光客常去的知名景點，又名東京天空樹的晴空塔、處處蘊含歷史和綠意的上野恩賜公園、都市心靈綠洲的明治神宮、穿越江戶時代的雷門淺草寺，她還脫隊晃到藏在寺廟後方的淺草神社……而唐知菲最期待的其實是倒數第二天，一整天的自由活動。

然而當天一早她卻受經痛之苦，抱著馬桶哀哀叫苦，只能羨慕地看著家人出門逛街。後來睡睡醒醒直到下午一點，經痛舒緩許多，她重生般的洗漱著裝迅速出門，哼著小調展開遲來的旅行。

臨近聖誕節，城市各處充滿屬於聖誕節的元素，十二月的東京氣溫平均只有個位數，空氣乾燥清冷，但今天特別晴朗，陽光將金黃色的銀杏樹襯得明媚飽滿，她也忍不住用手機拍下幾張。

唐知菲前陣子迷上手帳，一直想去位於自由之丘的一間名叫「金曜日の探偵さん」的文具店，於是果斷走往附近的澀谷車站再轉車，途中也傳訊息向家人告知一聲。

她隨意站在其中一道候車線，聽著不懂意思的車站廣播，閃爍的目光描繪著月台站牌，連普通的候車月台都倍感新鮮。不久，她搭上東急東橫線的電車，十二分鐘左右就抵達自由之丘站了。

唐知菲穿梭在人群中步出地鐵站，儘管一半臉都埋在圍巾裡，卻仍掩不住她興奮的神情，輕輕拉下圍巾往半空中呼出一口氣，白煙一下子就緩緩消散，越過斑馬線，雀躍地邁步前往目的地，在搭電車時已事先上網查過路線，大致能抓準要在哪個路口轉彎。

唐知菲將雙手塞進羽絨外套口袋，沿途發現各式各樣的品牌商家，從高五層樓的雜貨賣場，到隱藏在巷弄間彷彿奇幻電影才會出現的小屋，法式風格的花鋪、顧客大排長龍的可麗餅、種滿綠色植栽的簡約香氛店、舊書店、相機與鋼筆、酒吧、時髦的輕食餐廳……直到路過轉角一座小小的粉嫩鐘樓，不知不覺來到那個頗具地標性的、隱沒在水泥森林的威尼斯小社區。

她橫跨那座紅磚小橋，繼續走馬看花漫步在乾淨的石板路上，目光被牆面成排的老油燈吸引，這兒悠閒靜謐的氛圍令她不由自主想起咖啡堂那處的小區。

然而，唐知菲就這麼走了好一段路，卻仍遲遲沒抵達目的地，她隻身佇立在路邊某個郵筒旁，雙手握著手機，耷拉著腦袋，模樣有幾分蔫巴，那間文具店隱身在住宅區，其實不算好找，地圖APP雪上加霜地不斷閃退，她穿梭在巷弄間，以為勢在必行，結果還是迷了路。

「嗨，需要幫忙嗎？」冷不防間，當她打算再走回上一個轉角時，身後陡然響起一道聲音。

唐知菲下意識轉過頭——是一名帥氣的女子，她先是納悶，一是因為突然被陌生人搭話，二是對方朝她說的是中文，於是她歪頭，確認般的反手用食指比了自己。

女子見狀發笑，「對，我是在跟妳說話喔，妳是唐知菲對吧，抱歉嚇到妳了，我的名字叫朴念仁，我不是什麼壞人啦——雖然這麼說好像更可疑了，總之，是季沃先發現妳的，妳看那邊——」

名為朴念仁的女子指向不遠處的一間咖啡廳，唐知菲順勢望去，上一秒才懷疑自己的聽力，下一秒卻更驚訝地瞪大眼，季沃正坐在窗邊的某個座位，兩人視線接觸的瞬間，他老神在在，舉起抵著桌面的右手朝她們的方向隨意晃了兩下。

於是後來，唐知菲稀裡糊塗地就被那位帥氣的女子拐回漫著暖氣的咖啡廳了。

一入座，旁邊的季沃就疑惑地拋來一句：「只有妳自己一個人嗎？」

五分鐘前不經意瞥見某抹熟悉的背影，觀察幾秒，確認了那站在陽光深處正一副躊躇不前的女孩是唐知菲後，季沃下意識感嘆世界可真小，又默默打冷顫，心想這算是孽緣的一種嗎……

而難得窺見季沃這副稀奇的反應，也讓他對面的朴念仁好奇地望去，聽聞他介紹後，湊熱鬧地直接上前搭訕唐知菲。

「我爸媽他們在澀谷逛街，只有我一個人搭車來這裡，因為有一間特別想去的文具店。」唐知菲苦中作樂地乾笑，「只是我有點迷路了，明明照網路上寫的地址就是在這附近沒錯。」

「在這附近的話……」坐在她斜對角的朴念仁加入談話，「妳想去的這間文具店店名叫什麼？」

「翻成中文的話，名字應該是叫做星期五的偵探先生。」她點開金曜日の探偵さん的Instagram主頁，將手機螢幕反轉給她看。

朴念仁意味深長地哦了一長聲，勾起一側唇角道：「這間我知道，很有名呢，等一下帶妳去。」

「真的嗎！」

「真的，而且我跟店長很熟喔——不過在這之前，妳要不要先點個飲料蛋糕，我請妳，就當作是小小的見面禮，他們的提拉米蘇很好吃喔。」朴念仁態度熱情，還逕自將菜單放到她面前。

這情況令唐知菲似曾相識，下意識伸手偷拉了兩下季沃的大衣，他往左微微偏頭，猜她這是想搬救兵的意思，卻只是語調順從地對她說：「沒關係，妳就點妳想吃的吧。」頓了兩秒，又像補充什麼似的說：「她就是咖啡堂真正的店長。」

聞言，唐知菲驚訝地瞠圓眼，旋即又看向春風滿面的朴念仁。

「也沒有分什麼真正不真正啦。」朴念仁擺擺手，笑了笑，「我們比較像合作夥伴，而且現在咖啡堂的店務幾乎九成都是季沃在處理了，我反而根本是幽靈人口，還好有他在。」

唐知菲聽著，視線依然停留在朴念仁身上，原來這位颯爽帥氣的女子就是傳說中的第三代店長，和自己最初想像的溫柔婉約類型恰巧相反。

「是本人——」

「對，所以妳可以盡量點，吃垮她都沒關係。」季沃說。

「哈囉，你是不是忘記行李還寄放在我那裡，我看你今天也不用搭飛機回去了。」朴念仁扭轉自己的右手腕，作勢要揍人，「真的太久沒被我扁哦？」

「是蠻懷念的啊——雖然不痛不癢。」他被逗笑，眉眼彎起。

唐知菲看著季沃和朴念仁兩人你一句我一句互相鬥嘴，發現今天的季沃似乎和平常有那麼點細微的不一樣，整個人看上去特別開心。

「知菲妹妹妳說，他是不是真的很顧人怨？」

正在翻菜單的唐知菲被迫拉進戰局，她抬頭先望向兩手一攤的朴念仁，再側頭對上季沃好整以暇等答案的慵懶眼神——

「我感同身受。」唐知菲慎重地點點頭，還演技粗糙地掩面啜泣。

「哈哈哈哈哈！」

「唐知菲妳還有沒有良心了？」

「沒，被狗啃了。」

「……」季沃頓時語塞。

朴念仁單手托腮，聲線清朗，揚起充滿熱度的笑容，大方道：「不過總之，終於見到我們咖啡堂的新成員了，雖然晚了幾個月，歡迎妳成為我們的一分子，以後也請多協助囉。」

♠

「妳選好要什麼了嗎？」

「選好了，我要提拉米蘇，還有焦糖瑪奇朵，熱的。」唐知菲不懂日文，但菜單上有標註英文，讀漢字也多少能猜出意思。

而她尾音才落，季沃就抬起右手，朝附近其中一位店員禮貌示意，店員隨即前來，他用流利的日文開始點餐，這是她第一次聽見季沃說日文，依然屬於清冷卻又蘊藏些許溫潤的抑揚頓挫，和講中文時有著微妙的差異，儘管他現在說的內容她半個字都聽不懂。

楊若伊說最近有對年輕的日本夫妻經常光顧咖啡堂，偶爾和季沃還聊得相談甚歡，季沃的日文能力不錯，靠著自學在大二那年也考取了日文檢定一級，他曾有過大學畢業後想去日本留學的念頭，甚至機會近在眼前，可最終還是更想成為一名嚮往日本的朝聖者。

待店員走後，季沃偏頭睇眼，問：「妳剛才幹麼一直盯著我看。」

「我才沒有一直盯著你看……看一下下而已。」唐知菲把玩著桌上的水杯，「就覺得你講日文真順真好聽，好像有種在看日劇的感覺。」

冷不防被她這麼稱讚，而且還是第一次被稱讚聲音，他愣了兩秒，才默默收回視線，若無其事地拿起手邊已經變溫了的拿鐵淺啜，要她別大驚小怪，「……會講日文也沒什麼稀奇的。」

「你就坦率點說謝謝吧。」她咕噥，受不了般的覷他一眼。他假裝沒聽到，又喝了一口拿鐵。

這時，去洗手間的朴念仁回來了，她往馬克杯裡加進一顆方糖，笑道：「這間咖啡廳不錯吧，我上個月趕案子時幾乎每天來報到呢。」

唐知菲這才順勢仔細環顧一圈，店內座位數不少，放眼望去幾乎坐無缺席，由於坪數頗大，桌與桌的間隔有段距離，足以構成一個小包廂，氣氛反而顯得靜謐優雅，朴念仁還補充這間咖啡廳其實是百年老屋改建。

裝潢是揉合著昭和氣息的復古風格，整體呈現懷舊的深色調，昏黃的燈光不算明亮，入口那扇必須稍微使力才能開的拉門、酒紅色的皮製沙發、牆上那座小擺鐘，還有樑柱旁的老唱盤機，空氣中除了飄著咖啡和楓糖吐司的香氣外，彷彿還殘留一抹時代的雋永。

午後的日光穿透玻璃窗斜斜灑落在三人身上，唐知菲和朴念仁彼此一來一往聊得舒服自在，沒有初次認識時難免產生的尷尬生疏，季沃偶爾搭上幾句，聊著關於咖啡堂的生活，朴念仁也分享自己最近遇到的小趣事。

須臾。他們並沒打算久待，朴念仁在離開前追加外帶了一份熱鬆餅和抹茶咖啡，但店員說餐點現點現做需稍待五分鐘，於是她便留在櫃台旁等，唐知菲則屁顛顛地跟著季沃走出店外。

一下子從暖烘烘的室內脫離，冷空氣掠過裸露的肌膚，唐知菲忍不住打了個哆嗦，正大光明挨在高大的季沃身後背對擋風。

「既然覺得冷的話幹麼不直接留在店裡等，感冒活該喔。」季沃看向對街那棵比店家門口還高的聖誕樹，纏繞在樹枝的小燈球閃著五彩的光，嘴上嫌棄地唸著，倒也還是沒移動半吋。

唐知菲鑽木取火般搓著暖暖包取暖，吸著泛紅的鼻子，「啊就……不知不覺就跟著你走出來了，好冷。」而這時，目光也不由自主停在正與店員說話的朴念仁，偷偷觀察了起來。

朴念仁的身高以女性來說是屬於高䠷的身材，只比季沃矮了些，估計有一百七十公分，身套寬鬆版型的霧黑色西裝，足蹬馬汀靴，剪著一顆清爽男孩頭，瀏海稍稍蓋住一側眉，頭戴一頂紳士帽卻掩不住那精緻的五官，剛才近距離接觸時發現她的眼睫毛濃密纖長，笑起來時會露出小小的虎牙，整個人的氣質又颯又美——

「妳別像變態一樣一直盯著人家看。」

神不知鬼不覺站在她身側的季沃用不輕不重的力度往她頭上落下一記手刀。唐知菲無動於衷，只是抬手往自己頭頂揮了兩下，像是在趕蒼蠅。

「看一下又不會少塊肉。」她扁嘴，又好奇地問：「朴念仁姊姊在日本是從事什麼樣的工作呀？剛剛有聽到她說趕案子，是設計師嗎？」

「不是，她主要在做中日翻譯，她之前曾翻譯過幾本出版作，妳上網查她的名字就能找到了，我們店裡書架上其中一本小說的譯者也是她。」季沃說。

「哇，好優秀啊。」唐知菲不禁讚嘆，「突然想八卦一下，那她結婚了嗎？感覺另一半也會是很優秀的人——」

尾音才落，朴念仁正好朝他們走來，「抱歉，讓你們久等啦，走吧，帶妳去妳說的那間文具店。」

唐知菲和朴念仁並肩行走，季沃跟在兩人後頭，看著她們談笑的背影，心想這畫面真像姊姊帶妹妹似的，不到五分鐘的路程，三人在一棟米白色的兩層樓屋宅前停下。

唐知菲感動地望著那朝思暮想的手繪招牌，也意識到原來自己其實只要再堅持直直往前走兩個路口就能找到了，但也多虧這段小小迷航，才誤打誤撞認識了朴念仁。

朴念仁單手推開一扇胡桃木門自然地走了進去，唐知菲與季沃也跟著進屋。

唐知菲環顧一圈，不禁眼睛為之一亮，兩年前正式開張營業的金曜日の探偵さん意外地與咖啡堂有著相似的裝潢，和咖啡堂有著相同的氛圍，她新奇地東瞧西看，在稍微狹窄的矮櫃木架間穿梭來去，此時店裡的顧客只有寥寥幾位，氣氛也更顯緩慢寧靜。

一層樓的空間裝滿琳瑯滿目而精緻的文創雜貨，刻著一期一會的印章、五線譜圖案的紙膠帶、不知名的花草圓貼、數種質料的紙材、各種顏色的封蠟章……她隨手拿起置在門邊的購物籃，情不自禁一個兩個扔進籃裡，等回過神來，才發現季沃和朴念仁不見了。

唐知菲左右探尋，卻不經意與一名綁著麻花辮低馬尾的女子對到眼，對方朝她莞爾頷首，便轉身走進櫃台，她的視線多停留了兩秒，女子身穿墨綠色毛衣及灰色毛呢長裙，渾身散發一抹高冷氣質，伸手拿起飲料掀開杯蓋淺啜，杯身還印著不久前自己才去過的那間咖啡廳LOGO。

她想起網路上某篇介紹文提到這間文具店的店長有著高嶺之花般的氣質，是位漂亮的女性，於是不禁猜想或許就是她了。不久，她抱著一籃戰利品走往櫃台結帳。

而當唐知菲將零錢從錢包掏出來時，女子突然開口朝她問道：「妳是念仁的朋友對嗎？」

「啊……對的。」應該算是朋友了吧，她想。接著忍不住稱讚：「妳的中文說得好標準喔。」

女子失笑，「因為我本來就是台灣人呀。」

唐知菲有些不好意思，「原來是這樣，我一開始還以為妳是日本人呢。」

「其實平常也曾有客人誤會，還是謝謝妳呀。」女子將一張小書籤塞進淺藍色紙袋，「多送妳一個小小的禮物，希望妳會喜歡。」

「哇，謝謝……」唐知菲還忍不住用近乎告白的語氣向女子分享自己的朝聖過程，直到季沃信步走近，同時櫃台的電話也響起，女子向她輕點了頭示意，兩人的交談才到此結束。

「你剛才跑去哪了？」唐知菲佯裝可憐兮兮的樣子，「你忍心隨便丟我一個人在這裡嗎。」

「少來，我看妳明明就很樂在其中。」季沃的視線故意掃過她手中的戰利品，平板著聲線回答，「我只是去樓上拿行李。對了，妳等一下還有想去哪嗎？還是是直接去跟妳爸媽會合？」

「沒有耶，這一帶想逛的都逛到了，應該就直接回澀谷，我媽剛才也傳訊息說他們等等也會先回飯店放東西，然後再去銀座逛逛。」

「好，那我再帶妳回妳住的飯店，等等把飯店名字傳給我。」

「……蛤，你要陪我搭電車回去噢？」聽著季沃理所當然的語氣，唐知菲頓時滿腹疑惑，「……什麼時候對我這麼好了。」她簡直不敢相信。

「十秒前某人不是還小鼻子小眼睛地嫌我隨便把她一個人扔下？」

「什麼小鼻子小眼睛……開個玩笑嘛，我才不怕自己一個人。」

「我只是擔心妳途中又不小心迷路或搭錯車，而且現在，我也算有義務要照顧妳。」

此時聽見季沃這席話，唐知菲竟更多了幾分新奇，驀然恍惚想著，啊……好像大人一樣呀，溫柔又成熟的、那樣的大人。畢竟回想平常的日子總容易和他水火不容般的吵架，儘管以年齡來說他的確是大人了，可她只覺得他是一個幼稚的臭男生，這樣的印象已根深蒂固，於是當不經意解鎖出未曾見識的面貌時，內心所產生的衝擊也更顯強烈了。

「而且後天店裡要大掃除，可不准妳請假。」季沃接著補了句。

嗯，好的，原來這才是重點，唐知菲內心的小小感動僅維持不到兩秒。

「可是你自己的行程呢？」她搔搔臉頰，「如果你有事的話，我真的可以自己搭車回去的。」

「本來就沒安排其他行程了，剛好能消磨一點時間，先陪妳回飯店後就可以直接去機場了。」

於是她乖乖點頭表示了解，也竊喜著一路上多了個人作伴也挺好，「對了，那朴念仁姊姊呢？」

「她還會在這裡待一下。」

「咦，這樣噢。」

離開前，唐知菲特地跑去向正站在矮凳上，面著牆調整畫框的漂亮店長道別。

「再見，以後有機會再來玩。」她微笑回應。

季沃隨後也跟著走來與店長說了幾句話，唐知菲才發現原來他們變熟的，而不久前臨時去處理公事的朴念仁也像一陣風般從旁出現，手背貼著一張寫滿日文字的便條紙，說要送他們出去。

「可惜這次沒能多聊一些，你們知道往車站的路怎麼走吧，我就不跟著去囉。」朴念仁挑眉。

「我都來過幾次了，閉著眼睛也能走。」季沃也笑了笑，表情卻有些無奈，而這時大衣口袋的手機突然響起，「是合作的廠商，我先去接個電話。」語落，便移動至一旁的電線竿通話。

「那個，念仁姊姊……」唐知菲眼眸閃著一抹誠摯可愛，「雖然可能有點突兀，不曉得我可不可以妳交換聯絡方式？」

「當然可以，那我加妳吧。」朴念仁拿出手機點開LINE操作，彼此的好友列表隨即出現對方的頭貼，「對了，直接叫我的名字就好了，加姊姊聽起來挺彆扭的，另外這送妳，聖誕快樂，雖然聖誕節還有幾天才到。」

唐知菲連忙伸手接過她遞來的牛皮紙袋，裡頭裝著的是好幾種口味的貓咪造型仙貝，她認得這是淺草某間歷史悠久的仙貝專賣店，又驚又喜地道謝：「好可愛喔，謝謝！」

「喜歡就好，其實我本來上上個月會回台灣，結果工作臨時有更動就延期了，沒想到反而今天會先在這裡和妳見面，很高興認識妳，如果以後來東京玩可以聯絡我。」朴念仁爽朗微笑。

過了一會兒，季沃回來了，他們兩人向朴念仁道別後，便轉身前往地鐵站了。

然而當腳步才經過第四間店面，唐知菲卻聽見朴念仁似乎遠遠地叫了一聲季沃的名字。

唐知菲偏過頭，疑惑問：「你忘了東西嗎？」

「沒有，我檢查過了……不然妳等我一下。」語畢，季沃沒等她回應，便又獨自折返回去。

於是唐知菲留在原地等，也將季沃擱在路邊的白色行李箱往自己的方向攔近了些。她閒情逸致地觀察屬於自由之丘的日常，視線左右張望，發現從一旁的轉角拐進去後，竟藏著一條商店街，忍不住直接拖著季沃的行李箱，好奇地走去瞧瞧。

這是一條約只有五百公尺的小商店街，沒什麼遊客，部分店家甚至拉著鐵門，於是她又走回原處邊等邊滑手機，再次確認了下等會兒要搭往澀谷的電車班次。

不過季沃怎麼那麼慢？思及此，唐知菲朝店門口望去，無意間看見季沃和朴念仁相擁的畫面。

感情真好，這是唐知菲腦袋第一個浮現的想法。他們宛如戀人般依偎著彼此，朴念仁微仰下巴，像貓一般靠著他的左肩，嘴唇一開一合，似乎在他耳邊說了什麼，背對著的季沃遲了幾秒緩緩點了點頭，像是在回應。

接著唐知菲的腦袋浮現出第二個想法：原來他們是情侶嗎？在心裡如此猜想時，她又意識到偷窺是不好的行為，於是猛然移開視線。

朴念仁……季沃在大學畢業那年，毅然決然替她扛下咖啡堂的責任，一直到如今。高木藤說，半年前的季沃曾坦白自己有喜歡的人。然後是現在，季沃和她相擁的畫面。當時他口中所指的喜歡的人，會不會就是眼前的朴念仁呢？

而當唐知菲在內心粗糙推敲時，身側傳來一抹細微的腳步聲，她順勢偏頭，卻一瞬間愣了愣。城鎮的人聲喧嘩，明亮的陽光照耀，季沃的神情卻宛若烏雲蔽日般黯淡無光，眼底明顯泛著薄薄水光，搖搖欲墜，迷茫脆弱，彷彿輕輕觸碰，轉瞬就會瓦解崩落。

「……季沃，你還好嗎？」

她試探性的幾個字讓他恍惚回過神，隨即察覺到自己太過赤裸的表情，便不著痕跡地順勢偏過臉，果斷吞嚥無所遁形的情緒，迴避她那雙太過清澈的眼睛。

他沒有回應，僅是從她手裡輕輕接過自己的行李箱，嗓音略顯含糊，悶聲：「我們走吧。」月台廣播聲此起彼落，周遭滿是候車的乘客，當電車車門一開，蜂擁的人潮交錯，唐知菲緊跟著前方的季沃步入車廂。

「……人很多，妳站裡面。」她頭頂飄來他的聲音，這是不久前他們與朴念仁再次道別後，他莫名陷入漫長沉默，重新開口說的第一句話。

季沃讓唐知菲站在車門一角的小小空間，自己則站在她身後，高大的身軀恰巧為她形成一座隔絕人海的堡壘。一路上，她心知肚明儘管不至於到生人勿近的程度，但若再多問他一句也只是自找苦吃，於是雖然想出聲關心，卻仍是先選擇識相地把嘴巴縫起來。

行駛中的車輛搖搖晃晃，唐知菲平衡感好，聞風不動地站穩腳步，視線投望窗外飛快掠過的城市景致……再平移幾釐米，透過車窗反射，能瞥見同樣凝視窗外的季沃。

鬱鬱寡歡的季沃。

她就這麼悄悄觀察他，當電車抵達下一站，當車門開了又闔，他卻絲毫沒察覺半分，速度化為畫筆，刷過他平靜無波的表情，她發現比起單純的恍神，他更像是在沉思著什麼，又或是在緬懷著什麼，面無表情之下是風雨欲來的痕跡，晴光正好，他卻無精打采，整個人被浸在鬱悶中。

唐知菲若無其事收回視線，聚焦在面前窗子倒映的自己，愜意賞景的心情忽然也莫名削弱了幾分。是不是該給他一個獨處的空間呢？指腹摩挲著外套袖子，她暗忖著。

半晌，澀谷站到了，唐知菲和季沃步出車廂，融在魚貫的人海間出站。

走出沸反盈天的澀谷車站，繁華的購物天堂，高樓林立，人海茫茫，車潮川流不息，他們橫越傳說曾有綠燈時三千人同時通過的知名十字路口，徒步前往唐知菲下榻的飯店。

兩人並齊前行，他依舊不發一語，寒風瑟瑟，明媚日光下，清俊的臉龐卻只有漫漶的陰翳。

她依然一頭霧水，只能像金魚般嘴巴張了又闔，欲言又止。你為什麼心事重重的樣子？你為什麼悶悶不樂？你為什麼要哭？她只是納悶，或許也有一部分是純粹的好奇和震驚，他當時走回來的瞬間，那副快哭了的神情，明明本來都和往常一樣，明明一開始都很開心的，為什麼呢？

唐知菲在腦中如此想著，用餘光悄悄覷向季沃，對面斑馬線的紅燈也同時亮起，來不及過馬路了，只好停下腳步等待。

然而不久，這沉默的空氣讓唐知菲實在要窒息，快受不了，乾脆隨手往某個紅色招牌一指，主動開話題：「你看，那間店好多人在排隊喔，看起來是迴轉壽司店。」

季沃慢了兩拍才反應過來，抬眸往她食指指的方向看了眼，卻一聲不吭。

雖然知道這是預料之中的反應，不免還是有些尷尬，她不死心地又多補了句：「你有吃過嗎？」

「……前年去奈良，跟去年到愛媛還有北海道旅行時都吃過，炸蝦天婦羅捲很好吃。」他說。

「是噢，能讓你在三個不同縣市都上門光顧，那應該真的蠻好吃的，下次我也要去吃吃看。」

尾音剛落，斑馬線的綠燈也亮起了，提醒行人過馬路的鳥叫聲隨之響起，兩人重新邁開步伐，卻也重新陷入一陣沉默，只剩行李箱輪子滾動的聲音填滿彼此之間的空隙。

啊……可惡，氣氛又凝結了，唐知菲輕咬下唇肉，有些扼腕，而這時她莫名想著，讓季沃開始愁眉苦臉的時間點是在與朴念仁擁抱過後，所以一夕之間變得陰鬱的原因，或許是跟她有關嗎？

於是幾秒鐘的停頓後，唐知菲偏過頭，用聽來自然輕鬆的語氣說：「雖然跟念仁……是第一次見面，但我好喜歡她。」並同時小心翼翼觀察季沃的表情變化——

「她是一個很好的人，大家都喜歡她，我也喜歡她。」季沃低緩的聲嗓彷彿藏著一股孩子氣的引以為傲，忽然漾開一抹笑，平淡許久的臉龐終於產生波動。

唐知非見狀，心想如她所料。猶豫片刻，她在腦中斟酌用詞後又問道：「其實那時候我看到你跟念仁抱在一起，你們是情侶嗎？」

話音才落，她就見季沃唇邊的笑意明顯僵住半秒，眼底閃過一瞬來不及修飾的黯淡，隨即又消失。他側過臉，扯了扯嘴角，如水波般無痕，「原來妳看到了，我們只是朋友而已。」

「之前聽高木藤說你們認識很久了，感覺你們真的是很好的朋友。」

「是很久，我跟念仁認識九年了，剛認識那年我才高一，她大三。」季沃回憶。

「我以為你們同年，原來念仁大你五歲。」唐知菲扳著手指數了數，更整整大了自己十二歲。

「不過她搬來東京生活後比較忙，我們也一年多沒見了。」

「久違見到面很開心吧。」

「嗯，當然開心。」

「既然開心，為什麼要苦著一張臉？」

「我哪有。」

「肚子餓了嗎？我記得那時在咖啡廳你好像也沒吃多少。」

「……我又不是妳。」

「還是，你身體不舒服？」她故意挑起一邊眉。

「不是這個原……」話語愕然截斷，他改口：「沒有，妳問題怎麼這麼多，好囉唆。」又斜覷她一眼，像往常兩人鬥嘴時會出現的畫面。

看看你那心虛的表情，聽聽那那慌張的語氣——平常總習慣放任情緒在體內獨處的季沃，原來比想像中好懂，唐知菲心想，而這瞬間，她竟莫名感到有趣，儘管這樣的心態或許有點惡劣。

她本只是想用拙劣的方式讓他多少能游出低沉的漩渦，出於關心及好奇，一部分也是為了自己，她實在不擅長也不喜歡那樣沉默而壓抑的氛圍。

見他的表情沒那麼緊繃了，她豪邁地往他臂膀拍了下，朗笑：「那就別再悶悶不樂了，開心點，放輕鬆，都難得花錢到日本玩了，你都不知道你剛才的表情就像──」話至此，卻又換她古怪地愣了愣，不著痕跡地將未說出口的詞彙吞回喉嚨……也許鬱悶的契機是這個原因嗎？她想著。

「我怎樣？」

「……沒事。」但，可能嗎？

季沃蹙眉，語帶威脅，「別話說到一半就不說了……說完。」

唐知菲嚥了嚥唾沫，企圖用開玩笑的口吻帶過，「就……好像一個剛失戀的人，哈、哈哈哈──」

唐知菲妳可以再尷尬一點，說著的同時，她忍不住吐槽自己，視線又順其自然地飄回原位，面視前方路口的斑馬線號誌，逕自加快了步伐速度，「現在是綠燈，快走吧──」

「不是剛失戀，是失戀很久。」一陣冷風刮過，吹散路邊的枯枝落葉，四周一片喧嘩吵鬧，季沃的聲音微弱卻清晰地自後方傳來，聽來簡短的幾個字，重量卻顯得緩而沉。

來不及了，號誌變成紅燈了，另一種頻率的鳥叫聲在耳畔響起──

唐知菲放慢腳步，重新與他保持在相同的水平和距離，試探性地出聲問：「咦，你說什麼？」

只是這時，他卻又沉默不語了。

「好吧，其實我有聽到。」她誠實坦白，「……是因為這個原因，你才突然變得悶悶不樂嗎？」

季沃還是沒吭聲，僵硬地別過眼，唇瓣微抿，彷彿在懊惱自己不小心分了神而把祕密洩露出去，像個自顧自鬧彆扭的小男孩。是沒聽見，還是聽見了不想回答？唐知菲心想答案絕對是後者。

「你……真的失戀了？」她的聲音不輕也不重。

幾秒鐘的留白，他終於正眼看她，嫌棄的對視，無奈的口吻，卻也沒否認，「妳好吵。」

如果是以往的季沃聽了她的玩笑話，八成會冷笑回嗆：「誰失戀，妳才失戀。」而現在的季沃卻只是一反往常，無力抵抗般的順著她的玩笑話。於是綜觀截至目前的所有線索，唐知菲想著，也許她猜錯了……原以為是單相思的季沃，其實是失戀很久的季沃。

他喜歡著朴念仁，儘管這份感情無法獲得相同回應，卻仍默默守著她的咖啡店，還能保留摯友之間的擁抱便足矣，但還是會感到惆悵心痛的吧，所以，也許這就是他一夕之間變得鬱鬱寡歡的原因……望著季沃此刻坦露的苦笑，唐知菲陡然有股罪惡感正在心底發酵。

抱歉，我不小心拆穿你的心事了——

「唐知菲。」猛然間，季沃叫了她的名字，讓她肩膀抖了好一大下……作賊心虛的。「綠燈了，不走嗎？」他說著，原先臉上的苦笑也已消聲匿跡。

周遭等待燈亮的人們越過他們一一踏上斑馬線，季沃拖著行李箱逕自邁步，唐知菲見狀也連忙追上。於是，關於「失戀」的話題，就這麼誤打誤撞被撬開，又彷彿心照不宣般被畫上休止符。她不再好奇地追問，因為擅自挖掘別人的心事，是要負責任的。

儘管唐知菲認為，有些時候比起放任鬱悶在心裡惡化，選擇講出口反而是一件好事，而值得慶幸的是，此刻的他相比不久前離開自由之丘時那愁眉不展的模樣，沮喪的情緒已經淡化許多。

而這時，唐知菲看見前方不遠處的路樹光影間有一抹紅色鳥居的蹤影，想起那裡有一座名為「津戶神社」的小小神社，之前上網研究這一帶街景地圖時還曾以此作為地標。

「季沃。」唐知菲率先開口，近乎喃喃自語的音量，「如果你需要一個安靜的空間——」

「……突然在說什麼呢。」季沃瞥向她的側臉。

她又乾咳兩聲，假裝被冷空氣燻到，繼續自顧自地說：「咳……我突然想繞去前面那座神社看看耶，你要去嗎？」

又一抹寒意捲著風捎來，他縮緊肩，哀怨道：「好冷，我不——」

「嗯嗯我想也是，沒關係，那我們就在這裡分開吧，你回去路上小心，拜拜噢。」

「喂——」

糊裡糊塗就被扔下的季沃本以為她會再盧他個幾下，結果唐知菲只是笑咪咪地揮了揮手，就轉過身一溜煙往神社的方向走去了。搞什麼，莽撞的小孩，他一頭霧水，卻還是默默跟了上去。

然而，這時站在參道旁的手水舍，右手拿杓子正準備舀水的唐知菲一見到他，卻立刻擰眉，露出不解的表情。

「幹麼一副嫌棄的反應，好像不希望我跟來。」季沃站在她旁邊，也伸手拿起竹柄杓舀起一瓢水，後半句聽來竟有幾分委屈。

唉，都特地為你製造一個獨處的機會了。唐知菲有種功虧一簣的挫敗感，「算了……你不懂啦。」她別過臉嘀咕，將竹柄杓改以左手拿，接續洗右手，又好奇問：「你有來過這座神社嗎？」

「沒有，我也是第一次來參拜。」

將竹柄杓放回原位，他們移動至更前方的拜殿，兩人隔著一步寬的距離，季沃先是鞠躬，向神明打招呼，唐知菲有樣學樣，隨後也從錢包掏出五元硬幣，輕輕投進面前的賽錢箱，哐啷——

接著，唐知菲伸手搖晃幾下賽錢箱上方垂掛紅白相間的搖鈴，再度向神明深深鞠躬兩回後，慢而穩地用力拍了兩下手，她雙手合十，閉上眼，誠懇地開始在內心向神明訴說願望，除了名字生日和自家地址，還順便把手機號碼和身分證字號一併奉上。

「神明大人您好，初次見面——」

「希望您可以保佑我們全家人平安健康。」

「我明年夏天就要高中畢業了，可是對未來很迷惘，雖然其實目前有心儀的大學……不曉得自己接下來選擇的路是不是正確的，希望您可以給我一個小小的指引。」

「希望下次失眠星球舉辦演唱會時，我可以搶到搖滾區的門票，想要靠近延伸舞台的位置！」

「希望您可以保佑咖啡堂今後也一切順利，大家都能繼續好好相處……啊、如果可以的話，也請讓奧客退散。」

在心裡默念到這兒時，唐知菲半掀開眼，用餘光偷瞄站在右側，同樣雙手合十閉眼祈求的季沃……然後，又不著痕跡地收回視線。

「神明大人，對不起，我承認我是一個貪心的人，我的願望好像太多了，但——雖然他有時候很討人厭，也希望您可以順便保佑季沃早日走出他的失戀。」

最後，她重新張開眼，再次虔誠地深深鞠躬，結束參拜。

唐知菲左顧右盼，看見早她一步拜完的季沃正以背對自己的角度，單膝半蹲在其中一側刻著津戶神社的石柱旁。她信步靠近，也才發現原來石柱臺階邊正窩著一隻流浪的三花貓。

季沃眉眼溫柔，微彎食指輕輕撫摸牠的下巴，貓咪被逗得一臉舒服，沿著修長的指節撒嬌般的蹭著他的手背，這位被寵幸的人類此刻看上去十分幸福。

「這隻貓感覺好親人喔——」為了避免自己的出現不小心驚動到貓咪，唐知菲縮著身子蹲靠在季沃右後方的位置，結果這一出聲，反而把他嚇得肩膀抖了好一大下，她哈哈大笑，「這樣就被嚇到，你膽子也太小了吧。」

「……妳沒資格講我。」季沃羞窘地瞪了她一眼。

「我以為你是徹頭徹尾的狗派，原來你也喜歡貓噢。」唐知菲說著，又瞥向他的黑色後背包拉鍊上綁著的一隻拳頭大的Q版柴犬吊飾，記得之前第一次看到時，還覺得有幾分反差，把這種可愛的小玩意兒跟性格悶騷的季沃搭在一起實在有種違和感。

「我只是等妳等得太無聊。」

「喜歡就喜歡啊，害羞什麼。」

「我哪有害羞。」季沃嘴硬地反駁，手指不由自主想繼續逗弄三花貓，不料牠卻突然一溜煙竄進旁邊草叢，他面露失望，偏頭遷怒：「……跑了，都是妳害的。」

「欸──我什麼事都沒做好嗎。」

後來，唐知菲又興沖沖地拉著季沃走到附近一隅寫著「おみくじ」的求籤處。

「我一直很想試試看在神社求籤耶，你也想求一張籤嗎？」唐知菲隨口問，往桌上木箱洞口投入一百元硬幣，拿起六角柱的鐵製籤筒。

「我考慮一下。」季沃隨口應著，目不轉睛看向一旁提供讓人綁籤的場所，此時也有人正將手中的籤詩折成細條狀綁在繩子上，成串的籤詩聚集成一片白茫茫的特殊造景。

「還是乾脆我順便幫你抽，我很樂意的，啊只是如果萬一抽到凶──」

「妳趕快抽妳自己的，我等等自己求就好。」他催促道，默默從大衣口袋掏出一百元硬幣。

她抿出一抹狡黠的偷笑，隨後收起玩心，誠心默念著想祈求關於整體的運勢，上下搖晃籤筒。當摸出一支籤後，按照上面標示的數字，從旁邊那堆密密麻麻的深褐色小抽屜取出相對應的籤詩。

「嗚哇──是大吉耶！」唐知菲滿臉歡悅，還仔細閱讀籤詩的內文，三秒後手一攤，嘿嘿憨笑：「嗯，看不懂──算了，那你抽到什麼籤？」

季沃把手上的籤詩轉向攤給她看，她探眼一瞧，只見上面寫著一個大大的凶字。她尷尬地仰起臉，對上他的眼神死。

「呃……沒關係，逢凶化吉嘛！總會有好事發生的。」她故作輕鬆安慰道，指向一旁的繫籤處，「不然，也可以綁在那裡──」

「不要，我要把它帶回去。」他果斷將籤詩輕輕對摺收進大衣口袋。

唐知菲這時想起之前高木藤分享他去京都的貴船神社參拜的照片時，兩人聊到關於神社求籤的話題，他說，其實無論吉籤凶籤都是神明給予的指示，抽到吉籤，心存感激，抽到凶籤，也可以帶在身邊用來警惕自己。

她也將手上的籤詩原封不動塞進後背包的夾層口袋，又好奇地問：「你剛剛也有跟神明許願嗎？」

「有啊。」

他的願望，會是關於朴念仁的嗎？唐知菲默默心想，又問：「那你向神明許了什麼願呀？」

「世界和平。」

聽季沃漫不經心的語調，擺明就是想敷衍她，她才不信，「……最好是。」

「我的願望只有神明才能知道。」季沃似笑非笑。

「呿，小氣。」

「說別人小氣，那妳倒先講講妳自己的願望啊。」

「我許了很多願啊，例如希望下次能讓我搶到失眠星球演唱會的門票，然後其他的——是祕密，不告訴你。」

兩人以只有彼此能聽見的音量鬥嘴了幾回，繼續在神社多待了一會兒，神社裡清幽的空氣、零星的參拜民眾、鎮守在鳥居兩側的狛犬、古色古香的檜木建築、散落在小碎石參道上由陽光組成的金黃色葉片——唐知菲一個人在周遭走走拍拍，對比求籤完後就坐在長椅乘涼發呆的季沃，她像個體力用不完的好奇寶寶，永遠閒不下來。

半晌，唐知菲終於走了回來，季沃從長椅起身，拎起自己與她的後背包，「好了嗎？走吧。」

「欸欸，要不要最後再一起拍張照？」

「跟妳？」

「當然啊，不然你要跟誰拍。好來，我要照囉——」

唐知菲將手機打橫舉起，逕自站到季沃右邊的位置，鏡頭中有她俏皮活潑的表情，還有他那莫名其妙只被拍到下半部臉而且還模糊不清的畫面……這不說，還以為是某個亂入的路人。

「你是不是故意的。」

「妳可以試著踮腳啊。」

「這嘴臉也太討厭了吧。」唐知菲好氣又好笑，「請體諒一下我的身高，蹲下來一點好嗎先生。」

於是季沃也不鬧她了，微微彎下腰，縮短兩人身高的距離，乖乖配合面視著鏡頭。

「你的表情為什麼可以這麼尷尬，你以為你在拍證件照嗎。」她譏笑吐槽。

「吵死了。」他羞窘，對她的挑釁很不服氣，喊著再拍一張，還乾脆抓過她的手機自己掌鏡。

兩人接連拍了幾張，卻又沒個正經，這一張故意扮鬼臉，那一張是被陡然襲來的風破壞時機，還開始心懷不軌企圖要拍下對方的糗態。

最後，胡鬧間偶然的一瞬，反而意外成為最成功的照片，他眼角含笑，像個大男孩，她笑得連兩隻眼睛都瞇了起來，一束陽光正好從樹林枝枒篩落而下，清晰而溫和地也一併入了鏡頭——

離開津戶神社，他們兩人踏著散步的速度，並肩走在東京的街頭，而旅行即將進入尾聲。

接近暮色降臨的時刻，如霧的流光閃爍，當季沃的駝色大衣若有似無輕輕擦過她的右手背時，唐知菲突然發覺打從在自由之丘與他巧遇開始後的一路上，季沃總是刻意讓他自己走在外側。

燦亮的陽光斜斜地打在季沃肩上，此情此景令唐知菲莫名回想起第一次看見他在咖啡堂頂樓躺著曬日光浴的那天午後，還有那本橙黃色的書……

她鬼迷心竅地抬起鼻子湊近他身上嗅了嗅，難以準確描述的好聞氣息，溫和清淡的，甚至有種安全感，大概是因為他喜歡曬日光浴，所以久而久之染上了陽光的味道——

「同學，妳這是在性騷擾我嗎？」季沃不知何時瞥過頭，瞇眼冷聲。

唐知菲嫌棄，立刻扭過頭拉開距離，「……少臭美，誰要性騷擾你啊。」

「妳。現行犯。」

「所以你是要搭幾點的飛機回台灣呀？」她故意轉移話題，臉頰的赧紅卻遲遲未褪。

他瞥了眼腕上的手錶，「八點二十分，差不多要去機場了。」

不久，兩人終於走到飯店，唐知菲遠遠地看見爸媽和妹妹也在這個時間點回來，而他們也發現了，於是站在飯店大門處旁等自家女兒。

「好誇張，你們是去批貨喔。」一見三個人滿載而歸的畫面，唐知菲哇一聲，笑了出來。

「妳媽跟妳妹好像東西不用錢一樣拼命把丟進購物車，真的是喪心病狂，等下個月收到帳單就不要在那邊該該叫。」唐父無奈。

「爸你也半斤八兩好嗎，你看你自己的包包鼓得像一顆球，而且我的其中一半是要幫同學代購耶。」妹妹為自己叫屈。

而旁邊提著要分送給公司同事伴手禮的唐母沒有一起幫腔，視線反而先飄向站在唐知菲後方的季沃，「知菲，這位是？」

「噢，他就是我店長。」唐知菲介紹，「我們下午在自由之丘的街上巧遇。」

「就是妳說那個每次去上班都會吵架的——」

「噓！」她連忙向妹妹使眼色。

「你們好，我叫季沃。」季沃恭敬地打招呼，簡單說明來龍去脈，也趁隙睨了眼旁邊做賊心虛的唐知菲，懶得跟這小朋友計較，「因為也準備要去成田機場，所以就直接跟知菲一起行動了。」

唐父唐母頗有興致地與季沃又多聊了一陣子，直到不久，他瞥了眼手機螢幕的電車時刻表，禮貌地表示自己差不多得離開了。

「季沃，那個……謝謝你陪我一起回來，去機場的路上小心。」唐知菲頓了一拍，看著他總算不如那時鬱悶的眼睛，欲言又止，卻只是補了句：「你到台灣後，也順便傳個訊息跟我說一聲吧。」

「嗯，妳也是，我們回台灣再見。」季沃向她揮了手，便獨自拖著行李箱走回地鐵站了。

翌日，也同時是這趟令唐知菲印象深刻的日本之旅的最後一天，走完今天唯一安排的行程後，就驅車前往成田機場了，她選擇以一碗熱騰騰的鹽味拉麵為旅途畫下一個完美的句號。

寧靜的機艙，若有似無的酣睡鼻息，唐知菲神采奕奕地將後背包裡的手帳本取出攤開在折疊桌，把事先從仙貝包裝上拆下的招財貓小卡、老闆娘送的書籤，以及在津戶神社求的籤詩整齊地一併夾進今天的頁面，也趁熱在空白的小格內寫下自己的心情。

飛機距離落地還剩三十八分鐘，此刻才開始感受到睏意的唐知菲靠著枕頭，腿上蓋著空服員發下的毛毯，微斂的杏眸望向圓弧形的小小窗戶，凝視那一大片廣闊無邊際的夜色，意識迷迷糊糊掙扎著，昏昏欲睡間，也漸漸能看見台灣的土地，一塊又一塊金光閃閃的城市燈火，彷彿生於陸地的億萬星宿，其中一顆是她所喜愛的咖啡堂。

當飛機終於平安落地，機艙內響起親和的制式廣播時，唐知菲起身從頭頂的置物空間收拾行囊，莫名地又心想，不曉得季沃的心情現在是不是已經有好一點了。

第三章　時光機

今天東北季風增強，外頭成排的路樹被吹得東倒西歪，囤積在柏油路邊的樹葉也被掃成龍捲風，這時段最後一組客人剛離開，偷閒的唐知菲一屁股坐上吧檯外的高腳椅，悠哉地晃著小腿。

那日在東京撞見的季沃，彷彿只是一幀幀太過真實的幻覺，後來他都未曾主動談起那天下午發生的一切，更對關於朴念仁的事隻字未提，即便只有他們兩人獨處的時候也是，但的確以他的個性是不太可能主動提起，而唐知菲也只是在心裡想想，並沒再多說什麼。

前天帶伴手禮來上班時，高木藤很驚訝他們兩人居然真的在東京巧遇，邊撕開餅乾包裝紙，笑說：「你們這簡直是命中註定的緣分。」

「嗚，我不要，才不想跟他命中註定咧。」唐知菲摀著胸口，作勢反胃地鬼叫。

「妳懂不懂禮貌，臭小孩。」沙發一角的季沃涼涼地掃她一眼，故意施力叉起一塊生巧克力，送入口中，不遑多讓地威脅：「扣薪。」

「公私不分！」

「知菲——也讓我看看妳跟念仁的合照。」楊若伊從休息室門框探出腦袋，此時店裡暫時沒有客人，處理完外帶訂單的她也跑來湊熱鬧。

唐知菲點開手機相簿，秀出自己那天與朴念仁在咖啡廳一起拍的照片。

「念仁果然還是都沒變耶，我最後一次見到她已經是一年多前了。以前高中某段時期啊，我跟季沃常來咖啡堂找她，偶爾還會被她嫌煩，甚至要我們別寫作業了，乾脆去幫她洗盤子。」

朴念仁是關鍵字，那麼聽見這個關鍵字的季沃——唐知菲趁著楊若伊繼續看其他照片的空檔，悄悄挪動視線往他的方向瞄了一眼。

只見季沃嘴裡含著第二塊生巧克力，沒發現自己正被偷看，「現在真的每天都在洗盤子了。」

「那時候大家應該都不會想到，很久以後念仁會離開台灣去日本，而我們會留在咖啡堂工作。」

「是啊。」他淺淺地提起一側唇角。

而過了一會兒，季沃走回到前場，唐知菲望向時鐘，他的休息時間明明還有二十分鐘才結束。

臨近打烊，早班的楊若伊下班了，高木藤申請補休也離開了，店裡只剩唐知菲與季沃兩人。

唐知菲正在清潔環境，當拿著拖把從後場走出時，卻看見吧檯內的季沃仰著頭，手抵在眼睛旁，時不時吸著鼻子。見狀，她第一個念頭想著：在哭嗎？接著聯想到下午在休息室時聊起關於朴念仁的話題，或許不小心讓他稍微觸景傷情了。

人的心中有許多裝著記憶的盒子，那些時光碎片被分門別類排列整齊，或好或壞、經常掀開的或積滿灰塵的，還有特地被放在顯眼的位置，卻不怎麼觸碰的盒子。

於是當關於朴念仁的盒子被擅自撬開一角，在他還沒痊癒的情況下，情緒難免會變得脆弱。

唐知菲抓著拖把上前觀察，語調格外小心翼翼：「你還好嗎？」

「……太嗆了。」

「什麼？」

季沃哽著喉，轉過頭，卻淚眼婆娑。他這模樣極其罕見，唐知菲一陣錯愕，尷尬地想伸手從旁邊抽幾張面紙給他的瞬間，才瞥見砧板上那堆被切得漂亮的洋蔥末……

「我忘記先把洋蔥泡水。」他隨意用衣袖抹去眼淚，「……喂，妳幹麼突然翻我白眼？」

「沒事──我只是在眼球運動。」唐知菲胡說八道得很自然，鼻腔也不禁開始遭受刺辣氣味的攻擊，虧她還替他擔心了那麼幾秒鐘，「為什麼要切洋蔥，是在做宵夜嗎？」

「嗯，肚子餓了。」他單手打蛋，往玻璃碗撒了些鹽巴與黑胡椒，「妳也想吃嗎？」

「可以嗎？剛好有點嘴饞……」

「不可以，沒有妳的份，趕快下班回家。」

我就知道！我就知道！她臭著一張臉，咕噥：「吃吃吃，小心變胖，肥死你。」

「反正我有本錢可以胖。」

「小氣。」

現在的他與往常相同，對待她的態度也一如既往，該工作的時候認真謹慎，幼稚的吵架鬥嘴──也沒少。只是有時候，對於「不小心拆穿他的心事」的唐知菲就不一樣了。

無意間窺探到未曾見過的情緒，於是習以為常的印象默默產生了微妙變化——原來他喜歡的人是咖啡堂真正的店長啊，原來那張撲克臉也會露出這副脆弱的表情啊，原來……他失戀了啊。

唐知菲晃著小腿，從被擦得晶亮的落地窗望出去，看見五分鐘前去丟廢棄紙箱的季沃出現在對街，雙手推著裝滿資源回收的推車緩緩前進，身旁還有一位體態佝僂、戴著斗笠的婆婆。

行進間，推車上沒被綁緊的幾個鐵罐被急促的風輕易吹了落地，季沃在婆婆伸手前連忙彎腰撿拾，起身的同時，宛如察覺到了什麼，敏感地往咖啡堂的方向瞥了過來。

視線來不及閃躲，不偏不倚與他對視的下一秒，唐知菲若無其事地跳下高腳椅，吹著口哨，竄進吧檯開始整理本就疊得整齊的杯盤刀叉。

不久後，季沃回來了，腳邊彷彿還殘留著風的痕跡，「趁我不在，還敢偷懶？」

「我剛剛只是在看——風景。」手拿除塵撢，蹲在書架前的唐知菲打哈哈含糊帶過，餘光注意到他手掌灰灰的，黑色軍靴的鞋面一角也不小心沾上了污漬。

「看風景？我看妳是在偷看我吧。」季沃面不改色地說。

她乾脆也漫不經心地承認：「喔——對啊，我是在偷看你。」

「……我去樓上換件衣服。」他用肥皂洗了手，往後場走去，「變態。」

而，關於季沃的失戀，作為旁觀者的唐知菲就只是單純知曉著，她不清楚或許也有誰知道這份心事，儘管到最後彼此都沒有明說，她還是擅自將它當作一個祕密替他保守了。

元旦假期結束後的第一個上班日，北台灣迎來了一波冷氣團，陰雨綿綿，街道巷弄間騰起了薄霧，城市到處又濕又冷。

今天唐知菲改搭公車去學校，放學後，也直接在距離咖啡堂步行三分鐘的澄河路站下車。而當她正搭上手把要推開時，面前的胡桃木門剛好由內被打開，是一名穿著黑色西裝的男人。她下意識後退一步給對方過，對方卻紳士地先讓她進來。

她連忙道謝，並餘光注意到他右手提著咖啡堂的紙袋，是不曾見過的客人呢。

「不客氣。」男人莞爾頷首，聲線低沉，黑框眼鏡下是一張斯文容貌。

跟在男人身後隨之走出的是今天休假的楊若伊，寒涼的天，她只套著及膝的針織毛衣，足蹬長靴，臉上留著未卸下的大地色系妝容，「哦，知菲妳來上班啦。」

「咦，昨天聽妳說不是今天要去海邊拍雜誌嗎？」唐知菲任憑她親暱地揉揉自己的髮。

「拍攝進度很順利，所以提早收工囉，然後我男友吵著要喝咖啡，就順路過來偷兩杯了。」

「……我有付錢喔。」男人默默出聲，急著澄清的老實模樣讓楊若伊笑彎了一雙桃花眼。

當楊若伊與男人離開後，高木藤飄了過來，「妳應該是第一次見到若伊的男友吧，他在附近某間遊戲公司工作，偶爾會來接若伊下班，他也是若伊跟季沃他們的大學學長喔。」

「哈，你好像情報供應商，原來若伊跟季沃不只是高中同學，連大學也是同一間。」唐知菲視線穿透攀附小水珠的落地窗，他們兩人相互依偎的畫面在此刻黃昏的薄霧中顯得格外鮮明。

晴時多雲的日子，唐知菲坐在休息室的布椅凳，午餐咖喱飯吃了一半就被晾在桌旁，此時的她正滿臉愉悅，捧著手機，目不轉睛看失眠星球的MV首播。

雖然不是新歌，但編曲做了全新設計，現場版MV擷取去年夏天台北場的片段，還剪輯進當時主唱在台上感性唱到流淚的畫面，伴隨她空靈飽滿的嗓音，彷彿再次邀請人們遨遊那效期僅有一個夜晚的小世界。儘管當下距離遙遠，真人看上去只有拇指大小，但透過大螢幕看見主唱梨花帶淚的笑容時，唐知菲的眼眸也不由自主湧起了水光。

♠

十五歲那年，唐知菲獨自一人並也是第一次去聽了失眠星球的一場小型演唱會。那僅能容納兩千人的小型展演空間，卻宛如一座平凡而浪漫的宇宙。

也是這一天，當她緊張又興奮地抖著手握住喜愛已久的偶像朝她伸出的手時，反覆背誦無數次的告白卻在緊要關頭成了斷斷續續的結巴，腦筋一片空白，心臟跳得劇烈，但這幾秒難能可貴，必須死命把握，最後只又哭又笑地拼湊出一串胡言亂語，日後回想也忘了自己究竟說了什麼。

而在分別與每位團員四目相接的瞬間，當下的唐知菲真的覺得此生無憾，他們永遠都是這樣溫暖而真誠地望進歌迷的眼睛，於是自此之後，更澈底迷戀上這顆星球，決定一輩子定居在這裡了。

「妳好像真的很喜歡他們。」一道語句自旁邊悠悠傳來，唐知菲驚醒般的抬首，過於沉浸在澎湃中於是渾然不覺季沃也走進了休息室。

她毫不害臊地表達自己的狂熱，「那當然，而且不是看起來，是真的很喜歡，超喜歡。」

「妳那天，掉了演唱會門票對嗎？在入口排隊的時候。」他坐在沙發一角，長腿交疊。

「喔對啊……」她怔愣，「你怎麼會知道？」

「因為妳掉的票，就是我幫妳撿的。」

季沃無預警拋出一句震撼彈，唐知菲瞪大眼，驚呼到破音：「真──咳、真的假的！」

「要不是我差點踩到，不然也不會剛好發現，妳得好好感謝我。」

「太扯了……有這麼巧的事？你現在是在盤算什麼詭計嗎。」

「不信的話，妳現在去前場，仔細看看牆上的留言版。」

留言版？她半信半疑地走至前場，五分鐘後，又三步併兩步衝了回來。她滿臉不可思議，手上多了一張寫著：「歡迎登陸失眠星球巡迴演唱會　黃31區19排5號」的長方形票券。

剛才唐知菲為求確認，還溜進吧檯騷擾正屏氣凝神在拉花的高木藤，待拉出完美的鬱金香後，他只是理所當然地回：「這季沃的啊，想到這場我就羨慕，沒想到這次給歌迷點歌點了十五首，超扯……等等，原來妳也還不知道他是失眠星球的歌迷嗎？」

她當然不會知道，因為平常和季沃根本不會聊到關於追星的話題，她甚至一直以為留言版的這張門票大概是高木藤的──

「你怎麼現在才跟我說這件事啦吼！」

「這種事情只是小事吧。」

「哪裡小……想不到原來你也會追星，而且喜歡的藝人竟然跟我一樣，突然好難想像你拿著螢光棒跟周遭粉絲一起嗨的樣子——太違和了。」唐知菲默默在腦袋幻想，沒忍住的噗哧笑出聲。

「吵屁。」季沃瞬間臉頰通紅，沒什麼攻擊力地威嚇：「我就想自己靜靜坐著看表演，不行嗎。」

「沒，我什麼意見都沒有。」她鬼靈精怪地半舉雙手投降，一屁股坐上沙發另一側，眼神閃亮，聲音酣甜，「只要是喜歡失眠星球的人，我們就是好朋友。」

「……我不要跟妳當好朋友。」

「欸——沒禮貌。」見他故作嫌棄，她氣得往他臂膀揍了一拳。

唐知菲從手機相簿翻出當時在現場左手拿票券並以舞台作背景拍下到此一遊的照片，再加以對照兩人的座位號碼，不禁驚呼：「而且我們的位置也太近了吧。」

「所以某人一下笑一下哭的蠢樣我都看得一清二楚。」季沃優雅地淺啜一口手中的熱拿鐵。

「什麼——我那時候哭超醜的耶！你別又騙我。」她整張臉脹紅了起來，崩潰地哇哇鬼叫。

「我幹麼要對妳說謊，誰叫妳那髮色太醒目了。」他只是以鼻息吁出短促的笑。

如今真相大白，關於那個替她撿起票的陌生人，以為遠在天邊，其實近在眼前。這麼一想時，論時間點，她和季沃的緣分原來比她跟楊若伊還早了一個夜晚，雖然只是短暫幾秒的交集。

幾天後，唐知菲向楊若伊分享了這段後知後覺的小插曲。

「……是不是很毛骨悚然！我回想起來都起雞皮疙瘩了。」吧檯內，她手扶鋼盆，正攪拌著鮮奶油，愈講愈來勁，「而且我現在才知道原來除了高木藤外，季沃也是失眠星球的歌迷。」

談及喜愛的偶像，她的眼神總是閃亮，楊若伊被逗笑，「我記得之前有一陣子季沃的手機鈴聲也是設他們的歌。那我有跟妳說過嗎，我跟季沃以前曾一起看過失眠星球出道前的現場表演喔。」

「出、出道前？在哪裡看的？街頭表演嗎？該不會是他們參加月魚獎的時候吧？好好喔——」

「月魚獎？啊——那個我們學校每年都會舉辦的音樂盃。當然不是，我們差了好幾屆耶。」

「對喔，我太激動了……我曾想過以後要考春田大學，雖然以我現在的成績要考進應該比登天難。」

「加油，試試看吧，如果妳以後順利考上了，那妳就變成我跟季沃高中和大學的學妹了，我記得那場表演應該是六年前的夏天吧，是在鎮上舉行的音樂祭，可惜當時錄的影片早就遺失了，沒辦法秀給妳看……」楊若伊語尾牽著一抹懷念，「那年我跟季沃才高三而已，不知不覺都已經長大了。」

春田大學是失眠星球四位團員的母校，唐知菲的第一志願就以如此單純的原因決定了。

而當楊若伊感嘆膠原蛋白已隨歲月流逝時，唐知菲那張還能掐出滿滿膠原蛋白的臉蛋寫滿了羨慕與嫉妒。如果可以擁有一台時光機……如果可以選擇回到過去某個時間點，她最想穿梭到六年前那個盛夏夜晚，想要親眼見證屬於失眠星球最巨大的轉捩點，想要見見青澀而燦爛的他們。

「話說妳不是在學日文了嗎？可以請季沃當妳的小老師喔，現成的教材。」楊若伊話鋒一轉。

「他嫌麻煩，說不要，還叫我滾……我也沒強迫他，只是問問而已，妳說是不是很過分。」

「你們兩個真的永遠沒有和平相處的一天。」見唐知菲滿臉的不服氣，她習以為常地笑了笑。

唐知菲雖然不久前對季沃默默多了一種同為粉絲的革命情感，但那張嘴果然還是太討厭了。

在被狠狠婉拒後，她發憤圖強一下子就把五十音全背熟，現在進度飛快，已經學到初級課本的第六單元，連去倉庫拿東西的幾步零碎時間都在背單字，嘴邊時不時還念念有詞。

唐知菲走往第一座鐵架，卻差點撞上一堵寬厚的背，納悶問：「季沃，你一個人呆站在這做什麼？」而他沒反應，她探眼望去，發現地板有兩隻蟑螂，細長觸鬚不斷顫動，「嘔——好噁心。」

「加油，這就交給妳處理了。」神不知鬼不覺間，季沃的聲音居然從背後響起。

唐知菲轉頭，「你幹麼躲我後面……你怕蟑螂喔？」

「沒、沒有啊。」

「蟑螂有什麼好怕的，直接拖鞋給牠用力打下去就好啦。」語落，唐知菲瀟灑地把自己左腳布鞋脫下，快狠準的啪、啪兩聲就讓蟑螂們連掙扎都來不及就上西天了，「剩下的屍體給你處理喔。」

雖然她不怕蟑螂，但變成兇器的鞋底還是挺讓人頭皮發麻的，隨後便以單腳跳躍的方式上樓沖鞋子去了，於是也因為這樣，她絲毫沒察覺季沃的一臉崇拜，她剛才這一氣呵成的動作，看在此刻的他眼裡簡直帥氣得不得了。

而當唐知菲再回到倉庫時，季沃正戴著塑膠手套，拿著刷子，默默把那塊命案現場消毒得一乾二淨，然後說：「妳前幾天問的——關於教妳日文這件事，我可以幫妳。」

「真的嗎！齁，你可真現實，幫你殺蟑螂你就心軟了……」那她還真希望蟑螂多出現一點。

「妳那時講得好像是要付鐘點費的程度，我可沒那麼多時間，但如果只是在我有空的時候那倒無所謂。」他起身，兩手一攤，「不要就算了。」

「我要我要，我又沒說我不要——」她急忙道謝，還不忘獻上一張討好的笑顏。

後來，咖啡堂開始時不時會出現以下這樣的對話——

「唐知菲，考妳這個東西的日文怎麼唸。」季沃比向店內某樣物件，「五、四、三、二——」

「等等，我……我忘了，突然想不起來……」可惡，她明明昨天才從日劇裡學到這個單字啊。

「好，沒關係，去抄十遍就想起來了。」他皮笑肉不笑。

唐知菲自學速度不算快，卻穩紮穩打，當她遇到不懂的文法時便會趁空檔向季沃指教，他也十分有耐心地分析給她聽，最後還會要她立刻現學現賣造句。而雖說是教她，但他發現其實自己派不上什麼用場，除了稍微熬夜整理了下以前自學的筆記再複印一份給她外，大部分也只是從旁輔助。

而楊若伊和高木藤偶爾會像吃瓜群眾在一旁觀察，當處在這種狀態時的唐知菲和季沃兩人看上去頗有幾分學生與老師的既視感，甚至極度稀少地漫起一股祥和的氛圍。

曾有幾次經過休息室，也會看見唐知菲同學捧著明顯有翻閱痕跡的課本，一臉認真地上前向長腿交疊正喝著熱拿鐵的季沃老師問問題。

「你可以再解釋一次這個文法的結構變化嗎？」

「我上次不是講過了嗎？，付我五百我就教妳。」

「再一次就好，最後一次！」

後來漸漸地，唐知菲的課本空白處也開始會出現季沃的筆跡，他的字型隨興得很好看，無論是中文、英文還是日文，字與字之間的距離卻又拿捏得宜。

燈火闌珊的午夜，一身睡衣的唐知菲坐在書桌，還剩最後一道練習題沒寫完，卻已有些睡眼惺忪了，她往前翻了幾頁，瞥見白天季沃心血來潮替她批改的練習題，角落還留有當時討論到的一個頗有詩意的單字，忘了擦掉——「木漏れ日」，他那時是怎麼形容那個畫面的呢……

睡意漸強，專注力也下降，開始分神了，她左手握拳杵著沉甸甸的腦袋，右手捏著用到掉漆的自動鉛筆，將睡未睡的精神驅使下，不自覺地輕輕描繪起他的筆跡。

新年期間，咖啡堂從除夕到初五因應春節公休，直到初六才正式開工。

今天的早班是楊若伊和高木藤，一早營業就陸續有客人上門，內用滿桌，外帶訂單也不少，晚班的唐知菲打完卡後連忙換上制服就到前場幫忙調製飲品了，直到下午三點左右忙完最後一波，回老家過年的季沃也回店裡了，他和唐知菲一樣是晚班，只是因路上塞車而遲到了半小時。

「恭喜發財——紅包拿來。」唐知菲嬉皮笑臉地朝季沃攤開右手掌，像個勒索人的小混混。

「紅包啊——」也換上制服的季沃伸手探入長褲口袋摸了摸，將某樣東西小心翼翼放上她的掌心，笑得人畜無害，「恭喜發財，快快長大啊。」語畢，沒等她反應，他就直接擠過她去前場了。

她拆開一看，是一張被揉成團的停車場繳費明細，「……自己的垃圾自己丟啊喂！」

季沃走進吧檯，與楊若伊交接店務，講到一半，她注意到他的臉色有些蒼白，輕輕拉過他一隻手碰了碰，「你的手好冰，身體會不舒服嗎？去休息室躺一下吧，這裡我跟知菲他們顧就好。」

「可能只是有點小感冒，等忙完再去休息就好。」他牽起一側唇角，抽回手繼續確認報表。

晚間七點鐘整，打烊了，少了白天躁鬧的人聲，此時店內只剩一縷水晶樂曲。唐知菲將掛在胡桃木門門把的鏈條吊牌轉至Close，也順手把鐵門降下一半。

一旁正在清點零用金的季沃突然出聲：「知菲，妳已經打卡了嗎？可以下班了。」

她納悶，下班打卡時間是七點十五分，還有十分鐘呢，「還沒，我正要去丟垃圾。」

「垃圾放著吧。」

她一臉老實，手上還拎著一袋垃圾，默默原地放下，「……我地板也還沒拖喔。」

「我拖就好，先回去吧。」他的聲音很淡，隔著口罩更是聽不出任何情緒。

怎麼好像在趕她走？好吧，算了，於是唐知菲也沒廢話，轉身就進休息室打卡了，離開前，還與倒完垃圾的季沃擦身而過，「那我就下班囉，拜拜。」

「嗯。」他用乾布擦乾手，隨意投以一記視線回應，順勢也把音響關了。

走出店外，月明星稀，冷冽的晚風自褲管灌入，唐知菲不禁打了個哆嗦——砰！當她跨上腳踏車椅墊時，隱約聽見一道似是重物掉落的悶聲……隨後又恢復一陣無邊的寂靜。

……應該不會吧，唐知菲多疑地察覺一絲不對勁，暗忖幾秒，又下了車，快步走回咖啡堂。

室內燈光自半個人高的鐵門縫隙混著夜色朦朧透了出來，她彎下身，偏頭朝裡頭查看——卻見季沃整個人跌趴在地，她陡然一驚，趕緊鑽進去，手忙腳亂間，頭還不小心撞上了鐵門。

「季沃？喂，季沃？」唐知菲單膝跪在他身側，緊張地出聲喚，幸好他還有意識。

季沃沉默著，一手撐著冷冰冰的地板重新坐了起來，卻眉頭緊蹙，眼角泛淚，半摘下口罩突兀地揉著鼻子，迷濛的眼這才轉向一旁的唐知菲。

「……唐知菲？妳怎麼又回來了？」

「這不是重點，你現在還好嗎？怎麼突然倒在地上，我還以為你不省人事了。」

「只是感冒而已，拖地到一半，頭突然很暈，站不穩，腳不小心被拖把絆到，就變這樣了。」他很沒有節奏地據實以告，嗓音聽起來比平時還微妙地柔了幾分，卻裹著濃濃倦意。

剛才暈眩的瞬間令他莫名作嘔，來不及反應，鼻子直接正面迎擊地板，痛得他眼角逼出了眼淚，狼狽地跌趴在地。

「沒事啦，鼻子沒歪。」唐知菲左盯右瞧，像是在安慰他。

他只是面無表情看著她，甚至有些呆愣，沒有像往常那般吐槽，絲毫沒有半點殺傷力。她注意到他真有些不對勁，臉頰緋紅，唇瓣乾澀，明顯懶洋洋的，於是她試探性地抬起手，左掌輕輕貼上他的額頭，同時右掌貼上自己的加以對比……好燙。

唐知菲蹙眉，「你好像發燒了。」

「我正準備去吃藥。」季沃敏感地往後瑟縮，將口罩重新拉至鼻樑，「……好了，妳快回家，免得被我傳染感冒。」說完，他便起身將拖把放回洗手間，又繞進吧檯將POS機關機。

唐知菲見他行進間步伐不時搖晃，哪怕再摔一次都不意外，她可不希望明天一早看見某咖啡廳驚傳命案的社會新聞，無奈地上前提議：「季沃，我扶你回二樓休息吧。」

「我還不至於慘成這個地步。」他好沒氣地歪頭抗議，卻一點說服力也沒有。

「萬一又暈倒，就真的沒人能救你喔，我等等離開再直接關燈關鐵門，鑰匙明天再帶來還。」

「……妳明天不是沒班？」

「所以特地來還的話，那就算加班吧。」她挑起一邊眉。

「好吧。」

生病的季沃比平常更顯慵懶數倍，整個人少了從容清冷的氣質，多了那麼一點溫順憨傻，感覺挺好欺負的，這麼心想時，唐知菲忍不住以氣音哼笑一聲。

而說是扶他倒也不是真扶，唐知菲只是跟在後頭隨機應變罷了，結果只差幾階便抵達二樓家門口時，頭重腳輕的季沃身子一晃，險些踩空，她看不下去，乾脆擅自拉過他一條手臂掛在自己肩上，好讓他有個支撐點。

幸好他家門沒鎖，豈料門板才裂開一條縫，一個狗鼻子就竄了出來，她見狀又被嚇了一跳，怪叫一聲，反射性踉蹌幾步。

「……呃。」突如其來的晃動，也讓半清醒半模糊的季沃不小心整個人往唐知菲身上倒。

「好重……」沉甸甸的重量扎實地渡上背脊，偏高的體溫順勢熨燙她的耳尖，萌萌又硬是擠了出來，她要崩潰了，咽咽嗚嗚，「求求你了，先別擋路啊。」

兩人艱難地在門口脫了鞋，跨過門檻，她摸黑打開電燈，連拖帶扛將他扔上床鋪，咚一聲準確在枕頭落地，總算卸下肩上重擔。

「我還沒洗澡……不能上床。」昏昏欲睡的季沃面有難色，倦意與原則的天秤左右搖擺不定。

「人都不舒服了就暫時別管這個了。」唐知菲忽略他的掙扎，一把將棉被拉起胡亂替他蓋上，「你家的耳溫槍放在哪裡？有退燒藥嗎？」

「……門旁邊的櫃子……最下面的抽屜。」

她拉開抽屜，各類物品都被歸納得十分整齊，一下便輕易找到耳溫槍與退燒藥，接著到廚房隨意取了個馬克杯倒水。後來季沃量了體溫，三十八點九度，果真發燒了。

唐知菲問他為什麼不早點去看醫生，他吞下退燒藥，懶洋洋地回說這點小感冒沒必要大費周章跑診所……語畢，便血槽歸零般直接往後倒下，沉沉睡去了。

唐知菲將大燈熄滅，獨留床頭的小夜燈，寂靜潛伏於整座空間，只剩熱水壺運轉的聲響，還有一抹細微而平緩的呼吸聲，於是這時，她才開始好奇地觀察起季沃的住所。

與一樓咖啡堂相似的燈光氣氛，家具不多，卻充滿生活的氣息，整體以木質色調為主，藏在流理台與牆角的幾株綠色植栽在一片穩重中添增幾分活潑，淺褐色的木質地板上鋪著一大塊燕麥白的絨毛地毯，幾個萌萌的玩具被隨意丟在上面，牆邊還有萌萌專屬的飼料碗架。

唐知菲躡手躡腳走至另一側，逼近天花板高的巨型書櫃有一半都擺滿了書，最上面那層立著一顆地球儀，以及一座金光閃閃的獎盃。

她湊上前細看，訝異發現原來季沃以前是吉川高中棒球社的成員，背號是39號。根據獎盃註記的年分推算，他在高二時曾獲選某棒球盃賽的ＭＶＰ。好厲害，原來還會打棒球啊，她悄悄窺探著他的過去，讚嘆不禁溢出喉間。

第二層書櫃擺著幾張以相框保存的照片，分別有他高中時期及大學時期與球隊隊友的合影。高中時期這張照片裡的季沃，臉頰還有些未消的嬰兒肥，留著一顆樸實的大平頭，卻微妙地讓五官更顯清俊可愛。她受到視覺衝擊，像發現新奇的化石般，沒忍住地噗哧爆笑，連忙摀住嘴。而大學時期這張照片裡的季沃，體型明顯變得結實高大，褪去了屬於男孩的稚嫩，皮膚爬滿太陽親吻留下的痕跡，然而對比現在卻又已經白回來不少了。

接著，她注意到旁邊還有一張季沃與楊若伊、朴念仁的合照，相框顏色與材質也和其他的不一樣。背景是一棵豔麗如火的鳳凰花樹，季沃和楊若伊穿著吉川高中的制服，胸口別著畢業胸花，是畢業典禮的當下。

兩人的模樣青澀，是可愛的少年與少女。

十八歲的楊若伊渾身散發一股天真爛漫的氣質，典型的黑長直髮，脂粉未施的臉蛋，清純的笑顏，懷裡抱著許多鮮花與乾燥花，滿到幾乎將她纖瘦的身軀遮蔽。唐知菲的目光忍不住多停留了幾秒，想著她以前一定不是校花就是班花，小時候也好漂亮啊。

站在三人中央的季沃懷裡同樣抱著花束，頂著一顆清爽的男孩頭，唇瓣微彎，神情晴朗，眼神內斂卻閃亮。

站在他右側的是當年二十三歲的朴念仁，整個人的氣質與現在雷同，又颯又美。這時候的她與季沃一樣高，左手肘親暱地靠在他肩膀，比著一個大大的YA手勢，咧嘴一笑。

從一生一次的青春時光開始，被迫推進開始追著各種數字跑或被追著跑的名為大人的荊棘叢林，直到如今，他們三人仍活躍在彼此的歲月裡。

但，季沃心中那個關於朴念仁的盒子，似乎還在等待完全修復的那一天到來。

正大光明偷窺完了，唐知菲餘光一瞥，發現萌萌神不知鬼不覺正用鼻子嗅嗅她的褲管，她畏懼地哄騙：「乖……去顧好你的主人。」說完，便逃亡般的輕輕帶上大門下樓了。

唐知菲關閉主電燈，只留下吧檯燈，現在是八點半，爸媽到高雄旅遊兩天一夜，妹妹去看燈會並直接留在同學家過夜，所以今晚只有她一個人看家，但這時她發現外面下雨了，淅淅瀝瀝的雨聲還混著雷聲轟鳴，她討厭打雷，害怕閃電，便打算待一會兒再離開。

她坐上高腳椅，晃著小腿，滑了社群軟體，看了幾個好笑短片，追了幾回近期熱衷的漫畫，還發現某個頗感興趣的手遊，偏偏手機記憶體滿了無法下載，只好從占據最多容量的相簿下手。

她什麼都喜歡拍，再尋常不過的晚霞天空也能拍上十幾張，刪刪減減了好半晌，整理去日本旅行拍的照片時，在各種東京街道與食物間，翻出在津戶神社的午後，和季沃一起拍的那張失敗合照。到底怎麼能拍成這樣呢，好蠢……唐知菲擰眉，笑著嫌棄，卻仍是將這張合照保留下來。

在等待遊戲下載完成的漫長片刻，唐知菲不知不覺趴在吧檯桌面睡著了，但只是淺眠的程度，於是當有人輕輕往她肩上蓋了毛毯時，她就緩緩睜開了眼，駝著背，神智迷糊地左顧右盼。

「抱歉，把妳吵醒了。」

「……幾點了？」猖狂的涼意漫在空氣中，唐知菲打了個哆嗦，緊了緊肩上的毛毯，在取暖。

「凌晨十二點多了。」季沃回道，嗓音捲著剛醒的沙啞尾韻。

她睡眼惺忪，注意到此時的他戴著黑框眼鏡，身套寬鬆的深藍色衛衣，幾根髮還不修邊幅地翹起，是被睡壞的痕跡。這是第二次見到他相較居家的模樣，剛才靠近時，也隱約嗅到一抹沐浴乳香氣，彷彿還裹著暖和的浴室氤氳。

「你退燒了嗎？」唐知菲想起什麼似的，連忙問。

「嗯。」

「喔。」她打了個哈欠，見季沃從剛才不曉得在吧檯內忙什麼，便又好奇問：「你在幹麼？」

他將一杯焦糖瑪奇朵沿著桌面推給她，「喝點東西再回去吧，但現在太晚了，只能喝小杯的。」

「哎唷！這麼體貼，好難得喔。」她又驚又喜，雙手捧住馬克杯淺啜一口。

「不欠妳了。」他說。

「……只用一杯飲料就想打發我？」她不可置信地挑起一邊眉，食指往桌面敲了兩下。

「給妳點顏色妳就開起染房來了。算了，我也有點餓了，弄什麼就吃什麼，不准挑。」

於是不一會兒功夫，季沃用冰箱剩餘的幾樣食材簡單做了兩份三明治，接著不一會兒時間，唐知菲三兩下就將自己的份嗑光。

當坐在旁邊的季沃正細嚼慢嚥時，唐知菲已經心滿意足地拿面紙擦去沾在指尖的麵包碎屑。沒多久，見他把盤子移至一旁，持著手機開始讀起電子書，她默默覬覦起他那盤還剩一半沒動過的三明治。

「另一半你不吃了嗎？」

「沒胃口了。」

「那乾脆我幫你吃完吧。」

「喔，可以啊。」

半晌，季沃讀完一個章節後，擱下手機，偏頭托腮，不可思議地盯著唐知菲輕輕鬆鬆吞下最後一口三明治，依稀記得這傢伙的晚餐似乎是一個便當加雞排，「妳的胃是恐龍的胃嗎？」

「什麼恐龍！有夠失禮，我還在發育好嗎。」唐知菲理直氣壯地抗議。

「喜歡妳的男生看到妳這副吃樣肯定直接被嚇跑——喔不對，應該沒有男生喜歡妳。有嗎？沒有吧。」

「……對啦對啦，就是永遠沒人會喜歡我，我好可憐喔。」她搖頭晃腦，乾脆順著他的嘲諷自暴自棄，又狠狠瞪他一眼，只差沒咬人了，「季沃你嘴巴真的很賤，忘恩負義，沒良心。」

「沒大沒小，臭小孩。」他狹長的眼眸微彎，唇角惡趣地微勾，臉上是十足的挑釁。

萬人熟睡的深夜，雨仍未停。

唐知菲伸手撥開落地窗簾一條縫隙，外頭是犀利的雷響電閃，震得她眉頭深鎖，生無可戀，

「欸季沃，我能不能在這裡等雨停了再走？或是如果沒打雷了的話……」她真的很討厭打雷。

「嗯，隨便啊，反正我暫時也睡不著。」季沃正在用筆電，食指滑著觸控板，連頭也沒抬。

於是她重新坐回他旁邊的高腳椅，將毛毯一把連自己的頭都披上，戴起耳機開始打手遊。兩人專心各做各的事，分別處在兩個世界。

連續打了幾場，把任務解到一個段落後，她跳出遊戲休息一下，又隨意點進YouTube，忽然想起什麼似的，往搜尋欄位分別鍵入「棒球」、「吉川高中」與「棒球」、「春田大學」兩組關鍵字。

相關資料都不算多，指腹滑了滑大致閱覽，而突然，吸引她點進的其中一則影片，是五年前某屆全國棒球聯賽的全程轉播。

已在小組預賽中率先拿下一勝的春田大學在第六局上半時，發生中外野手的判斷失誤，直接被追平比數，原本領先的局面瞬間變成糾結不已的戰況。他在第六局下半以代打身分上場，並同時接替隊友守中外野。然而，當在該場分別兩次的打擊機會時，卻連續在滿壘且僅一人出局的情況下擊出雙殺打，澈底捻熄得分的大好機會。導播將鏡頭畫面切到神色低落的他默默撿起球棒，萎靡不振地走進休息室的模樣，彷彿衰神纏身般。

這是雪上加霜的窘境，球隊氣勢也逐漸被對手的接連安打踐踏在腳底，最後反而被逆轉超前，第二十七個出局數以揮棒落空作收。春田大學在該屆的成績是一勝兩敗，最終沒能晉級預賽。

「帥喔，只會打雙殺，一個人貢獻四個出局數：）」

「聽說以前這咖可以旅外？臉腫嗎？」

「笑死，到底在打三小球？？？」

「樓上嘴可以不用這麼臭欸==」

「他還只是一個普通學生而已……」

「今天狀況不好吧，感覺綁手綁腳的」

「我先噓再說」

唐知菲看著底下留言區的評論，發現標記的時間點都是在季沃上場打擊的時候。

「喂。」

她讀著，不禁眉頭緊皺。然後，莫名其妙的，內心有股不爽的異樣感正隱隱鼓譟。

「……喂。」季沃伸手在她面前揮了兩下，她抬首，一瞬間愣了愣，連忙將影片關閉。

她偏過頭，摘下耳機，語氣自然，「幹麼？」

「已經一點半了，妳要繼續在這裡待著，還是我直接載妳回去？」他側過身，右手靠桌握拳抵在太陽穴，拋出兩個選項讓給她。

聞言，唐知菲下意識瞪大眼，有些驚訝，沒想過他會這麼提議，結果默默脫口而出：「……你腦袋真的燒壞啦？」他一定是嫌她煩了。

「我在妳腦袋裡的形象到底是多壞？」見她這般浮誇的反應，季沃忍不住白她一眼，頓了頓，又多補了句：「我不是在趕妳，只是雨也不曉得何時才停，乾脆直接載妳回家比較快，而且很晚了。」

她眼神猶疑，停在他純白色的口罩上，「可是你感冒。」

「我是感冒，又不是手斷腳斷騎不了車。」

顧及他是病人，她還是搖搖頭，「我自己騎腳踏車回去就好了，你還是在家休息吧。」

季沃漫不經心地抬起一邊眉，語帶調侃：「妳什麼時候這麼客氣了？現在外面又冷又黑喔。」

瞧她一臉猶豫，他又飄出一句：「給妳三秒，要就去把包包整理一下，不要就拉倒，一——」

才剛出聲數到一，她就立刻跳下高腳椅，畢恭畢敬道謝：「那我就恭敬不如從命了。」

待唐知菲穿好自己放在休息室備用的雨衣走出店外時，季沃已經將機車停在店門口等她了，還順手替她將飛旋踏板打開，將楊若伊之前忘在店裡的安全帽遞給她。

「先暫時借戴若伊的安全帽吧，妳再自己調整一下帶子鬆緊度。」

「好。」她猶豫著自己的手該抓他的雨衣，還是向後握住手把，最後果斷選擇後者。

然而，當正準備出發時，這場綿延無盡的雷陣雨就無聲無息結束了。

「雨是不是停了。」唐知菲拉開安全帽罩子，將頭向前探。

「坐都坐了，抓好，我要騎了。」季沃稍微向後側過臉回道，語畢，便催下了油門。

半晌，季沃讓唐知菲在住家社區門口下了車。

「對了，你以前留大平頭的那張照片還蠻可愛的欸。」唐知菲冷不防拋出這麼一句。

正把她脫下的安全帽塞進車廂的季沃頓時傻住，瞠圓眼，指控道：「妳偷看我書櫃？」

「就⋯⋯有點無聊，稍微參觀了一下。」她雙掌置在後腦勺，做賊心虛地呵呵笑了。

「這叫稍微？」

「沒關係不要害羞啦，是人都有黑歷史⋯⋯」

「妳吵死了。」在路燈昏黃的光線下，即使隔著口罩及安全帽也能窺見他羞窘的神情。

「我要回家了，拜拜。」她落荒而逃，下一秒卻猛地啊一聲。

「又怎樣？」

「我的腳踏車怎麼辦。」

「腳踏車啊⋯⋯明天早點起床過來牽吧。」他幸災樂禍，狡黠一笑，說完就揚長而去了。

第四章　還有星空作伴

六月下旬，向暑。

晨曦初露，城市街道曬滿一地光彩，蟬鳴鳥語，拂過臉頰的風混著夏天獨有的氣息，卻不顯悶熱黏膩。陽光煦煦，晴空白雲，正適合——來趟小旅行。

今天是咖啡堂有史以來第一次的兩天一夜員工旅遊。選擇地點的契機，來自上個月接連幾日超過三十六度的高溫地獄，四人熱怕了，楊若伊提議到山上避暑，其他三人一致贊成。

早上七點鐘，唐知菲將自己的行李袋放進後車廂，彎身坐進後座。

「早——安——吃早餐了嗎？」人未見聲先到，副駕駛座的楊若伊轉頭朝她笑笑。

「在家吃過湯麵了，你們呢？」唐知菲像孩子剛睡醒的憨樣，一雙眼有些浮腫，太興奮了所以凌晨兩點才入睡。

「我們有多買妳的早餐，打開看看吧。」坐在左側的高木藤咬著剛才沿路買的麥當勞早餐，把置物槽內的小紙袋遞給她，裡頭是還溫熱的漢堡薯餅和無糖綠茶。

「本來她要LINE妳，結果等不及就直接先點了，不曉得在興奮什麼。」今天負責駕駛的季沃邊設定路線導航，冷不防飄出一句。

「反正她吃不下我再負責吃掉嘛。」

「沒關係，我還要吃！」

「如果怕暈車的話，我有帶暈車藥備用，有需要可以再跟我拿喔。」

「唐知菲，妳安全帶還沒繫上。」

「噢——」

半晌。駛上國道三號，時速維持在一百零二公里，南下車輛比北上車輛還少了一些。車途漫長，唐知菲開啟手機藍芽連接車內音響播放音樂，從幾首中日韓的熱門快歌，到私心趁機重播的失眠星球的搖滾情歌，接著冒出深情的英文老歌，旋律淒美，喃喃囈語般的唱腔，直到最後一個音落下，楊若伊說再聽下去我們偉大的駕駛就要睡著了。

於是唐知菲又精挑細選幾首很Chill的歌曲，高木藤跟著起鬨，兩個人吵吵鬧鬧的，隨著節奏搖頭晃腦，她還要寶地抓起剩半瓶的礦泉水充當麥克風唱RAP。

「……好可怕的噪音，你們兩個。」季沃嚼著口香糖，糖衣碎裂，漫出沁涼的薄荷味。

「我們這是在炒熱氣氛，避免你打瞌睡呀——若伊妳別光偷笑，起來嗨！」

途經數個交流道口，筆直而綿延的道路彷彿沒有盡頭，沿途的景觀變化不大，他們的目的地還有好遠、好遠的一段路。

身體儲存的電力已經見底，睡眠不足的唐知菲這時終於開始打起瞌睡，楊若伊將頻道轉為高速公路路況廣播，不久，後座的高木藤也敵不過睏意，跟著閉眼休息了。

似夢非夢間，唐知菲聽見楊若伊和季沃在聊天的聲音，車內時而若有似無填滿她溫和的嗓音，時而只有沉靜的留白蔓延，時而有他清脆乾淨的輕笑。

「……所以大概這兩、三年內吧。」

「已經有共識了嗎。」

「算——默契吧？等到那一天你們都必須給我出席喔，少一個都不行。」

「嗯，我會很期待的。」

「欸你看，她在後面睡成那樣，嘴巴張好開，我要偷拍——」

然而話未說完，一輛跑車猛然自左側霸道衝出，兩台車只差幾釐米就直接碰撞，季沃反射性只得急煞，伸出右手擋住以防副駕駛座的楊若伊飛出去。突如其來的重力拉扯，唐知菲也驚醒，嘴角還沾著口水痕跡，旁邊的高木藤倒是睡得很死，連眼皮都沒掀開。

「……這台車是怎樣？太危險了吧！」楊若伊難得氣急敗壞地發怒。

對方駕駛聞風不動，惱人的引擎聲再次爆發，莽撞地就往停車場出口的方向揚長而去了。季沃涼涼地朝那車屁股瞟了一眼，像在看一坨垃圾，最後駛入座落在樹陰下的停車格。

抵達清水休息站了，戶外豔陽高照，連點風也沒有，空氣被高溫燒得浮浮流動，四人下了車伸展僵硬的腰背，躲進寬敞涼爽的商場。

男生們先去了趟洗手間，女生們走進其中一間小賣部，慢悠悠地在擺滿全台各地名產的區域逛了起來，又夾了些夠四人分的熱食。

「知菲，我想去對面買一下魷魚絲，這籃子先給妳拿。」楊若伊將手上的購物籃交給她。

「那我等等直接一起拿去結帳吧。妳還有要什麼喝的嗎？」唐知菲問。

「柳橙汁好了，我想喝瓶蓋是綠色的那個牌子，如果沒有的話就隨便一瓶都可以，謝啦！」

唐知菲走往飲料區，視線在各種飲料廠牌逡巡，找到楊若伊指定的柳橙汁，正伸手取下一瓶要丟進購物籃時，季沃冷不防從一旁冒出來。

「若伊的飲料我剛才拿了。」他說。

「咦？喔——」她往他手上的購物籃探眼一瞧，裡頭的確躺著一罐綠色瓶蓋的柳橙汁，還有他自己要喝的巧克力牛奶，於是她便將柳橙汁放回架上。

高木藤抱著洋芋片和運動飲料走近兩人，檢查籃裡堆成小山的糧食，「我們吃得完嗎，好像買太多了？算了，以備不時之需，出來玩就是要放縱吃吃喝喝。」

「而且晚上還要吃烤肉！」

「你們都買好了嗎，我要去結帳了。」季沃隨口問。

「等我，我也要跟你一起去——」唐知菲在草莓牛奶和巧克力牛奶兩者間猶豫，最後抓過一瓶巧克力牛奶扔進籃裡。

步出商場，天邊白雲滿溢，巧妙地遮蔽過於炙烈的太陽光，雖肌膚仍難免被烘得悶熱，卻是在樹蔭下不會流汗的熱度。四人在車子旁的花圃長椅乘涼休息，就地將剛才買的食物分食。

「接下來換我開吧。」當季沃打開駕駛座車門時，楊若伊突然提議。

「妳要開？」

「對呀，反正我又不是沒開過山路。」她挑起一邊眉，「害怕啦，不敢坐我開的車？」

「怎麼可能，又不是沒坐過。」季沃輕笑，故意模仿她的口吻，「您請。」

「那換我坐前座，我坐後面坐到有點膩了。」高木藤叼著竹籤，彎身鑽進副駕駛座。

於是除了唐知菲外，其他三人都換了位置。

離開清水休息站，又是一段綿延漫長的國道風光。唐知菲半側身靠著車窗，大概是不小心吃得太飽，再加上滑了一陣子手機而感到有些噁心感，都還沒上山，竟然在平地就暈車了，她默默吞了顆暈車藥。

楊若伊的車速比季沃再快了些，車輛若有似無地晃動，讓唐知菲不知不覺眼皮又變得沉重。昏昏欲睡間，唐知菲的意識漸漸崩落，坐姿也緩緩歪斜，腦袋隨著震動不時輕撞上車窗。坐在她左側的季沃透過玻璃窗的反射注意到了，卻只是托著腮，繼續放空，眸底刷過奔馳的小小光影，視線投望窗外那一大片藍天白雲。

咚。咚。沉重的悶響——直到第五次，他看不下去了，被她打敗般的心想：這樣也還能繼續睡？於是側過身，伸手輕輕將她的腦袋扶正，讓她能穩穩地靠在椅背間的凹槽處。

良久。抵達埔里後，在路邊的加油站讓車加了第二次油。沿著導航指示切進台六十四線，行經霧社，再轉進台十四甲線，這條可稱台灣最高的仙境公路。

車輛開始進入蜿蜒的山路地段，駛經昆陽休息站，唐知菲迷迷糊糊也醒了。她懶洋洋地將身子坐正，一側臉頰還印著泛紅的睡痕，還在適應眼前過曝的世界——直到車窗外的景色逐漸鮮明，她不禁睜亮了眼睛。

「妳終於睡飽啦。」透過後照鏡瞥見唐知菲目光炯炯地貼著車窗，楊若伊輕笑，「武嶺快到囉。」

「……你們有沒有聞到一股味道？」這時，高木藤陡然拋出一句，將原本為了通風而開了條縫的車窗全降下，謹慎地大口吸氣，「聞起來像燒焦的味道。」

「在前面那塊空地停一下吧，方向燈先打著。」季沃也嗅到一抹難聞的氣味，忍不住擰眉。這台車是季沃幾年前從父親那兒接手過來的，雖然是十幾年的老車了，卻身強體壯，只是一下子讓它吃了將近兩百公里的量，果然還是有些不堪負荷，只好先在路邊熄火休息。

四人下了車。季沃和高木藤一個蹲在輪胎邊一個掀開車蓋檢查車輛有無異狀，唐知菲打著哈欠湊熱鬧，被季沃像揮蒼蠅般趕走。她傲氣地撇撇嘴，轉而晃到一旁正在看風景的楊若伊身邊。

她們站在車尾處的草叢圍籬前，居高臨下眺望，不久前擦身而過的幾棟屋宅現在看來只剩米粒大小，蜿蜒細長的道路隱沒在山群間，在上頭行駛的一輛輛汽車變得像玩具車般迷你。

除了一般轎車及巴士外，沿途也不時能看見幾部機車上山。當身後又有兩台機車呼嘯而過，唐知菲視線由左至右跟隨，直到他們消失在前方不遠的彎路。

「以後有機會的話，我也想騎車攻武嶺。」

「妳認真嗎，從妳家騎來這裡超遠耶……如果是我我絕對做不到。」

「感覺很熱血耶——我也想環島！」唐知菲一臉嚮往。

「做夢比較快。」季沃像貓一樣從旁經過，默默飄來一句。

「……你不要這麼煞風景好不好。」她好沒氣地睨他一眼，真的是專程來討罵的。

「季沃你幹麼老是潑她冷水。」

「對嘛對嘛，每次都挖苦我，幾歲的人了還這麼幼稚。」

「我這是在激發她的毅力。」

引擎重新發動，時而左彎右拐，時而戰戰兢兢地與對向車輛轉彎會車，距離目的地武嶺還剩下最後一哩路了。

隨著海拔上升，進入寒帶森林，周遭的植群生長也逐漸改變。唐知菲將車窗降到最底，探出一半腦袋，視線環繞俯瞰，此刻除了用肉眼讚嘆眼前的雄偉山谷，也忍不住藉由手機鏡頭錄下一段沿途的愜意景致。

轉瞬之間，從酷熱的平地小鎮，闖進了森寒的合歡山祕境。

路迢遙遠，四人終於抵達目的地。

即使是平日，武嶺停車場也一位難求，楊若伊將車停在一排重機旁的最後一個空位。海拔三千兩百七十五公尺，儘管正值六月盛夏，此時體感溫度只有十六度，除了唐知菲外，其他三人都多披上了一件外套保暖。

雀躍的唐知菲嘿咻一聲踏上武嶺觀景台，轉頭瞥見季沃落在尾端，走得很慢，還縮著肩。

「你還冷嗎？」她站在原地等，難得能以居高臨下的視線俯視他。

「還好。」他身上的外套沒有口袋，只能雙手環胸取暖。

「我的外套可以借你，反正很大件，你應該穿得下。」

「……是也沒有冷到那麼誇張，妳就只穿一件薄長袖？」

「很涼啊，我甚至還覺得穿短袖就好了。」

頂頭是一片蔚藍晴空，雲朵鮮明，夾帶高山氣息的涼爽清風拂過腳邊，吻過頰畔及裸露的幾寸肌膚，習慣這樣的沁涼後，是相當舒適宜人的體感。

眺望著宛若世外桃源的重巒疊嶂，四人打從內心深感震撼，驚豔無比。放眼望去，數種深淺不一的綠交疊，蒼翠欲滴，漫無邊際的冷杉與箭竹草原，壯闊綿延的奇萊山脈，與陽光融合的綠野山坡，迷濛的山嵐沉寂在遠方的山巒間，若將視線再放得更深些，隱約能看見渺小的玉山群峰。

沐浴在大自然的懷抱許久，直到山間漸漸有起霧的跡象，離開前，四人一起在武嶺觀景台留下了幾張合照，沿著原路折返下山。

由於離民宿Check in還有一段時間，他們決定在清境農場停留片刻。唐知菲以前曾來過兩次，今天是第一次和朋友同行。

綿延無盡的青柳色草坡，見人類見到膩的成群綿羊恣意在園區穿梭。四人悠哉地到處晃晃，隨意沿著指標一路走到天空步道散步。這兒的氣溫比武嶺高了幾度，萬里無雲的藍天，正午的紫外線強烈，衝第一個東奔西跑的唐知菲一下子就被曬得肌膚泛紅。

「妳連防曬乳也沒塗，小心曬傷喔，回去直接黑一階。」戴著墨鏡的楊若伊撐傘遮陽，把自己的漁夫帽借她戴。

她嘿嘿一聲，「沒關係，反正我白得很快。」

「啊——奢侈的發言。」

「哇靠，妳的臉怎麼紅成這樣，好像關公。」高木藤哈哈笑，把原本覆在額前的瀏海向上用橡皮筋率性綁成一搓沖天炮，灌了一口變常溫的運動飲料，「好熱——」

「我看倒像猴子屁股。」旁邊的季沃微彎下身，偏過頭跟著觀察她的臉。

唐知菲反射性地脖子往後縮了縮，帽簷順勢向下滑動，間接遮住熾熱的太陽光，以及他猛然湊近的注視。

「……沒有其他更好的形容詞了嗎。」延遲了幾秒，她才咕噥叫嚷。

今晚過夜的民宿名為露藝，在距離清境農場約五分鐘車程的地方。一整座歐式莊園的雪白造景，房型寬敞舒適，平日一晚雙人房兩千有找，老闆夫妻倆好客熱情，長年經營下來成為網路上評價極佳的民宿，楊若伊眼明手快訂走最後兩間房。

唯一的缺點是，露藝民宿的地理位置稍嫌偏僻，在拐進入口前必須經過一條沒有多重防護的狹窄小路，左邊是山壁，右邊是深谷。分別前後坐在車子右側的唐知菲與高木藤膽戰心驚，硬是死盯著輪胎，輪胎邊緣與斷崖只剩一個手臂寬，楊若伊只是老神在在地要他們不用怕。

將車子停妥於民宿附設的停車場，唐知菲興奮跳下車，幫忙將大家的行李從後車廂搬出。

推開乳白色的大門，映入眼簾的是天花板挑高的大廳，彷彿闖入一座雪國的城堡宮殿，唐知菲環顧一圈，各處牆壁掛了不少大大小小的畫作，全是民宿主人年輕時周遊列國的收藏品。

完成住房登記，老闆領著四人前往三樓的房間，男生一間，女生一間。上樓時，老闆還熱情介紹若晚上想觀星，沿著民宿花園的小徑再往上走有一大塊觀景平台，自豪地說那兒的視野絕佳，但沿路沒有路燈照明，要記得帶手電筒。

將近半天的舟車勞頓，四個人各自在房內休息耍廢。

直到日落風生，偌大的天空一隅被夕陽渲染成橘紅色的漸層。寧靜的民宿前院響起一陣小小的吵鬧聲，唐知菲捲起衣袖正在奮力起火，嘴巴嘟起像河豚般，呼——呼——地吹，被煙燻得灰頭土臉，直到零星的火光從成堆的木炭炸開。

這次他們帶上山的食材份量不多，種類卻很豐富。刷了薄薄醬汁的肉片在鐵網上被烤得滋滋作響，空氣中逐漸蔓延起一股濃郁的燒烤香氣，飢腸轆轆的幾個人拿起筷子開始大快朵頤。

「今天妳壽星，妳最大，我來為妳服務一下。」楊若伊用筷子三兩下就把蝦殼去除，留下一整隻完好無缺的蝦肉，遞給唐知菲。正打算整隻抓起來啃的唐知菲咯咯地笑了，連忙捧起盤子接過，而楊若伊又接著說：「這就是妳的生日禮物了。」

「就、就一隻蝦嗎——」她很配合地假裝震驚，是話劇社的演技。

「後天再拿禮物給妳啦。」

「耶，最愛妳了。」

烤到一半，民宿老闆娘熱情地端了一碟自家釀的烏梅與他們分享，唐知菲和高木藤兩個小朋友也回以同樣熱情，手忙腳亂地把剛烤好的肉類蔬菜組合成豐盛的綜合拼盤讓她帶回屋裡享用。

「若伊妳不喜歡吐司邊？」正在顧茭白筍的唐知菲注意到楊若伊把吐司邊剝開，堆在空盤上。

「超討厭，又乾又難咬。」她難得露出厭惡的表情。

「我也不喜歡，我每次去早餐店都會請阿姨幫我把邊切掉。」高木藤附和道，邊把包在奶油玉米外的錫箔紙拆開。

「這種扎實的口感才是精華。」季沃默默反對。

「就知道你會這麼說，你不曉得已經負責吃掉多少被我丟掉的吐司邊了。」

「誰叫妳每次真的都剝得一乾二淨，浪費食物。」

「我也覺得吐司邊很好吃耶，反而比較不喜歡吐司白白的內餡。」唐知菲把那盤被拋棄的吐司邊挪至手邊，撿起一塊偷吃。

「難得我們有志一同。」季沃一副遇到知己般的挑眉，跟著伸手偷一塊送進嘴裡。

「吐司邊是邪門歪道，你們兩個吃硬不吃軟的奇葩——」高木藤舉起烤玉米指著他們。

「你才妖魔鬼怪咧！」唐知菲被逗笑，秀出拳頭反擊，嘴邊還叼著吐司邊。

烤了幾輪，夜也深了。

高木藤從洗手間回來後，手上多了一瓶梅酒和氣泡水，獻寶似的轉了一圈，「接下來是大人的時間。」

「你從哪裡變出來的？」楊若伊捧了捧沉甸甸的酒瓶。

「當然是我自己帶來的。」

「難怪你的行李提起來那麼重。」唐知菲說。

「好東西要跟好朋友分享，這可是我私藏的梅酒喔，我家囤了至少三瓶。」

高木藤往民宿提供的玻璃杯按照平常習慣的比例分別倒入梅酒及氣泡水。唐知菲接過其中一杯，挺好奇梅酒嚐起來的滋味。

季沃沒事找事做地硬要多煩她一句：「妳滿十八了嗎？」然後將生菜包肉送進口中。

她面無表情偏過頭看他，故意不回，直接仰頭喝了一大口，溫醇清爽的梅酒滑順地流過喉間。

「反正是跟我們在一起又無所謂——乾杯。」楊若伊說著，兩個女孩子有志一同地對視相笑。

黑夜降臨，屬於夏季的夜晚並不如想像中悶熱黏膩，散落在民宿戶外的圓柱型草坪燈逐一亮起，醬汁焦香隨風漸淡，空氣中取而代之的是一抹悄然繚繞鼻尖的梅酒香氣。

唐知菲輕輕晃著杯中那帶點透明的琥珀色酒液，對這微酸微甜的清爽滋味感到上癮，除了單加冰塊或氣泡水外，也嘗試混入拿來解膩的烏龍茶。四人也就這麼邊繼續把剩餘的食材烤完，邊你一言我一句講垃圾話。

唐知菲偶爾在家庭聚餐時會被姑姑伯伯叫去陪他們大人們小酌幾杯，因此並不排斥酒精這種東西，不算所謂的酒量好，倒也不曾喝醉或喝茫……而凡事總有第一次。

當神不知鬼不覺把第六杯的20％梅酒喝得一滴不剩後，唐知菲的臉頰已經紅得像顆熟透的番茄，整個人飄飄欲仙，還自個兒開始嘻嘻憨笑。

「唐知菲妳醉了哦？」微醺程度的高木藤往她面前揮了揮手。

「一不注意竟然偷喝這麼多，把梅酒當水喝啊妳。」察覺到不對勁的楊若伊將剩不到一杯量的酒瓶從她手裡偷偷抽走，「妳看妳的臉又變得好紅。」

「不……不要把它帶走，妳好壞啊……」

唐知菲撲了個空，委屈地頹下肩，一張小狗狗的臉在喝茫的狀態下顯得更無辜無害了，唇瓣紅豔欲滴，水汪汪的一雙杏眸以無聲勝有聲在跟她撒嬌。

「妳才無賴，好了別再喝了。」季沃適時制止。他的酒量不好，容易醉，因此喝得很慢，此時杯裡的梅酒甚至還有一半滿。

而他這一出聲，卻讓她眼尖發現了新目標。

「你那杯不想喝了嗎？沒關係，我幫你處理——」

說著，唐知菲伸長了手試圖掠奪，季沃機警地將玻璃杯一把撈起。豈料她視線卻緊跟不放，猶如一頭猛獸鎖定獵物，結果下一秒連帶整個身子搖搖欲墜地朝左傾斜，不偏不倚就往他身上摔。

「妳小心一點啦，坐都坐不穩了。」楊若伊有默契地接過季沃手上的玻璃杯以防不小心濺出。

季沃隨後又投來一記眼神示意，她準確接收到了他無形的求救——卻只是憋著笑意，繼續待在原位沒有打算英雄救美。高木藤完全是吃瓜群眾，在旁邊咬著烤魷魚，起鬨地哈哈大笑。

這一個個都在看好戲的混蛋……季沃眼神哀怨，簡直生無可戀。

季沃先是施力把神智不清的唐知菲推開扶正讓她靠穩椅背，結果沒兩秒，她又爬回來，這次直接一把抱住自己。

「好溫暖啊，我在抱一隻大熊——」她額頭往他臂膀來回蹭了蹭，酒精作祟，抿出一張溫軟笑顏，嗓音酣甜。

「妳臭死了，都是烤肉味。」他蹙眉盯著她頭頂，想要掙脫，這小女孩的力氣卻宛如藤蔓般愈攀愈緊，又注意到她小臉猛然一皺，開始面有難色，他頓時察覺到一股大難臨頭的預感。

「啊啊你別亂動……」唐知菲囁嚅，貼在他衣料上的一側臉頰被擠得肉嘟嘟的。

「……我沒動。」季沃故作鎮定，實則驚恐，猶如身處地雷區，進也不是退也不是，只能祈求各方神明保佑拜託別讓她在這時爆炸……

「完蛋了，我覺得好想吐——嘔。」

「……妳已經吐了！」他崩潰吶喊，欲哭無淚。

神明在哪？

夜色漸深。唐知菲後來癱坐在椅上，昏睡了整整二十分鐘。

「哦哦哦——好像快醒了。」

意識模糊間，她依稀聽見高木藤的聲音，由近漸遠。她惺忪地緩緩掀開眼簾，看見楊若伊正在讓烤爐的餘燼熄滅。楊若伊轉頭見她醒了，撈過桌上的礦泉水遞給她。

「會不舒服嗎？」她關心問。

唐知菲搖搖晃晃地撐起身子，轉開瓶蓋，小口小口地喝著，本下意識搖了搖頭，結果頭才輕輕一晃，尚未消退的噁心感就開始在體內翻攪。

「現在是還好……但晚上吃的烤肉快從喉嚨擠出來了。」她孱弱哀嚎，自食惡果。

「誰叫妳剛剛要一下子喝那麼快。」

「我錯了，我後悔了。」她自掌嘴巴，可憐兮兮。

「烤肉還剩一小盤，等等餓了可以吃，反正妳的胃現在應該很空嘛。」楊若伊壞笑。

「嗚……妳是魔鬼嗎。」同時，唐知菲也留意到桌面上下不知何時已恢復原狀，沒有任何食物及烤肉用具，乾乾淨淨的，只剩下堆在桌角的一大袋已封口的垃圾。

「我跟木藤剛才把全部東西都收拾好了喔。」

「抱歉，結果我都在睡……」

「這點小事沒關係啦。只是……現在妳該說抱歉的可能是——某人？」

經楊若伊如此一提，唐知菲混沌的腦袋重新開機，所有畫面一下子變得清晰無比，她倒抽一口氣，頓時警鈴大響，有非常、非常不妙的預感——「……季沃現在人呢？」

「他喔，氣都氣死了，哈哈哈哈——」高木藤走近兩人，他剛才把器具放回後車廂，而她直接石化。「吐完果然比較舒服點了吧，要不要喝點熱湯解酒，我行李還有一碗沖泡式的味噌湯喔。」鬧歸鬧，他仍不忘關心。

「……我怕我見不到明天的太陽，我、我要先回房間避難了。」

「那……妳最好快點，季沃他好像要走過來了。」正好面向門口的高木藤通風報信。

聞言，唐知菲瞪大眼，瞬間自腳底感受到一陣寒風刺骨的悚然——還愣著幹麼，必須逃啊。

她縮小身子還雙手抱頭，準備逃亡，企圖先鑽進前面不遠的民宿側門……豈料下一秒，後領就被人輕輕一拎——是死神的鐮刀。

「想去哪？」背後響起了來自惡魔的低語。

唐知菲動也不敢動，屏氣凝神，整張臉皺在一塊懊惱猙獰。

兩秒後，她抱著必死的覺悟，默默轉過身，仰首面對已換了一身乾淨衣褲的季沃，身上還散發著一股沐浴乳的清爽香氣——他竟然笑著。這是至今為止，季沃對她露出最「和善」的表情。

唐知菲用畢生最正經最凝重的姿態，好好地向季沃道歉，只差沒有土下座的程度了。

他的臉很臭，還是忍不住唸了她幾句，她也乖乖立正站好，像個犯錯的學生聽老師訓話。

「我總有一天一定會被妳氣死，妳真的是——」

「我願意幫你做任何事賠罪……不要把我丟下山就好。」

「丟下山還不夠，至少要先大卸八塊。」

「對不起對不起啦。」

「……算了，這次放過妳。」他銳利地賞她一記兇狠的眼神。

於是這場慘絕人寰的鬧劇就這麼和平落幕了，沒有任何人被一腳踹下山谷。

♠

打開門，浴室的氤氳熱氣順勢被擠了出來，換上睡衣的唐知菲肩膀披著浴巾，被水染濕的髮暗了一階，髮尾還滴著水，整個人清爽許多。

「妳頭髮怎麼不吹乾？」先洗好澡的楊若伊躺在床上，正靠著其中一面牆抬腿。

「我忘了拿護髮乳。」她從自己的行李袋摸出其中一個分裝瓶。

「小心感冒啊……幹麼一直盯著我看？」

「就覺得妳的身材好好啊，我要流鼻血了。」

「說什麼啦，妳還在茫喔。」聽她一副癡漢的語調，楊若伊失笑，「季沃剛才有過來，他說那個頭痛藥是給妳的。」她微仰著頭，敷著面膜的臉變得上下顛倒，伸手虛晃了下。

唐知菲探眼逡巡，從梳妝桌拿起一錠小小的橢圓形藥丸，是藥局常見的常備藥牌子。

「『以後如果她要喝酒，先跟我講一聲，我好去避難。』，季沃還這麼說了。」楊若伊繃起眉，模仿他的撲克臉，滑稽地沉下嗓音，演完還咯咯笑了，「……真的是小題大作耶他。」

「聽起來好像我是什麼野獸。」唐知菲不滿意地噘嘴。

「不過，雖然他嘴巴壞……」楊若伊將身子翻回正面趴在枕頭上，長髮如瀑，姿態性感慵懶，「但其實很貼心吧，有時候好像媽媽一樣嘮叨。」她輕笑調侃，聲嗓分外溫柔。

經她這麼一形容，唐知菲回想起自己也曾被他叨唸過，默默將頭痛藥收進短褲口袋。

怎麼好像頭忽然又開始暈了呢。沉甸甸的。輕飄飄的。可是，這次卻不難受。

星羅棋布，夜色的寧靜正無限蔓延。

不久前，兩個女孩躺在各自床鋪，隔空聊天談心，直到楊若伊不敵睡意不知不覺背過身睡著了，微弱的睡眠氣息隨之取代對話。

唐知菲撈過檯燈旁的遙控器，將根本沒認真看的電視關閉，頓時整個房間變得更安靜了，安靜得，隱約能聽見隔壁房的陽台拉門被輕輕推開的聲響。

還未有睏意的唐知菲輕手輕腳爬下了床，踮著貓的腳步鑽到陽台，夜色朦朧間，視線卻能一下子聚焦在一身卡其色寬鬆衛衣的季沃，只見他微仰著頭，凝望漫天星空，眉眼溫郁，有幾分恰似此刻蜷伏於山群間的沉靜。

她無聲偷窺幾秒，彷彿出了神，直到意識到後，才作賊心虛般的默默靠近。

午夜時分，比白天更清冷的溫度，冷空氣竄入鼻腔，是舒服自然的涼，感覺肺都清淨了一回。

「……季沃，你也還不想睡嗎？」

唐知菲近乎氣音的問句自右側飄來，早在她出聲前，季沃已經猜到來人是她。他偏過腦袋，神色慵懶，同時嗅到一抹淡淡的紅茶香氣。

「睡不著。」

「你會認床啊？」

「……我聽不清妳在說什麼。」

季沃轉回原位，唐知菲咯咯笑了，手捧著馬克杯取暖，低頭喝了一口稍微過濃的熱紅茶。

「高木藤睡著了嗎？」她隨口問，學他將雙肘抵在圍牆。

「好像跟女友講完電話就睡了，三秒入睡。若伊也睡了？」

「嗯，她也睡著了，她本來還跟我說今天要破戒一次熬夜觀星……欸對了，要不要現在一起去民宿老闆推薦的那個觀景平台看星星——」

「不要，我好懶。」

「你根本沒考慮吼。」

「太暗了，我會怕。」

「怕屁怕，有我在啊，開手機手電筒照明就好了。」

「不怕遇到鬼？」

她好沒氣地覷他一眼，「你很故意喔，幹麼一定要在這個時間點講到這個關鍵字，山神對不起我們不是故意的……」

如果要將恐懼的事物列出排名，唐知菲最怕打雷閃電，其次是怕狗，再來就是怕鬼了，無關是不是做了虧心事，大概是因為三不五時就老愛自找麻煩地拖膽大的妹妹一起看恐怖片。

然而這時，一片安靜中響起一陣開門聲——是來自正下方的民宿大門。唐知菲下意識整個人往季沃的方向挨近，又隱約聽見一抹細碎的交談聲，從兩人位處的陽台往下看去恰巧是那偌大的前院，一對同樣是今晚入住的房客正摸黑坐上其中一張長椅觀星。

唐知菲鬆了口氣，瞥了眼底下相依相偎的小情侶，耷拉著腦袋，「算了，那我自己去——」

只是她嘴上說得豁達，腳步卻遲遲沒有移動的跡象。季沃沒反應，低垂的目光持續了幾秒。

而當她好奇著他在看什麼呢的瞬間，他卻同時抬起了頭……

「妳就留下陪我吧。」

她定格兩個眨眼的時長，斷開與他接軌的視線，「好——吧，那我就捨命陪君子留在這裡好了。」

季沃輕勾起一側唇角，「這麼不情願的啊？」

她沒應聲，只莫名覺得有些口乾舌燥，默默淺啜已經變溫了的紅茶，唇瓣碰著杯緣，以餘光往左側偷瞄，發現他已抬起頭，正仰望星空。她擱下馬克杯，也抬起頭觀望——直到這個瞬間，她慢半拍驚覺，走來陽台已經幾分鐘過去了，自己卻竟完全忽略了眼前這片浩瀚無垠的夜空。

山上的時間走得異常緩慢，時針與分針被撥慢，進入沉睡的世界無比寧靜，所有聲響被抽空，連用氣音說話都顯得大聲。這片大地彷彿只剩他們兩人清醒著，還有星空作伴。就保持這樣就好。

……就她，和他。就好。

內心冷不防閃過這樣一瞬陌生又強烈的念頭，唐知菲怔愣，略顯僵硬地嚥了嚥唾沫，仍是不動聲色。是大自然的氛圍使然，或是旅行產生的錯覺，她暫時不想探究答案，只是想什麼也不做，沉浸在此時的靜謐中。

看不見月亮的日子，就沒有月光的暈染，儘管放眼望去有那麼點寂寥，卻也提高星空的能見度，得以更加清晰地將整片繁星點點收進眼底。唐知菲扳過身子，背靠著圍牆，近乎九十度地仰望夜空，連帶嘴也下意識張開，像在上自然課般觀察星座。

「那三顆連在一起的星星，是獵戶座的腰帶，這個最好認了，然後那邊的那個應該是——」

「大熊座。」季沃的視線也落在同一個點。

「北斗七星好像大熊的背啊。我曾看過一篇文章說，如果把地球上所有的沙子加起來，都遠遠不及宇宙所有的恆星數量，這還只是假設以科學家目前認為可觀測的範圍計算。」

「宇宙不斷在加速膨脹，我們也永遠沒辦法得出答案。」

「所謂的滿天星星大概就是這樣吧，啊……不行，雖然很壯觀，但我的密集恐懼症要發作了。」

「……妳真的很不浪漫。」

「那你懂浪漫嗎？」唐知菲故意反問，餘光無意間瞥見他衣領若隱若現露出的鎖骨。

「當然懂……」季沃回，「……欸，幹麼不說話，停在這邊讓我很尷尬。」

她若無其事地移開視線，重新轉回身子，無心吐槽他剛才那理直氣壯的語氣，下意識舉起馬克杯想喝東西解渴，卻發現已經見底了。

幾秒鐘的留白，唐知菲突兀地轉移話題。「……你現在還喜歡棒球嗎？」

「與其說喜歡，可能更偏向習慣，畢竟也曾跟棒球朝夕相處好幾年的時間。」

雖然見他似乎對她擅自開啟的問句並不詫異，她仍選擇斟酌語氣，小心翼翼地問：「為什麼後來沒再繼續打棒球了？」

「不是什麼特別的原因，只是因為沒熱情了。」

她默默聽著，默默看著。他的眼神平靜，聲線清朗，所有的情緒就如平常一樣。

「無論做什麼事都需要熱情支撐，興趣也好，工作也好，夢想也好，人生也是。有時候我會這麼想。」季沃說。

「可是放棄也需要勇氣啊。再找下一個熱情就行了，大不了……等死灰復燃？」唐知菲說。

他聞言愣了愣，側過臉，不偏不倚對上她一雙純粹的眼眸。她這樣淺白的字句，理所當然的語氣，竟令他下一秒不自覺笑了出聲。

「笑點在哪裡，你好奇怪。」

「……沒事。」

「如果要套用在感情上，應該也是吧？」

「應該吧。」他轉回原位，「我不知道。」

「你的初戀是在幾歲呀？」

「……幹麼跟妳講。」

「小氣。」唐知菲不以為意地撇撇嘴，已經習慣他老愛裝神祕的回答方式，不屈不撓地又問：「問你一個爛大街的問題喔，你覺得初戀的定義是第一個喜歡上的人，還是第一個交往的人？」

「那妳自己是怎麼想的？」

「不要用問題來回答別人的問題。」

「喔，那我不告訴妳了。」季沃壞笑。

「你真的很不會聊天餒……好吧其實我也不知道定義，雖然聽起來是不負責任的廢話，定義是人定的，所以就是因人而異吧，不過我想啊，只要讓你有產生戀愛的感覺就是了，例如像我的初戀就是霍爾啊白龍啊，還有貓男爵。」

「貓男爵是誰？」

「你竟然不知道貓男爵，電影《貓的報恩》的主角啊。而且你第一個注意的點居然是這個嗎。」

「我尊重妳的定義啊。」他說，還故意順著她半認真半胡鬧的玩笑，調侃：「不過光初戀就有三個，妳好貪心。」

「你還沒說你的定義呢。」

「我也覺得因人而異……幹麼一副不相信我的表情？我沒敷衍妳。」

「所以你的初戀也是同班同學嗎？」她無預警地竄出一句，與他的尾音幾乎在同一秒重疊。

「嗯，高中同班——」班字甚至還沒唸完，他愕然止住已到喉間的單詞，意識到自己傻傻掉進陷阱了。

唐知菲明目張膽地抿出一抹得逞的壞笑。季沃好沒氣地瞥她一眼，心想這傢伙也太窮追不捨了吧。

「那我可以問——」

「不可以。」

「你都還沒聽完呢。」

你的初戀是什麼樣子的人？你的理想型是什麼樣子的人？你現在，也還是喜歡著朴念仁嗎？

「妳的腦袋怎麼能裝這麼多問題。」季沃警戒性地瞇眼，然後無奈地吐出一聲嘆息。

「因為……我很好奇，就是有點好奇。」

好奇，你。然而這一瞬間，唐知菲竟忽然沒膽將受詞說出口。

「是小朋友嗎。」他以鼻音哼笑一聲，重新仰望星空。

她指腹摩挲馬克杯，室外的涼意早已悄然纏上杯壁，玻璃變得有些冰涼，她卻覺得有幾分消暑的舒暢，於是才後知後覺意識到，自己的體溫似乎莫名變高了，正渾身發熱，明明還穿著短袖。

儘管她清楚明白，這不尋常的一切並非酒精作祟。

她重新抬起頭，眼睛也望向漫天星斗，卻心不在焉，試圖讓漲紅的臉頰藏進黑暗中，莫名慶幸此時此地的光線不佳……

「欸。」短暫的沉默，季沃驀地出聲。

「……幹、幹麼？」唐知菲維持相同的姿勢，故作無動於衷。

被發現了嗎？怎麼辦……現在這種情況應該先用什麼理由搪塞才好——

「去年冬天，我們兩個從自由之丘要回澀谷的路上……抱歉，我那時候心情不太好。」他說。

聞言，她愣了愣，詫異半瞬，隨即無聲地、生硬地鬆開下意識繃緊的神經。好險，好險。

接著，她才若無其事地應聲：「哦——我知道呀，真的很明顯。我刻意想製造獨處的空間給你，結果你還跟著我去神社……不過這時間線都已經過半年了，大哥你拖到現在才提的嗎？」

「我之前找不到時機，反正我現在跟妳道歉了。」

「我沒想到原來你會這麼在意，其實這也只是一件小事而已。」唐知菲笑了笑。

「不，這很重要，這不是小事。」季沃輕輕擰起眉，語調聽來竟有幾分孩子氣。

怦咚。

怦咚。怦咚。

「……欸，季沃。」

「幹麼？」

「如果之後失眠星球開演唱會了，要不要一起去？」乍聽是輕快自然的隨口一問，其實唐知菲她在心底先默念了兩遍。她知道自己的行為並不尋常。

季沃訝異地挑起一側眉，偏頭望向她童稚的側顏，又在她或許將要察覺之前瞬間收回。他輕抿唇，眼眸微斂，若有所思，適當拿捏著不會讓她起疑的沉默，才輕笑，說：「妳先保佑能順利搶到門票再說吧。」還想起去年搶票的震撼教育，生無可戀下最後在釋票時刷到一張票簡直是奇蹟。

「如果搶到了呢？」

「嗯——可以啊。」

「那約好了喔。」

「只有我跟妳？」

「當然——不是囉，我還想找若伊跟高木藤。」

「原來他們兩個是順便的啊，妳好狠的心。」

唐知菲故作鎮定掩蓋心虛，「我只是還沒問，你不要在那邊挑撥離間……對了，你今天還沒跟我講生日快樂！」她轉過頭，看向他若有似無被渲上星光的側顏，模仿他的語氣，「你好狠的心——」

「生日快樂。」季沃也側過臉，對上她一雙鬼靈精怪的杏眸，溫潤的低嗓含笑，「我是壓軸。」

即將成為過去的午夜，倒數最後一秒。

怦咚。怦咚。怦咚——

開始追逐未來的午夜，第一秒。

「生日快樂。」唐知菲被逗笑了，聲線爽朗，模樣酣甜，「那我是今天第一個對你說的。」

「……欸，好像有流星。」被什麼吸引了般，季沃突然仰起頭。

她順著他的方向望去，卻遍著不及，「有嗎——流星在哪裡？」

「有，妳認真觀察。」

她屏氣凝神，目光在一片璀璨的銀白星宿中來回逡巡——

「又有一顆了，在那裡。」

「我看到了！」

季沃出聲提醒的瞬間，唐知菲也捕捉到同一顆流星，雖然還來不及許願，便在剎那間消失在夜幕中了，但第一次親眼見到流星的興奮依然讓她倍感新鮮。

雀躍之餘，她注意到自己整個人無意間朝左側靠近了，近得幾乎沒有縫隙，卡其色布料若有似無地撫過她裸露的手臂肌膚，而他似乎還專注於尋找下一顆流星的樂趣，絲毫沒察覺。她只是聞風不動，一秒，二秒，三秒……最後還是巧妙地收回超出界線的左手，硬是打了個哈欠掩護。

這是一種奇怪的感覺，一種做賊心虛的感覺——

「妳想睡了？」

「沒有，我還不想睡……一點都不想。」

卻也是一種有趣的感覺。開始想要更多，再更多……

一陣沁涼拂過微抿的唇瓣，繞過泛紅的耳尖，山群間的清風揉和屬於夏夜的氣息，卻吹不散她紛亂的情緒，更甚至煽風點火般，助長體內愈漸加速的心跳。然後，唐知菲發現馬克杯的杯身已經被自己的掌心捂熱了。

清晨時分。唐知菲幾乎整晚沒睡，拉過棉被將自己整個人罩住，安靜地翻來覆去，意識猶如一艘紙船，在湖面載浮載沉，而這座湖鑲滿了無窮無盡的星子。不知過了多久，在這樣似夢非夢的狀態下，她便也很輕易地就被外界的聲響迷迷糊糊吵醒了。

盥洗完的楊若伊走出浴室，摸黑伸手正要關燈，餘光便瞥見一片昏暗中坐在床上駝著背的唐知菲。「啊、抱歉，把妳吵醒了。」

「……早安。」唐知菲軟趴趴地晃了兩下腦袋，聲音軟糯，「妳怎麼這麼早就醒了？」

「我通常會在這個時間醒，生理時鐘已經習慣了。」只穿背心和短褲當睡衣的楊若伊披上薄外套保暖，拉開陽台門，走到外頭醒腦。而唐知菲進浴室洗了把臉，隨後也抱著枕頭走到陽台，挨在她身側。楊若伊雙手環胸靠著圍牆，「妳昨天晚上很晚才睡吧，看妳現在一副完全沒睡飽的樣子。」

「大概一個小時前才睡著。」唐知菲傻憨地笑了笑，失眠的後遺症就跟喝茫產生的錯覺相似。

「又熬夜了妳。」

「季沃也熬夜了。」她拖某人下水，「雖然他比我早就回房睡了。」

幾個鐘頭前的漫天星辰彷彿是一場夢，此刻眼前的景象已轉換成寥落晨星的晴空，是與深夜不一樣的恬靜。直到太陽升起的瞬間，霞光萬道，魔幻般的天空與大地，山的顏色是用顏料調不出的美麗，依舊壯闊沉靜。

沒多久，高木藤也頂著一頭亂髮走到陽台，睡到上下顛倒的他不小心從床邊滾下去，驚醒後餘悸猶存，也沒了睡意，於是三人一起追完日出的尾巴。半晌，等他們合力把賴床的季沃挖醒，走到一樓餐廳時已是八點半後的事了。

民宿供應早餐的時間是七點到十點，是中西式合併的自助吧，餐點不算多，基本的品項都有。湛湛藍天，早晨的陽光稍嫌強烈，但氣溫並不會太過炎熱，楊若伊興致高昂地說想配風景吃早餐，於是四人便選擇戶外遮陽棚下的座位，格外愜意。

「跟你們說我發現了什麼。」高木藤坐回位置，吃飯吃得快的他已經去盛裝第二輪早餐了。

「發現什麼？」唐知菲往盤裡的歐姆蛋旁擠了一小坨番茄醬。

「我剛順便去洗手間，看到大廳那裡有留言板可以寫卡片留言，老闆娘還直接拿了紙筆給我。」

「那我也想寫！」

「我就知道妳會這麼說，所以我也幫妳拿了一張。」他一臉得意。

除了她之外，季沃和楊若伊對這個沒什麼興趣，前者正專心用湯匙背面往切片的麵包抹上奶油，連邊緣都沒漏，後者只是慵懶地托著腮，邊吃沙拉邊眺望山景。

唐知菲放下叉子，轉著筆桿，筆尖在嫩綠色的紙卡晃悠許久，她猶豫著要寫些什麼內容。

「問你喔，你寫了什麼？」她問高木藤。

「我是想到什麼就隨便寫什麼，例如到此一遊，以後還想再來玩之類的。」

「早餐很好吃。妳就這樣寫吧。」楊若伊笑了笑，伸長右手越過她抽了張面紙。

「反正又不是要寫論文，乾脆也把妳現在的心情寫進去好了。」坐在對面的季沃也隨口附和。

良久。將小卡片貼上大廳牆壁的留言板後，唐知菲走回座位，楊若伊正把最後一塊水果送入嘴裡，高木藤則受人之託正在幫鄰桌的幾位叔叔阿姨拍照，她發現少了一個人。

「季沃呢？」

「他說他吃飽了，想去附近散步。」楊若伊食指與拇指捏著叉子，指向某處，「哦，他在那裡。」

♠

「那——我也順便去散個步，吃太飽了。」語畢，唐知菲就蹦蹦跳跳地往她指的方向跑去。

唐知菲以小跑步的速度跑著，想追上季沃愈漸縮小的單薄背影，直到縮短至一定的距離時，幼稚的玩心又起，想偷襲他，刻意慢下腳步，放輕步伐，唇角噙著一抹惡作劇的笑意。然而季沃卻猛地轉過身，彷彿算準時機般，把她嚇了一跳，她鼻子差點撞上他的胸膛，倒退踉蹌了幾步。

「妳腳步聲太大了。」季沃恥笑，冷哼一聲。

唐知菲孩子氣地吼唷一聲，仍繼續跟著他走。「你是要去上面的觀景平台嗎？」

「嗯。」

「昨天我找你來你還說不要。」

「改變心意了，昨天是昨天，今天是今天。」

「好吧，那我也陪你走上去。」

「我才不要妳陪。」

晨光熹微，沿著約五十公尺的上坡一下子便抵達了制高點。觀景平台很荒涼，什麼東西都沒有，唯一有的只是一大片定期修整的草地，不過最重要的，果然還是令人驚嘆的絕佳視野。

儘管剛才那段坡度並不陡，畢竟位處海拔兩千多公尺的高度，只顧一頭熱往前衝的唐知菲此時整個人跌坐在地，氣喘吁吁的。相比之下臉不紅氣不喘的季沃只是從她身側越過，居高臨下，風涼地飄來一記睨視。

「呵。」

「……你呵屁呵！」她立刻爬起身，追著他暴打一頓。

或許這塊空地是民宿老闆私藏的小小景點，因此眼下除了他們兩人外，始終沒有其他人走上來，於是顯得格外寧靜，稍微強勁的涼風成為背景音，站在偌大無比的草地中央，能三百六十度環顧整片山群。

「……我說，妳為什麼一直跟著我？」季沃偏過臉，盯著又神不知鬼不覺飄來身側的唐知菲，他從剛才就注意到某個小屁孩老像個跟屁蟲似的在身邊繞來繞去。

唐知菲假裝在看天邊翱翔的飛鳥，「我哪有一直跟著你，我想去的方向只是剛好跟你一樣。」接著才轉過頭，對上他天生的茶色眼瞳……是雙眼皮呢。「而且這裡那麼空曠，我不跟你，要跟誰？」

他一愣，挺有道理的。

「你們兩個——」這時，後方響起高木藤的呼喚，他懶得爬完，停在半路，朝他們招手道：「……找你們兩個很久耶，手機也不帶，已經差不多要Check out了。」

中午十二點，雖然還剩大半天的空檔能再去其他景點，可惜楊若伊晚上有排定好的工作，四人不想玩得太趕，便決定放慢步調，悠哉地打道回府。

回程負責駕駛的是季沃，辦完退房手續後，他打開車門，就見唐知菲坐在副駕駛座，舒服地伸直小腿，正在用手機整理歌單，連安全帶也繫好了。

瞧見來人，唐知菲抬手應聲，「喲。」

「怎麼變成妳了？」

「我跟若伊交換啦，剛才把我們把行李搬到後車廂時講好了。」

「妳不是怕暈車。」季沃疑惑。

「我想跟你坐啊。」她賊兮兮地笑了笑。

「……妳在盤算什麼？」

「齁，你講話很難聽餒，原來我在你眼裡是這種形象的人嗎。」

「嗯，是。」

「喂沒禮貌——」

回程是似曾相識的去程，路況依然遙遠，車途依舊漫長。熱絡躁鬧的氛圍漸漸歇息，平緩規律的晃動下，後座的高木藤和楊若伊一前一後開始閉目養神，而唐知菲始終清醒著，精神奕奕。

歌曲進入間奏，車內唯二清醒的兩人沒有再繼續對話，任憑沉默蔓延，卻也不至於尷尬。

唐知菲右手指尖捏著左手衣袖，神情恬靜，卻又有那麼點正在思考著什麼般的出神。駛入隧道，光影交錯，暈黃帶橘的光線如微弱卻旖旎的波浪，在車內各處角落閃爍流動，彷彿仰躺於海底軟沙。

她視線看向窗外飛快刷過的景象，目光卻停在倒映於窗上那張清冷帶柔的側顏。

一秒。兩秒。三秒——於是，她更加確認了自己的心情。

兩天一夜的員工旅行平安畫下句點了，帶走了幾張鎖住回憶的照片，肌膚曬黑了一點，還有，似乎感染了一種名為小鹿亂撞的症狀。

唐知菲在這一刻忽然希望，如果這條隧道能綿延不斷就好了。

第五章　咖啡、草莓、下雨天

兩天一夜的員工旅行已經是兩週前的事了，小鹿亂撞的症狀沒有趨緩的跡象，似乎——還在無形之間悄悄變異。

今天是考日文檢定的日子，唐知菲報考的級數是安排在下午場，雖然做足應考準備，也保持平常心，但隨著時間愈接近，仍難免湧生緊張感。不過對現在的她而言，這樣的緊張其實已經不足為奇了，因為，還有更輕易能讓她產生緊張感的存在。

烈日當空，唐知菲揹著後背包隻身前往公車站搭車，途中，她特意拐入一條小巷子，繞到了咖啡堂。季沃正在門口替盆栽澆水，水花在燦白的陽光下閃閃發亮，折射出透明感的濾鏡，他的身影卻被曬柔了。她杵在原地呆望幾秒，意識到自己的偷窺行為後尷尬地乾咳幾下，才信步靠近。

聽見身後傳來窸窸窣窣的聲響，季沃順勢轉頭，卻見是唐知菲。

「妳怎麼來了，不是今天要考試？」

「就——想說時間還早，順路來蹭個點心，考完試之後能吃。」她雙手不安份地胡亂擺動，像是在欲蓋彌彰什麼般的。

「妳很緊張嗎？」他納悶問道。

聞言，她下意識愣了愣，有這麼明顯嗎。「……我現在看起來是緊張的嗎？」

季沃點頭，然後頗認真地提議：「妳可以在手心寫個人字，然後吞下去。」

唐知菲聽過這個減緩緊張的說法，其實覺得只是心理作用，卻還是乖乖照做了。

「……好像沒用。」

「建議妳多吞幾個人，畢竟需要一點時間才能見效。」

「噗嗤──什麼啊。」這人真是一本正經講幹話。

「我沒唬爛妳，我高中在比賽前也經常這樣做。」

「你也會有緊張的時候？」

「廢話，我也是人啊。」

「其實我現在可能──比較需要有人給我鼓勵。」

「……嗯哼？」

「例如加油？之類的。」

季沃瞭然般的哦了一長聲，「那……妳考試加油，交卷前答案卡記得再多確認幾遍。」

短短一句話彷彿收穫十個遊戲補包，唐知菲只是賊兮兮地笑了笑，彎起的眼角捏著一抹鬼靈精怪，逕自拋下了句：「那我要去搭車囉，拜拜！」，便步伐輕盈地轉身離開了，來得快去得也快。

季沃隨口應了聲，手裡的澆花器也恰巧淋完全部的盆栽。

而當他正將店門推至一半要走進去時，默默回望那抹已成米粒大小的背影，頓時滿頭問號。所以……她到底是來做什麼的？奇怪的小孩，他心想。

唐知菲深知自己的世界正漸漸產生變化——然而，實際而言卻又什麼也沒改變。儘管如此，仍是日復一日懷著無法解釋的悸動，踏著充實而期待的腳步，伸手推開那扇胡桃木門。

下午時段，一組內用客人離去後，唐知菲拿著抹布上前收拾桌面，她端著成疊杯盤要走回流理台清洗，打算去倉庫拿發票紙捲的季沃也轉身要走出，兩人就恰巧堵在吧檯唯一的出入口。

他往右靠，她也往右靠，他往左偏，她也往左偏，就這麼一來一往了幾回，誰也不讓誰。直到唐知菲逮到小縫，抓準時機縮著肩膀便從中率先鑽過，「哎呀！擋路擋路——」

季沃冷哼，「由此可知，我跟妳完全沒有默契。」

不久，當季沃從倉庫回來，將幾綑發票紙捲放在POS機下方的抽屜備用後，順手就撈過她洗好擺在碗槽等瀝乾的杯盤用布擦拭乾淨。

「我準備要排下個月的班了，想劃休的時間記得提前跟我說。」他說著，抬高了手將馬克杯放回架上整齊疊好。

唐知菲想了想，很快回道：「我下個月沒有特別想休假的——時間……」

「好。」他點頭，接著疑惑地挑起一側眉，「妳臉幹麼這麼紅？」

水柱不停沖著她因緊張而用力於是稍微泛白的指節，水聲幾乎蓋過她此刻的聲如蚊蚋，「……靠太近了。」

臉紅的原因，不過只是因為他的制服袖子不經意地擦過她翹起的髮尾。她開始覺得自己的感知系統已經出現異常了。

「什麼？」季沃是真沒聽清，下意識壓低身子。

陡然放大的茶色眼眸，過於清晰的氣息，唐知菲連忙扭緊水龍頭，僵硬地別過臉……振作點啊我的心臟。

叮鈴——而下一秒，店門鈴鐺響起，她逃亡似的溜出吧檯招呼客人，整了整制服衣襬，企圖平緩體內的躁動。

推門入內的人是楊若伊的男友，依然一身西裝，戴著黑框眼鏡，脖子掛著忘記收的識別證。

「學長。」季沃抿出微笑，點頭招呼，「第一次看你在這個時候過來，真難得。」

「剛好路過附近，就進來避暑了，今天在外面出差，處理完就直接下班了，天氣真的很熱啊。」

「那平常的老樣子，今天要換成冰的嗎？」

「好，麻煩你啦。」

「若伊今天剛好放假呢。」唐知菲送上一杯清涼解渴的檸檬水。

「我知道，她今天去參加品牌活動，我晚點還要去載她。」他低緩的聲調溫和親切，與楊若伊的氣質有幾分重疊。

不一會兒，唐知菲端著托盤走往落地窗的第一個座位送餐，餘光不小心瞥見他桌上的筆電螢幕，隨即就移開視線。

「謝謝妳。」他莞爾，重新戴上耳機，神情專注地閱覽網頁內容。

♠

當無意識產生陌生的怦然後，有意識地接受了正在改變的一切。放任的。自然而然的。或許……還有一點似懂非懂。

「知菲。」

「唐知菲。」

「……」

「……」

「喂——上班還發呆啊妳。」季沃的聲音近在咫尺，頭頂還被他用菜單敲了下，唐知菲懵懵回神，聚焦在他茶色的雙眸，又傻笑幾聲，他模仿她扯了扯嘴角卻兇狠地說：「笑屁，去送餐。」

「……好兇耶。」

季沃將做好的冰奶茶、熱可可及薄荷氣泡飲一一放上托盤，站在吧檯外的唐知菲擠眉弄眼朝他做鬼臉，一邊抽了三根紙吸管一併放上。叮鈴——這時店門被推開，是晚班的楊若伊來了。

「妳這桌送完就可以去休息了。」他說。

「那——我直接去找我同學她們哦？」她問。

季沃先是露出「為什麼要問我？」的表情，點了個頭，轉身打開流理台水龍頭，開始沖洗茶器殘渣。唐知菲端著托盤走往角落某張四人桌，剛上完暑期補習班的三個同學一起來探她的班。

「三位大小姐，這是妳們點的飲料，請慢用。」唐知菲假鬼假怪地嘻笑，坐進其中一張空椅。

「知菲，那個在吧檯沖咖啡的男生是店長嗎？」冰奶茶同學壓低音量問。

「喔，對呀。」她將腰間圍裙卸下，摺起後擱置在腰後。

「我剛進來第一眼就注意到了，看上去頂多二十四、五歲吧。」

「重點是聲音還很好聽。」隱性聲控的熱可可同學點頭附和，偷偷瞄了一眼，「妳每天都能保養眼睛，好羨慕喔。」

薄荷氣泡飲同學的少女心無動於衷，調侃：「我的天，妳們這些話聽起來有夠花痴。」

「有什麼關係，就很帥啊。你們店現在還缺工讀嗎？」

「我也要。」

「妳們這是為了美色要出賣自己嗎？」

「可以嗎？」

「有何不可？」

唐知菲搔搔臉頰，「可是目前沒缺人了餒。」網路上的徵才公告早在她錄取後隔天就撤下了，近期也沒耳聞季沃他們談論類似的話題。

「那妳的店長現在有另一半了嗎？」冰奶茶同學好奇地問。

妳的。

「現在——應該是沒有。」

「太好了，那我每天都來刷存在感……菲妳幹麼突然笑得像個變態一樣。」

唐知菲霎時臉一熱，「……我、我哪有，妳才變態。」下意識結結巴巴地揶揄對方，唇畔的笑意卻愈漸加深。

「我現在要去為我自己製造機會了，妳們不要阻止我喔。」熱可可同學說著，從書包翻出錢包，豈料裡頭只剩幾枚硬幣，連可麗露都買不起，「嗯算了，妳們還是攔我吧。」

「那個女生也長得好漂亮。」薄荷氣泡飲同學注意到今天紮了個清爽丸子頭的楊若伊，幾個女孩的焦點也從季沃身上轉移。

「她還是模特兒喔。」唐知菲晃著小腿，上揚的唇角好似藏著小小驕傲。

「難怪好像有點眼熟……啊，網拍啦網拍，我超常被她的穿搭燒到。」

「對對對，是不是叫若……若伊？本人果然比照片還漂亮耶。」

「不覺得她跟店長站在一起還挺賞心悅目的嗎？人果然還是會嚮往美麗的事物啊。」

仲夏炎炎，冰塊融化得快，一顆顆小水珠沿著杯壁流滿桌面，唐知菲微微側過臉頰，手指把玩著其中一個被水浸濕的吸管套。

她視線望向吧檯的方位，或許再更深處的，正背對著自己的、他們兩人同框的畫面。

♠

翌日。

「嗨早安——」汗流浹背的唐知菲撞開店門，虛脫地直奔冷氣出風口，「好涼——我剛剛騎腳踏車過來快被曬死！」

「妳今天比較早到喔。」楊若伊抽了兩張面紙讓她擦汗。

距離營業時間還有三十分鐘左右，整個空間漫著裏上淡淡甜香的寧靜，還有咖啡機運轉的聲響不時點綴。打完卡，唐知菲走回前場。

「季沃還在二樓睡覺嗎？」唐知菲將楊若伊剛完成的司康一一擺進甜點櫃，隨口問道。

「他騎車去載貨了。」楊若伊按著吧檯燈的開關，「……奇怪，這盞燈不亮了耶。」

唐知菲也湊上前查看，自告奮勇說：「那我去倉庫拿備用的燈泡換。」

「好啊，拜託妳啦。」

不久，季沃回來了。外頭的空氣黏膩悶熱，沸騰的暑氣自敞開的門縫趁虛而入，季沃單手抱著一箱奶酒，另隻手提著看上去頗沉的環保袋，整個人遠看是全身而退的一身清爽，額際卻黏著一層薄汗，臉上的撲克臉寫著厭世，像剛從地獄逃脫，「……不行，我要死了。」

「辛苦啦。」見他這副血槽歸零的模樣，楊若伊失笑，「你真的是怕冷又怕熱，好難伺候。」

「妳去外面站五分鐘，保證妳也會跟我一樣厭世。」

「袋子是什麼？好多百香果跟橘子喔。」她伸手要接過他手上的東西。

「奶酒我拿就好，這很重。」他說，「剛在路口遇到雜貨店爺爺，說家裡種了很多吃不完，就拿一些給我們了。」

她接過環保袋，「爺爺人真好，上次送我們的西瓜也吃好久才吃完。那你要先上樓沖個澡嗎？」

「嗯，好。」季沃把其中一瓶奶酒取出交給楊若伊，便捧著剩下的奶酒走至倉庫冰箱保存才回房沖澡，經過時絲毫沒發現吧檯內正站在板凳上的唐知菲。

稍微居高臨下的唐知菲以被燈罩擋住一部分的視角聽著他們的對話，默默將新的燈泡轉入卡榫凹槽，喀——然而，在燈泡亮起的瞬間，她的心臟卻忽然莫名有些發癢。

這是一種微妙的感覺，是什麼感覺呢……

嫉妒——陡然間，她腦中浮現出這個單詞……

「哦？修好了，妳好厲害喔。」楊若伊靠近她，並將奶酒開瓶。

聞聲，唐知菲怔愣半瞬，幾秒前莫名趨於平行的唇角這才重新上揚，跳下板凳，「小事而已啦，家裡的燈泡常常都是我負責換的。」

後來，這樣微妙的感覺持續了一整個上午，無法控制的。

休息時間，唐知菲捧著午餐走到休息室，季沃正坐在沙發一角用筆電，手邊的熱拿鐵只剩一半，杯緣沾著殘存的奶泡。她毫不猶豫坐上另一側的沙發空位，只是在打開便當蓋的下一秒，又默默轉移陣地坐上旁邊的布椅凳，隔了幾秒，又整個人連同布椅凳挪動至桌子對面。

餘光注意到她怪異的舉動，季沃自筆電螢幕抬起眼眸，「幹麼換來換去的？」

「又……又沒關係，你管我。」唐知菲打迷糊仗呼嚨帶過，然後開始埋頭吃便當，過程中連一句話也沒說，只是沉默地一口接著一口，咀嚼著溫熱的米飯。

「妳今天幹麼這麼安靜？」瞥見休息時間差不多結束了，季沃闔上筆電。

「沒、沒有啊……」唐知菲妳結巴個屁，她在內心吐槽自己。

「明明就有，平常老是嘰嘰喳喳問我吃什麼，而且妳今天也沒看蠟筆小新。」

「……你怎麼知道我會看蠟筆小新配飯吃？」她嚥下嘴裡的炒高麗菜。

「妳知道妳有時候耳機都沒插好嗎？聲音都直接放出來了。」

「你怎麼都沒提醒我啦，很尷尬欸！我的耳機很舊了，有時候會接觸不良，但這是以前同學送的生日禮物，捨不得丟。」

他只是哦一聲，「沒想到妳也蠻念舊的。」

「靠，遲到了遲到了——」這時，晚班的高木藤橫衝直撞衝了進來，壓線打卡。

「欸。」季沃從旁經過。

「……啊？」

「你頭上有蜘蛛絲。」

高木藤往自己頭上胡亂摸了把，「弄掉了嗎？」

「沒，還有。」

「那現在還有嗎？」

「你完全沒抓到。」他乾脆直接伸手替他撥開。

「中午我家社區大掃除，大概是不小心纏到的……白痴喔，不要弄亂我頭髮，我吹很久耶。」

高木藤和季沃像兩個高中男生幼稚地打在一塊，旁邊的唐知菲化身吃瓜群眾看好戲。而季沃回前場後，高木藤將全罩式安全帽塞進置物櫃，唐知菲這時起身，猛然飄到他後方。

她一副像搶不到零食的小狗，正往腰間繫上圍裙的高木藤見狀一愣，問：「怎麼了？」

「……好羨慕你啊。」她悠悠道。

「蛤？」

只聽她沒由來冒出一句，下一秒又突兀伸出手，用力揉了揉他的頭髮，就揚長而去了。

高木藤簡直一頭霧水，頭髮這下是真的亂了，「……又一個！」

♠

「知菲——這裡這裡。」唐知菲早了十分鐘抵達約定地點，蓬鬆短髮被熱風吹得凌亂，遠遠就看見楊若伊站在電影院入口旁的仙氣身影，當兩人視線一觸及，對方便興奮地朝自己揮手。

若有似無嗅到來自楊若伊身上一抹清淡舒服的香水，唐知菲一副和心上人第一次約會的嬌羞樣，「哎呀——我現在突然覺得有點害羞。」

「妳害羞什麼啦。」

她揉揉被拍疼的肩膀，「妳今天頭髮的捲度也不一樣耶。」

「對，妳發現了！而且我昨天站在衣櫃前抓了一堆衣服煩惱好久才決定要穿什麼。」

「就算妳穿吊嘎也漂亮。」

「妳什麼時候變得這麼油嘴滑舌了，不過抱歉呀，休假還找妳出來，我實在拿不定主意要送我堂妹什麼生日禮物，妳們年紀差不多，讓我參考參考妳的想法。」

「沒關係，妳會約我我才開心，我現在也放暑假，很閒的——」

平凡的豔陽晴天，人聲吵雜的街區，她們穿梭過一條又一條騎樓，在幾間大大小小的商場商店兜轉，選定一款上課及郊遊都適合背的斜背小包後，兩人步出店外，今天最重要的正事辦完了，而時間還早，於是換楊若伊陪唐知菲去書店買漫畫。

只是才要過馬路，她們抬頭卻發現一片陰雲蔽日，天邊閃過一瞬光亮，隨後炸開轟隆巨響，下起了惡劣的午後雷陣雨，嘩——嘩——比起淋濕更怕打雷閃電的唐知菲抱頭竄進鄰近的騎樓，這是生物遠離危險的本能。楊若伊提議不如先暫時去旁邊的冰淇淋店躲雨。

「雨下好大啊，妳的禮物還好吧？」唐知菲舔了口鐵觀音口味的冰淇淋。

「沒事，幸好我有先在禮物外面多套一層紙袋保護，只是我的衣服濕了。」楊若伊將禮物放在面前的小圓桌，從包包取出面紙按壓身上被淋濕的洋裝。

她剛才不像唐知菲逃得快，沒能來得及躲過雨瀑，唐知菲見她似乎面紙不夠用，貼心地把自己的面紙也給她遞上。

厚實灰暗的烏雲占據天空，瓢潑大雨持續傾斜而落，五顏六色的雨傘在街道遍地開花，其中穿插勉強以隨身物品遮蔽在雨中奔跑的行人。兩個少女天南地北聊著天，聊了咖啡堂這幾天的狀況，聊了唐知菲喜歡的某部日本動漫即將要改編成舞台劇，聊了楊若伊去拍攝第一次合作的彩妝品牌時發生的糗事——窗外仍是一片雨霧沸騰，騎樓的水泥地逐漸被烙印許多方向不一的濕鞋印。

唐知菲晃著小腿，看見共撐一把傘的一對男女準備走進正對面的婚紗店，腦袋不自覺聯想起上次無意瞥見楊若伊男友的筆電螢幕內容。

「若伊，妳現在的男友，是妳的初戀嗎？」

「是啊。」

「妳會想結婚嗎？」

「結婚？會呀。」楊若伊偷笑，「雖然我跟我男友其實更單純嚮往婚禮這件事而已，長大後才發現原來我也有婚禮夢，身邊的親朋好友都說我們只差沒登記了。」

「妳夢想中的婚禮是什麼樣子的呢？」唐知菲將最後一口餅乾甜筒嚥下肚，嘴唇還殘留些許被凍過的麻痺感。

「在飯店宴客也不錯，只是更想辦在戶外，有考慮海景婚禮，只是關於海已經有很美好的回憶了，所以不想重疊在一起，哈，是不是很怪。」她把玩著手中還剩一半的鮮奶茶，表情流露出一抹藏不住的少女心，「大概是類似草地婚禮的風格吧，我很貪心，想要的元素很多，不過最希望的還是像童話故事那樣的森林感──」

中了！唐知菲眼眸一亮。

「妳怎麼這麼驚訝，會很奇怪嗎？」

唐知菲故作神祕地搖搖頭，模糊焦點，「啊──沒有，只是我以為妳喜歡類似歐洲古典風的婚禮，好期待妳穿婚紗的樣子。」

「到時候一定會發喜帖給妳的。」

「哎呀，那我第一次參加朋友婚禮的成就就獻給妳了！」

「哎呀哎呀，真是榮幸──對了，既然現在聊到有關這類的話題，我能不能問妳一個問題？」楊若伊話鋒一轉。

「聽到這樣的開場白總覺得讓人很緊張──好，給妳問。」

「妳現在有喜歡的人嗎？」

聞言，唐知菲的腦海立刻浮現出那一天山群間的浩瀚星空，還有左側隔著一層陽台泥牆的、那抹清冷帶柔的側顏。不知不覺，「喜歡的人」這四個字，已經濃縮成他的名字。

她默了兩個眨眼的時長，神情坦率得可愛，「有啊。」

「是季沃對嗎？」

「妳怎麼知道——」唐知菲震驚得瞪大眼，隨後吶吶道：「很明顯嗎？」

「我純粹自己猜而已，只有百分之六十的把握，不小心套妳話了。」楊若伊吐舌，「對當事人來說恐怕不算明顯，只是以我對妳的觀察，蠻明顯的，總覺得最近的妳好像常常會找季沃，而且眼睛還閃閃發亮的……真的是閃閃發亮喔，有幾次連我一直看妳妳都不知道，聽起來很匪夷所思吧，怎麼說才好呢……總之很難具體形容，就是讓我有一種『啊、她好像喜歡他。』的這種直覺。」

「竟然這麼快就被妳發現了——妳是不是偵探。」唐知菲不由得感到一陣害臊，手掌甚至涔出汗，「……不過現在回想起來，高木藤好像說對了。」

「他說了什麼？」

「我們曾聊過關於理想型的話題，他說有時候理想型就只是理想型，往往跟真正喜歡上的人不一樣，季沃跟我的理想型完全相反，唯一符合的——大概就是都有兩顆眼睛一個鼻子和一張嘴巴？」她耍寶地笑了兩聲。

「當然啦，所以才會稱作『理想』。」

半晌，在趁機積極挖掘少女心事的楊若伊逗得唐知菲臉頰紅得要滴出血的同時，這場雷陣雨也終於停了，薄暮冥冥，空氣濕潤，殘存的雨水沿著屋簷落下，滴答、滴答——

「妳有打算告白嗎？」斑馬線的小綠人開始行走，楊若伊好奇問。

唐知菲這次延長了沉默，直到越過斑馬線抵達對街，才點點頭。

「雖然『喜歡』是自己的事，但還是會想讓對方知道我的心意吧，就算被拒絕後搞不好會害彼此變得尷尬，就算——其實已經心知肚明對方不喜歡我。」跨過腳邊的水窪，她神情率真，「但不要緊，反正我臉皮厚嘛——」

聽著唐知菲話語中的堅毅和一抹隱晦的小心翼翼，楊若伊下意識側過頭，望向她被鍍上自然光的稚氣側顏，思緒不禁陷入過往的片刻回憶。

楊若伊久久未語，塗抹玫瑰色唇釉的唇瓣輕輕抿緊，直到餘光注意左側的唐知菲偏過頭正看向自己，她才揚起嘴角，「哦——很有勇氣喔，加油，我是站在妳這一國的噢。」

而被自己上一秒說的話弄得面紅耳赤的唐知菲，並沒發現楊若伊剛才細微的臉部變化，她嘿嘿兩聲，「等我之後告白失敗後再找妳陪我一起哭。」

「怎麼還沒打仗就先舉白旗投降了。」

「我先幫自己打個預防針。」她只是爽朗地笑了笑，「雖然不曉得要什麼時候說，刻意製造時機嗎？還是要等時機成熟——」

「時機……是啊，時機其實很重要——」

這時，兩人經過轉角的一間裸白色平房建築物，唐知菲一眼就認得鑲嵌在粗糙泥牆並被打著一盞光的LOGO招牌。去年冬天，當她獨自漫步在自由之丘的街道時也曾與它擦肩而過，上網搜索了下，這是一間小眾的香氛品牌。

見她目不轉睛地慢下腳步，楊若伊提議：「要不要進去看看？」

她用力點點頭，「要，我想去！」

兩人一前一後推開門，舒心的草本氣味充斥鼻腔，店內寬敞安靜，綠色植栽蔓延整片天花板，啞光的空間感與質樸的沙土色切出一抹侘寂的氛圍。楊若伊率先停留在擺滿香氛蠟燭的其中一面牆，唐知菲則被座落正中央的一座香水吸引，一見鍾情般的鎖定其中一瓶幾近透明的淡綠色香水。

「妳好，都可以為妳做介紹喔——」店員適時靠近，取了張試香紙先讓唐知菲聞味道，親切說明：「這款香水是屬於比較清新溫暖的香調，前調有柑橘、檸檬，中調有格拉斯玫瑰、茉莉，後調有白麝香、雪松等等——是很適合平常上班上課噴的香味喔。」

店員接著也往她手腕處輕輕噴了兩下，直到臨時被其他顧客叫走，反而換成已經逛完一輪的楊若伊過來找她。

「哦？香水呀。」楊若伊湊近她手腕嗅了嗅，「這味道好舒服喔，也蠻適合妳的，喜歡嗎？」

「喜歡——這味道會上癮。」唐知菲點點頭，往鼻尖輕輕搧著試香紙，「不過這次還是先忍耐，等以後存夠錢再買。」

華燈初上，夏季的夜幕總是特別晚才降臨，今天的約會告一段落，兩人走往公車站，並肩移動的影子被街邊霓虹拖曳得老長。

「來，給妳的驚喜。」當唐知菲用手機查完公車時刻表時，楊若伊突然將一個紙袋遞給她，興奮地要她直接打開看看。

一見紙袋上的LOGO，唐知菲面露驚訝，聽話地接過並拉開袋口一角，下一秒差點被嚇得沒拿穩手機，開始跳針：「為——咦！為、為什麼，妳怎麼買了這瓶香水——」

「想送妳當禮物呀。」

「可是妳之前已經送過我生日禮物了，今天也不是什麼特別的日子——」

「就算不是特別的日子又怎麼樣，就當作感謝妳今天陪我逛了一整天。」

「……難怪剛才我們明明前腳才離開店，妳就突然說忘了買東西，叫我在外面等，我當下就覺得怪怪的——齁，我要哭了喔，必須獻身表示我對妳的愛了。」唐知菲一把將她抱個滿懷。

楊若伊看著賴在身上的小女孩，無奈微笑。

然後她說：「知道嗎，每次和他見面時就噴一點香水，久而久之，只要他一聞到這種香味，腦子裡第一個就會聯想到妳喔。」

♠

班表表定時間是今天下午一點三十分上班，唐知菲卻在十二點五十分提早出現在咖啡堂。

一見懷裡抱著雨衣的唐知菲倏然靠近，正在確認客製訂單的季沃瞥了手錶，「……妳今天也太早來了吧。」

「會嗎——」

「提早到沒有薪水喔。」

她不以為意地哼哼笑，「我要先進去打卡了。」

把雨衣暫時掛在後院的屋簷下晾乾，唐知菲窩在休息室，拿出後背包的小立鏡，對著鏡子簡單紮了顆半丸子頭。

出門前，以往只擦潤色護唇膏的唐知菲心血來潮，往唇瓣薄薄塗上奶橘色的唇膏，又將楊若伊送她的香水小心翼翼從還留著緞帶的包裝盒取出，愛不釋手地欣賞著只有掌心大小的圓角玻璃瓶身，她撩起髮絲，輕輕往兩側耳後各噴了兩下，幾近透明的淡綠色香水化成霧狀，在肌膚逸散，與體溫交融，產生微妙的香調。

或許他心中屬於朴念仁的盒子遲遲未能修復，或許他還在失戀中，或許，或許——她猜想著這些或許，卻沒打算旁敲側擊，只考慮直球攻擊。沒關係的，因為她有近水樓臺先得月的優勢。

在休息室待了一會兒，唐知菲起身往腰間繫上圍裙，瞥了眼貼在白板的班表，今明兩天楊若伊和高木藤都剛好休假，所以只有她跟季沃搭班。她唇角微微上勾，春風滿面地走至前場。

室外的雨不停下著，室內不停湧入顧客，胡桃木門關了又開，今天的咖啡堂高朋滿座，是鬧中取靜的氛圍。

一對母子點了蜂蜜柚子茶和起司蛋糕要外帶，小男孩踮著腳把鈔票放在錢盤，季沃將餐點放入紙袋，特意彎過身拿給他。

他微微一笑，「謝謝你，小心拿。」

「別人跟你說謝謝，那你也要說什麼？」一旁的母親取過零錢和發票，柔聲提醒兒子。

小男孩接過紙袋，靦腆回聲：「謝謝哥哥。」

下午會有客人來取貨客製蛋糕，唐知菲此時正小心翼翼進行最後一個包裝步驟，正要去收桌的季沃繞過她時，順手先幫忙拿了緞帶和剪刀給她。

「謝謝哥哥。」季沃聞聲猛然激起寒意，她自己講完也抖下一身雞皮疙瘩，「嘔——好噁心。」

「白痴。」見她浮誇的反應，他荒唐地笑了一聲。

伴隨雨聲的黃昏時分，濃而不膩的咖啡焦香攪著絲絲縷縷的熱氣持續擴散，唐知菲和季沃兩人忙碌了一整天。忙中偷閒的時光，唐知菲時不時會在季沃身周晃悠來晃悠去，步距比平常稍微靠近了幾公分，不能表露得太明顯，偶爾漫不經心撥弄耳畔的髮絲。

或許有點刻意，這是少女的心懷不軌。

有發現嗎？她躲在暗地觀察。會被發現嗎？她偷偷暗自心想。

手中捧著空了的玻璃桶正要補檸檬水的季沃突然喚道。在流理台洗盤子的唐知菲聞聲抬頭，一個箭步往右側瞬移靠近。

「欸，唐知菲。」

「蛤——幹麼？」她自然地應聲，抑制過於輕揚的語氣。

「感覺妳今天是不是——」

她屁股彷彿有一條無形的狗尾巴正興奮地瘋狂擺動，「是……什麼？」

「有點水腫……昨天吃宵夜？」接著他皺眉提醒：「妳手上泡沫快滴下來了——」

唐知菲垮下臉，才剛燃起三秒的期待隨著黏稠的泡沫墜落，一股氣不上不下地堵在喉間，只能無奈嘖一聲洩氣，默默回身繼續把碗洗完。然後她關上水龍頭，看也不看某人一眼，語調平板地咕噥：「我要去休息室吃晚餐了。」

「妳出來時順便拿一下我的水瓶，在桌上。」季沃將檸檬片和冰塊依序放進玻璃桶，注入開水，絲毫沒發現某少女的臉很臭。

「自己去拿。」

「欸，妳很小氣。」

「你才白目。惹人厭的能力，你說二，沒人敢說一。」唐知菲轉向他，模樣好似鬧彆扭的孩子，發狂的小狗咬人也會痛。

「……妳是在氣屁氣喔。」季沃一臉無辜冤枉。

她不理他，逕自推門走進後場。

她只是在氣自己自作多情，只是在氣期望落空後的失望，只是在氣自己比想像中還容易被他的一言一舉牽動情緒。只是，只是——

只是，唐知菲在跌進沙發的瞬間就氣消了，最後還是乖乖幫他把水瓶一起帶回前場，一餐晚飯的時間後，又恢復成那個心懷不軌的少女。

晚間七點十一分，打烊後的咖啡堂轉而開始沉澱著入夜的安謐，店門口的鐵門已半降下，只剩悠揚的水晶樂曲仍在流淌。

唐知菲手腳俐落，一下子就把閉店後的清潔工作完成，現在只剩拖完地就能打卡下班了。孰料，當她準備將拖把拿去後場清洗時，像主人一樣神不知鬼不覺出沒的萌萌陡然竄出，她不負眾望又嚇了一跳，被迫擋住去路。

萌萌老神在在地東聞西晃，唐知菲半警戒畏懼地盯著牠看，猜測大概是季沃剛才回二樓拿東西時沒把門關緊，而後場門在打烊後也會刻意打開好方便清掃，於是萌萌就逮到機會鑽出來跑到一樓巡店。

直到去巷口子母車倒垃圾的季沃回來，就見一人一狗在餐桌椅間兜圈子，保持著你不犯我我不犯你的距離，卻也轉出一圈圈的和諧氛圍。

季沃搓洗著手腕，「你們好像玩得很開心。」隨後關上水龍頭，指揮道：「萌萌，去咬她。」

「喂——」唐知菲瞪他，低低地咕一聲，嘰嘴咕噥：「我要回家了。」

他以鼻音哼出短促的笑聲，清淡的臉龐毫不掩飾地透出惡作劇的氣息，故意說：「明天見啊。」

進休息室打完下班卡，單肩掛著後背包的唐知菲走回前場，店裡的音樂已經被切掉了，主燈也熄了，獨留一盞吧檯燈亮著。萌萌趴在季沃斜後方的地板納涼，他坐在高腳椅上，正在撰寫預計明天要發的貼文，微垂的眼眸染著溫郁，側顏有一部分融入了昏暗。

唐知菲徐步靠近——小心翼翼地在萌萌身旁蹲下，萌萌的尾巴立刻搖了兩下，接著她伸出指尖，輕輕撫摸牠的腦袋瓜，萌萌識相地乖乖趴好任她試膽。

察覺身後突然沒了聲響，季沃手掌半支著下顎側頭望去，旋即瞪大眼，面露震驚。見鬼了，這個唐知菲居然會主動摸萌萌，這傢伙今天真的怪怪的，他想。

唐知菲甚至對著萌萌自顧自地嘀咕：「雖然我很怕你但你今天怎麼感覺特別討人喜歡呢，明天見噢——」

忽然覺得「明天」這個單詞聽起來真可愛，她想。

第二天也是晚班，唐知菲這次照往常時間出門，擦了護唇膏，噴了香水，不早不晚，準時抵達咖啡堂。

這週鋒面來襲，全台有雨，氣象預報強調需嚴防致災性豪雨，預計直到後天雨勢才會趨緩。一顆顆雨水匯聚成串，在玻璃窗形成蜿蜒的紋路，豌豆大的雨珠滴滴答答在柏油路蕩漾起漣漪。

傾盆大雨的午後，濕漉漉的城市，儘管空氣悶熱潮濕，即使褲角被濺起的水花潑濕，她卻覺得神清氣爽。而與昨天相反的是，今天的咖啡堂來客數驟減，內用和外帶的顧客寥寥可數，大半天的時間，整座空間只有唐知菲與季沃兩人，磨豆機運轉的聲響比想像中還助眠。

此時店內仍空無一人，唐知菲正在擦拭落地窗，視線偶爾會不經意地、被蠱惑般的飄向玻璃窗上那抹半截的小小倒影——而突然，在略顯安靜的空間中，她聽見季沃吃痛地悶哼一聲。

「……怎了？」

「沒事。」他隨口應聲。

她蹙眉，上前查看，「明明就流血了。」

季沃剛才正用美工刀拆包裹，外層紙箱太過堅硬，施力不穩結果不小心往左手食指指節劃過一刀俐落的傷口，所幸傷口不算深，卻逐漸滲出血。

「你先止血，我去拿醫藥箱。」唐知菲衝進休息室抓過醫藥箱，又跑回來。接著想拉過季沃的左手腕要幫忙包紮，他卻稍微向後縮了縮。

「我自己處理就好。」

「你什麼時候跟我這麼客氣了？」

「不，我是單純怕妳太粗魯弄痛我——嘶……妳真把我當仇人？」唐知菲力道溫柔，卻殘忍地直接將沾上優碘的棉花棒刺往傷口，完全沒給他心理準備，季沃痛得五官扭曲。

「你剩一隻手要怎麼包紮包得好？」

「……那妳輕一點。」聽見她稍微強硬卻飽含關心的語氣，他竟也沒再胡鬧，乖乖任她替自己包紮了。

唐知菲輕輕消毒，接著拆開ＯＫ繃，小心翼翼地將傷口包覆完整。季沃只能無聊地垂首看著，而這樣面對面的姿勢，使得視線恰巧落在她頭頂的位置。

他像貓一樣直盯數秒，竟覺得有幾分好笑，下一秒抬起空閒的右手，指尖輕輕捏住她頭頂幾根突兀翹起的細髮……「呆毛。」

溫潤短促的低嗓近在咫尺，唐知菲唰地抬起頭，卻愣了愣。她心尖一震，一個吸氣的時間差後，又僵硬地將視線下移，眼前卻是他的襯衫衣領。

季沃嫌棄，「出門前到底有沒有整理，頭髮好亂……痛！妳幹麼！」

紅著臉的唐知菲毫不憐憫地往他剛包紮完的傷口用力捏下，趁亂一走了之繼續去擦落地窗。

「……唐知菲妳真的很白目。」他咬牙切齒，這回終究還是被逼出男兒淚，這個臭小孩。

十七歲的唐知菲，二十四歲的季沃，兩人各據一方，時不時總存心往對方身上投箭扔炸彈，儘管構不成什麼死傷。

而偶爾，他們還是會達成停火協議，維持短暫的和平。

「欸，草莓有剩下的，妳要吃嗎？」

「好啊，我要！」

滿屋子的酸甜果香，季沃剛做完一批客訂的草莓蛋糕，雖是問句，他卻直接把調理缽裡剩餘的兩顆草莓額外裝進另一個小碟子，果不其然，正蹲在角落修剪盆栽枝枒的唐知菲冒頭說好。

叮鈴——此時，緊閉的店門被推開，已閒置好一段時間的咖啡堂總算又等到兩組顧客上門光顧，隨後出現的還有貨運大哥也剛好送來一批貨。

唐知菲連忙招呼帶位，季沃負責簽收搬貨，兩人分工合作。

直到傍晚時分，客人接連離開了，外頭雨勢也變小了。

將暗未暗的白日，綿綿細雨的城市，從落地窗望出的世界在這一刻看來竟被滋潤得格外浪漫。

輪到唐知菲去休息吃飯，她稀鬆地推門走入後場，然而不到三十秒，門板又被打開，她拎著餐袋溜了出來，一屁股坐上高腳椅。

季沃問她怎麼不去休息室吃，她只是抿出一抹鬼靈精怪的笑，說反正現在前場沒其他人嘛。

咖啡堂特調的恬靜溫郁氛圍，伴隨著一曲療癒的水晶音樂。

站在吧檯內的季沃優雅地將研磨好的咖啡粉倒入濾杯，往桌面輕敲讓粉末成平坦的狀態，右手端著手沖壺，慢慢注入熱水，由內往外均勻淋濕咖啡粉，然後靜待。

坐在吧檯外的唐知菲一腳鞋底抵住高腳椅底座，另一隻小腿悠哉地在半空前後搖晃，啃著小碟子裡剛才沒吃完的草莓，卻心不在焉。

「幹麼一直看我？」濾杯緩緩膨脹起綿密細泡，他沉穩地繼續注入熱水。

「我可以盯著你看一個小時，可能兩個小時……也行。」她捏起第二顆草莓，張口咬下一半，酸甜滋味在舌尖蔓延。

「妳果然有當變態的資質。」

「不，其實只是因為我喜歡你。」

「喔，我現在是被告白的意思？」

「對呀，你被我告白了——」

季沃停下第四次注水的動作，飽含咖啡香氣的裊裊白煙彷彿隨著他意識性的沉默而凝結。

「騙你的。」、「呵呵，怎麼可能！」、「才怪，誰會喜歡你啊——」這些他預想中她會說的「下一句話」通通都沒有出現。

她的下一句話，只是一張坦率而真摯的笑顏。

季沃默默放下手沖壺，一雙茶色眼瞳望向她。

脫口而出的那一瞬間，唐知菲比自己想像中的還要平靜。

即使見他始終沒有說話，沒有任何她預想中他可能會出現的反應，她也就只是保持一如往常的從容態度。

但此刻終究是在告白的情況下。

「你幹麼不說話啦——」

「妳才是，妳現在突然在幹麼？」

「告白嗎？我是認真的。」

我不知道要什麼時候向對方說出自己的心意，但什麼時候才是適合告白的時機？現在就是最好的時機。唐知菲想起那一天，與楊若伊在冰淇淋店的對話。

「妳在開玩笑嗎？」

「你看我的表情像是在開玩笑嗎？」她問。

「為什麼？」他問。

「就只是喜歡啊，一種感覺，如果一定要有某個具體的理由才能證明喜歡一個人──那，我喜歡你吵架吵不贏我時的表情，我喜歡你明明生病卻還願意載我回家，我喜歡你煮咖啡的樣子，我喜歡你的臉和聲音……我知道很荒唐但我卻覺得很有趣，就真的只是一種感覺，明明你有時候很討厭，結果我還是喜歡你了。」

唐知菲在這一整段話語中，毫無保留地堆切了好多喜歡，可是──

「可是，我不喜歡妳。」他說。

季沃依然凝望著她墨黑色的眼睛。

唐知菲的心臟倏然一蹦。

「沒關係，我知道。」

她早已做好心理準備了，這是她預料中將會聽見的回答，是命中率百分之九十九的答案。只是果然啊，當被心上人這麼乾脆地拒絕時還是會感到失落──強烈的失落。

她嚥了嚥唾沫，儘管心裡有數，她還是好奇那百分之九十九的機率，有多少的範圍是出自於對她這個人本身。

她想知道。

「『不喜歡』的其中一個原因……是因為朴念仁嗎？」唐知菲問著。明明上一秒提醒自己要斟酌用詞，可下一秒，卻開門見山地直接脫口而出她的名字。

「朴——為什麼是她？」

「因為……你不是喜歡念仁嗎？」

季沃聞言，從一頭霧水地皺眉，變成錯愕地瞠圓眼，宛如聽見什麼荒唐之言。

「不是朴念仁——等等……先讓我釐清一下現在的狀況，我開始在懷疑妳是不是在整我了，妳怎麼會認為我喜歡朴念仁？」

「……去年在自由之丘的那天，我看到你們抱在一起。」

「對。」他納悶，「朋友之間擁抱不是很正常的事嗎？」

「後來，我看見你偷偷哭了。」她輕聲：「然後……你說你失戀很久了。」

唐知菲坦白訴說著關於作為旁觀者的自己，對於那日午後的回憶。

然而說著、說著——在這一刻，當她愈是重新翻閱那一天的記憶，她卻漸漸懵了。

季沃失戀的這件事的確是事實，但是，關於他失戀的對象其實也只是她藉由各種零碎線索推敲而成，還稱不上所謂的事實。

直到目前為止，季沃也從未表明自己喜歡的那個人是朴念仁。

唐知菲不想主動過問太多，是因為不願往他傷口上灑鹽。

於是，她自始至終都澈底忽略了一個關鍵。

她背脊一涼，渾身冒汗，彷彿聽見那些零碎的線索摔碎的雜音。

「那……你真正喜歡的人是誰？」

此刻的唐知菲選擇開口，溫柔地撕開他的傷口。

季沃聽見了，表情卻驀地變得複雜，斷開與她交會的視線，薄唇緊抿，僅以沉默回應。

見他明顯逃避的模樣，這是鮮少發生的反應，足以讓她隨即將腦中猜測的選項淘汰一半，試探性地又追問：「是我認識的人嗎？」

短暫的死寂後，當那雙茶色眼瞳再次凝視自己，季沃輕輕點頭，終於坦白：「是若伊。」

溫潤聲嗓裹著若有似無的無奈，輕輕撞入她的耳膜，敲爛她混沌的意識。

若伊？楊若伊？唐知菲震驚無比。

她想起那張永遠溫暖和善的笑顏，想起不久前與楊若伊共度那大雨淋漓的午後——然後，腦袋卻旋即一片空白了。

將至今為止那些以「朴念仁」為主詞的想法，轉換成以「楊若伊」為主詞後，她所有的思緒開始紛亂，且同時，竟有一抹本該不屬於自己的心酸隨之產生。

唐知菲收回原本擱在吧檯桌沿的手臂，將因激動而微微顫抖的手指藏進膝間，自嘲般的無聲吁了口氣，忽然覺得自己十分可笑。

關於季沃忘不了的人，其實不是遠在異國的朴念仁，而是近在身邊的楊若伊。

原來，原來——他真正喜歡的人是她啊。

本以為近水樓臺先得月，其實遠在天邊近在眼前。

她不小心拆穿他的心事，直到現在卻發現，自己根本打從一開始就誤會了他的心事。

她擅自替他保守祕密，直到最後才發現，自己保守的祕密其實是從來不存在的祕密。

唐知菲妳不但奸詐，還傻呀，居然完全搞錯事實了。

唐知菲重新對上季沃的視線，問：「你也跟她告白了嗎？」

「……沒有，她不知道。」季沃回答，毫不迂迴地坦白，「我不打算告訴她，不管是以前，還是現在。」

「那你現在也還是喜歡她嗎？」

「我還需要一些時間，或許再一下子就好，只要再一下子。所以——妳別告訴她吧。」

唐知菲聽著，下意識攥緊指節，指甲在掌心逐漸壓出月牙狀的紅痕，她沒拒絕，卻也沒答應，只是覺得喉嚨變得緊縮。

「季沃。」唐知菲喚了他的名，「如果現在你如果不是失戀的狀態，你會喜歡我嗎？」

季沃默了默，露出苦笑。

而她幾乎同時便明瞭了他的答案。

「不會。」季沃說，「……我不想對妳說謊。」

唐知菲扯出一抹爽朗的笑，「嗯，我想也是——可是，可是，我現在就是喜歡你，我可能暫時還沒辦法控制，所以——」她將最後一半的草莓隨意塞進嘴裡，跳下高腳椅，「我要去倉庫點貨了。」

語畢，她強迫自己鎮定地抓過旁邊的點貨單和筆，沒等季沃回應便迅速推開後場門，逃進倉庫。

當身後的門板確實闔上後，唐知菲無聲地大口深呼吸，試圖消化所有的後勁。

她獨自坐在倒數第二階臺階，屈膝環抱自己，咀嚼著發爛的半顆草莓，卻嚐不出任何酸甜。

今天是適合告白的一天……

也是面臨失戀的第一天。

隔天一早，唐知菲是被窗外的狂風暴雨吵醒的。

她昏沉地坐起身，肩背僵硬，皺著眉把再過十分鐘便會響起的鬧鐘手動關閉，隨後又如氣球洩氣般的整個人往前倒，煩躁地將整張臉埋進棉被。

半晌，唐知菲有氣無力地走進浴室盥洗，她刷著牙，盯著鏡中那張算不上難過憔悴，卻也稱不上好看的臉龐。

昨天借在倉庫點貨之名，行趁機調整心情之實後，她回到前場，正在為客人帶位的季沃立刻分心地朝她的方向看去。

她發現了，卻只是在刻意別過臉的當下扯了扯唇角，傳達出「沒事，我很好。」的態度，轉身將完成的點貨單疊進資料夾。

而在這之後持續有顧客上門，原本凝結於兩人之間那一絲微妙的尷尬，也隨著忙碌而暫時覆蓋，打烊後，她也迅速打完下班卡，胡亂說了聲「好累喔拜拜！」，就像個逃兵般離開咖啡堂了。

關於告白失敗，是在唐知菲的預料之內。

她唯一沒預料到的是，原來自己從頭到尾都搞錯其中一個當事者了，而這場誤會所造成的殺傷力遠比她想像得還慘絕人寰。

唐知菲漱完口，重重地嘆息一聲。偏偏今天還是早班啊……

而才走回房，被扔在枕頭旁的手機突然響起，這時間點鮮少會有人打給她，她趕緊上前撈過查看。

來電人是季沃。

唐知菲愣住，捧磚頭似的艱難地兩手抓著不斷震動的手機，猶豫著該不該接——

他為什麼會突然打給她？如果接通了，她該用什麼語氣應答……

結果下一秒，電話就被掛斷了。

她跌坐回床沿，整個人被忐忑的心情玩弄得天旋地轉，咬著下唇肉，點進與季沃的LINE聊天室，指尖在話筒的圖案上徘徊。

然後，當在內心掙扎到第七秒時，左側冷不防顯示一串訊息，她陡然心一驚——

「現在外面雨下太大了，安全起見，妳今天不用來了沒關係，直接算休假吧。」

讀完訊息，唐知菲頹下肩，耷拉著腦袋，靜靜聽著外頭如雷貫耳的雨聲。心間空落落的。

由於一開始就處於聊天室的畫面，理所當然也秒讀了，在已讀了五分鐘後，她簡短回覆：

「好，我知道了。」

直到正午時分，鋒面比氣象預報判斷得還早遠離台灣，這場綿延無盡的大雨終於劃上一記休止符。

良久。雨過天晴，炎夏燦陽高掛藍空，晴光正好，風和日暖，然而——

她的眼睛卻漫漶地開始下起雨了。

第六章　老派的玩笑，殺傷力最大

這是一個情竇初開的暑假，也是一個，在一瞬之間便注定失戀的暑假。

不知不覺迎來開學日，這是唐知菲高中生涯最後一輪的春夏秋冬。

那天的告白以失敗告終之後，她還在嘗試消化體內那些失望，卻也仍保持得與平常一樣，沒有人察覺出她的悶悶不樂。

不知該說慶幸還是弔詭，她和季沃兩人的班別這幾天總是剛好錯開，這令唐知菲心想，這是老天爺憐憫她失戀，給他們之間的緩衝期嗎。

只是當與季沃單獨相處時，唐知菲偶爾會強顏歡笑，佯裝著自己不痛不癢，也偶爾會刻意迴避他隱約追來的目光——

她看見那裡頭藏匿擔憂、無奈，還有欲言又止。

她第一次看見這樣的眼睛。

一切都失控了。

尋常的晌午，店內只有一組常客夫婦，唐知菲捧著澆花器行經吧檯，又一次若無其事忽略季沃朝自己投遞而來的眼神，走向店外。

她感到羞愧，她承認自己沒為被告白的人考慮心情，她知道自己這樣任性的行為很過分，明明當初瀟灑地說只是想讓對方知道自己的感情就好，明明是自己執意擅自打破平衡，明明是自己願意走向早就被劇透的結局，如今的自己卻變成一個只會鬧彆扭的討厭鬼。

背後的胡桃木門沉重地闔起，唐知菲無聲吐出一絲嘆息，懊惱與煩悶的情緒逐漸在心底形成漩渦——

唐知菲妳好糟糕啊。

她蹲在其中一盆絨毛觀音蓮前，這是楊若伊上個月從花市買回來種的，她眼簾低垂，若有所思地凝望澆灑在土壤上一叢叢的水花。

♠

「這是要搬進倉庫的嗎？好大一個喔。」

楊若伊的聲音自面前傳來，唐知菲下意識愣了愣，從高過她頭頂的巨大紙箱探出半邊眼睛。

「……啊、嗯，對呀，剛剛宅配送來的，高木藤說這是新的書架，先暫時放倉庫，等有空再拆箱。」她說。

「那我幫忙抬下面，兩個人一起搬比較快——」

「沒關係，我自己搬就好。」

「可是看起來很重，我幫——」

「真的沒關係。」

語落，唐知菲迴避她伸出的手，側著身子一層一層步下階梯，混沌與糾結的情緒隨之絆住她的腳，卻始終緊抿著唇，沒入昏暗的倉庫。

關於楊若伊，唐知菲無法控制地開始產生一種矛盾的心情。

她喜歡季沃，可是被對方明確地拒絕了，而楊若伊是季沃喜歡的人——正在嘗試變成曾經喜歡的人。

唐知菲深深明白，這兩件事其實互不干涉。

畢竟即使今天沒有楊若伊的存在，季沃還是不會喜歡她。

那麼，她討厭楊若伊了嗎？

……不。

不會的。

不是這樣的。

她還是好喜歡楊若伊，只是，卻也不由自主地嫉妒她了。

♠

距離休息時間還有二十分鐘結束，唐知菲將沒吃完的便當收進餐袋，頹著肩，盯著自己的鞋尖想了想，隨後起身獨自走往頂樓。

她拉開內側鐵門，推開外側紗門，亮晃晃的太陽光一下子刺進她的眼，待適應戶外的光線後，信步越過周遭一片花花草草，最後停在採光罩下那張淺木色的編織躺椅。

唐知菲躺了上去，模仿季沃偶爾的習性，學他在頂樓曬日光浴。

午後時分的氣溫偏高，不至於悶熱，夏末的微風拂過頰畔，吹亂她的瀏海，她十指交扣隨意擱在肚皮上，望向那被採光罩遮擋而只剩一小塊的藍天白雲，金燦燦的陽光被那整片花草枝枒切割成零碎的光斑，輕輕散落在她開始閉目養神的臉龐。

直到她聽見紗門被推開的聲響，此刻頂樓的風不算強勁，止息時甚至顯得安靜，靜得使她能清楚分析那人的腳步聲正逐漸往自己的方向靠近。

「唐知菲。」

當風又止息的瞬間，取而代之的是季沃的聲音。她心一驚，繼續閉上眼，不為所動。

「我知道妳有聽到。」

他的聲音這次近在咫尺。

她猜他蹲下了。

她屏住呼吸——

「別裝睡，起來。」

憋了幾秒，唐知菲選擇只掀開左眼，一瞬間的過曝使她顫了顫眼睫，季沃的臉隨即在日光中變得鮮明。

「……你怎麼知道我裝睡。」

「妳的手指出賣妳了。」

等於她剛剛的緊張全被他看得一清二楚。她臉一熱，故作鎮定地扭過頭迴避他的目光。然後，一秒，兩秒，三秒——

唐知菲猛然坐起身，右腳一落地順勢就矯捷地繞過躺椅躲開他，季沃彷彿看穿她的意圖，直接伸手抓過她的手腕阻止她離開。

「我們聊聊，好嗎。」季沃徵求許可般的問著，語氣卻顯露一抹不容妥協。

感受到正圈住自己右手腕的扎實溫度，她掙扎地咬著下唇肉。

看來老天爺施捨的緩衝期已經結束了。

於是她乖乖留在原地，也放任手腕上那抹溫暖在心尖肆意延燒。

「你放心，我沒跟若伊說你喜歡她，我會幫你保守祕密，這次不會再誤會了。」唐知菲說。

「……我不是想跟妳說這個。」

「對不起，我知道我很幼稚。」他尾音才落，她強勢搶過發言權，開始道歉：「這幾天故意不理你，只是我還不曉得要怎麼像以前那樣和你相處，我不是怕尷尬，其實是怕自己說錯話，或有不好的反應……但我想，我現在可以好好地正常面對你了。」

「妳現在才知道妳很幼稚——雖然我也沒成熟到哪去，沒資格講妳。」季沃鬆開捉住她手腕的右手，「老實說，當我聽到妳說妳喜歡我的時候，我真的下意識以為妳又想整我——太老派的玩笑了，不愧是妳。」

「這時候我是不是該說謝謝誇獎？」她轉而背靠著圍牆，「其實我也很驚訝我居然會喜歡上你，果然命運難以掌控。」

「唐知菲。」他喚了她的名，聲嗓清澈，「謝謝妳啊。」

「還好你不是跟我說對不起，這樣就好像害你被迫虧欠我什麼了。比起『對不起』，『謝謝妳』聽起來總是比較可愛一點。」

聽著唐知菲灑脫傻氣的話語，季沃只是以鼻息嘆出淺淺的笑聲。

「我很好奇，你現在還是喜歡若伊，那麼幾乎每天、每天這樣看著，難道不覺得難受嗎？」她語氣放輕，「或是……當你眼睜睜看著她跟別的男人在一起的時候。」

對於她的疑惑，他絲毫不感到意外。

他早已在心底問了自己無數遍，可到頭來所有的答案永遠都是同一個。

「習慣了。」他只是扯了扯唇角。

唐知菲沉默半晌，仰首看向天空，突然呢喃般的道：「……交往後可以等分手。」

「……什麼？」

「結婚後可以等離婚嘛，所以還有機──」

「別說了，別這樣，就算是出於安慰也別說這樣的話。」季沃低語。

他知道她說出這些話並不好受，這些不是她的真心話。

唐知菲重新對上他始終沒有移開的眼眸，「季沃，我很好奇──再讓我問一件事就好……那天早上，若伊擅自把我撿回咖啡堂，收留我的原因，是不是其實有那麼一點的可能性是因為若伊開口要求，所以你才心軟，如果不是她，你不會讓我留下。對嗎？」

她直率而憂傷的話語，使季沃想起去年那夜獨自坐在三樓看台區時的複雜情緒，想起那雨過天晴的盛夏早晨，想起她當時披著毛巾的狼狽模樣，想起自己當下感到荒唐且不可思議的心情。

善意的謊言？不，她已經發現他的猶豫。或許──馬上就會被她拆穿了。

季沃輕抿緊唇，隨後鬆開，坦白：「對。」

唐知菲鼻頭一酸，一瞬間亂了呼吸，緊握著拳頭。

明亮的陽光被成團的雲絮遮蔽，陰影將他們的肌膚啃食成模糊的墨色，隨著兩人之間的沉默，愈漸擴張。可是──

唐知菲哽著喉，默默鬆開被攥緊的掌心，腦中紛飛的混沌思緒逐漸趨緩平和。

可是啊，如果不是因為楊若伊，她就不會在咖啡堂打工，她就無法擁有那些有趣的時光，她就沒辦法遇見……溫柔的她、陽光的他、遠在日本的她，還有那個討厭卻喜歡的他了。

如果不是因為楊若伊——那麼此時此刻的她也就不可能站在這裡，和季沃一起曬太陽了。

片刻後，耷拉著腦袋的唐知菲從度秒如年的低落重新爬出。

「其實你也蠻自虐的嘛。」她得出一個結論，玩笑般的說，卻也像是說給自己聽。

他只是笑而不語。苦笑著，而不語。

「季沃，我現在也懂你的感覺了——我們都是失戀的人，是同一國的了。」

「那要滴血結盟嗎？」

「你還有心情開玩笑？」

「但妳還是笑了。」

「不如這樣吧，我幫你保守祕密，那你也答應我一件事吧。」

聞言，季沃先是怔愣，心底流淌過一陣五味雜陳。接著，他只是輕輕嘆出一抹單音，「嗯。」

他在尚未得知什麼事之前就點頭答應，這令唐知菲感到意外，若是平常，他絕對會先擺出警戒性的表情，然後直接拒絕：「不要。」

這並不尋常。可是，在這樣本就不尋常的情況下，她是不是可以擅自解釋成他也稍微對她心軟了。唐知菲望著他茶色的眼瞳，發現他的眼睛在陽光下被襯得更透明清澈了。

「因為我只是剛喜歡你，所以我還有很多時間，還有很多時間可以進攻——還有很多時間可以放棄，所以在那之前，你不要改變對我的態度……」我會繼續保持現在的樣子，因為我不想後悔。她沒將末兩句話說出口。「反正，說不定很快我就會變得不喜歡你了。」

季沃聽著她坦率的告白，看見她又笑了，這次的笑容卻比她身後的天空還晴朗。

關於失戀，有些人很快就能重拾勇氣，迎接下一段感情，有些人卻走得很慢很孤單，遲遲徘徊於這條失戀之路。

這是一個關於同病相憐的故事——

她偶爾坦率，是吃可愛長大的少女，若要以動物形容，她就像是一隻膽大包天敢逗弄貓尾巴的小狗。

他優雅得難以捉摸，其實比誰都還心軟溫柔，若要以動物形容，他就像是一隻喜歡曬日光浴的白貓。

一個撒嬌，一個傲嬌，兩個人都需要治療。

♠

平凡的日子，一如既往的咖啡堂，今天是忙裡偷閒的一天。

高木藤將被遺忘整整一週的書架包裹從倉庫搬出，為求方便，直接在走廊拆箱組裝，唐知菲正好路過見狀，乾脆一起加入做美勞。兩人分工合作，先將尺寸不一的螺絲及木板個別分類好，找出主底座後，高木藤一邊對照簡陋的說明書，開始一塊塊拼裝組合。

只是才組完第一層，高木藤突然面有難色，「等一下……我肚子又不行了，妳先繼續。」他胡亂將十字起子推給負責扶木板的唐知菲後，旋即起身衝進洗手間。

她悠悠回想起昨天在Instagram滑到高木藤去吃麻辣鍋的限時動態，見他剛才衝得極其飛快的速度，不禁替他的屁股默哀三秒。

唐知菲從蹲姿改成盤腿席地而坐，一手抓過其中一塊層架木板，手腳並用穩住主體，另一手轉著十字起子接合固定，直到第二層、第三層逐漸成形。

「高木藤不是說他要組書架，怎麼變妳？」季沃從旁路過，看見滿地狼藉中聳立著一座完成度近乎百分之九十的書架，「看來人有五短必有一長。」

唐知菲忽略他的嘴賤，露出求稱讚求表揚的小表情，嘴邊叼著兩根螺絲，使得模樣有些滑稽，口齒不清地追加補充：「而且我沒看說明書。」

「不要這樣咬螺絲，髒死了。」

「你是我媽嗎，好囉唆欸。」

「……妳現在居然嫌我？」

「幫我拿一下那塊比較細的木板——」

「是多懶，妳手一伸就拿到了。」結果季沃還是乖乖拿來她指定的木板，並順手幫忙扶穩固定，好讓她能準確鎖緊螺絲。

唐知菲餘光不經意瞥向他修長的手指，發現那天替他包紮的ＯＫ繃已經不見了，「你的手傷已經好了嗎？」

「小傷，早就癒合了。」

這時，楊若伊半推開門，湊熱鬧地也探頭望入，「妳又是換燈泡又是組書架，家事小能手耶妳。」

最後一塊木板終於接合完成，唐知菲笑笑，帥氣地轉著十字起子，「哪一天店裡的馬桶壞了再叫我，免費維修喔。」

「說到馬桶，我剛才好像聽到高木藤在廁所哀嚎……」

「知菲，走廊這裡的垃圾妳記得收一收，我先把書架搬出去。」季沃逡巡著抓力點。

楊若伊也上前幫忙抬起另一側分擔重量，書架的體積雖不算大，材質還是頗厚沉的，「舊的書架能回收變賣吧，要送去給婆婆嗎？」

「嗯，那等等用推車載去吧。」

當他們走回前場的同時，唐知菲也彎腰將剩下沒用完的螺絲和滿地紙箱碎屑掃成一袋，連同不受控制的嫉妒心，以及微妙的自我厭惡一併扔進垃圾桶。

半晌，唐知菲走進吧檯，目光卻鬼使神差地飄往季沃和楊若伊同框的身影。

她隱約聽見他們在討論要不要調整書架擺放的位置，實際轉換方位幾次後，決定仍以楊若伊維持原樣的方案為主，她看著他們正分工將厚薄不一的書籍重新排列，有說有笑的。

明明是再普通不過的互動，但當過分放大自身的情感，以不再平衡的眼光觀察時，那些無人知曉的細節便順勢顯露而出了——

原來他也會有這麼溫暖的眼神啊。原來他撩起的唇角這麼溫柔啊……以前都沒發現。

唐知菲站在流理台前洗著手，洗著洗著，發現自己不小心被木屑刺傷手掌心。雖然傷口很小很小，小到看不見，但疼痛卻依稀感受得到，這樣的異樣感始終揮之不去，也無法忽視。

就像她現在的心情。

唐知菲妳好小氣，他又不是妳的誰，妳嫉妒個什麼鬼。

她右手指腹往左掌心不斷摩挲，探尋著那根扎心的木屑，卻遲遲找不到。

她不像楊若伊一樣漂亮優雅，她沒辦法像楊若伊一樣溫柔可人，她無法像楊若伊一樣擁有他的許多年……

可是，可是——

可是她喜歡季沃，也喜歡楊若伊，她希望能繼續保有這份單純的喜歡。

所以她只是，還想再掙扎一下。

♠

初秋的週末早晨，距離上班打卡還剩五分鐘，唐知菲卻站在胡桃木門前動也不動。

她凝視翻到Close的鏈條吊牌，彷彿只是需要一個支撐點，自我鼓勵般的在心底呢喃：「沒什麼大不了的，只不過是失戀而已，又不是世界末日，沒事的。」

沒事的。繼續往前走吧。於是，她深吸一口氣，壓下門把，踏進漫著咖啡香的屋子。

對現在的唐知菲而言，她開始格外在意季沃對自己的眼光，會想以完美的姿態出現在他面前。因為以前不在乎，所以可以置身事外，但現在卻不一樣了。

然而事情往往沒有如她所想的順利。

唐知菲一早就落枕，當季沃喊她名字時，她下意識想轉頭望去，結果疼得哀哀叫，只得整個人僵硬地扳過身子。

季沃見她這副可憐又有點滑稽的模樣，居然先沒良心地大笑三聲，不給點同情就算了，整個上午三番兩次故意躲在她背後叫她，她只得整個人轉啊，轉啊，轉啊——轉得她火冒三丈。

什麼心動什麼心痛通通去死吧。

「你煩不煩！」

「……」

被唐知菲撕牙咧嘴咆哮一陣，季沃大概終於挖出僅存的那麼一點良心，當她在休息室正想貼貼布卻總抓不準位置時，他默默走近，這回終於甘願出現在她面前。

「欸，把頭髮抓好，我幫妳貼。」季沃說。

唐知菲用鼻息哼出冷笑，「這是要贖罪嗎？」然後直接把手上的貼布塞給他，乖乖將自己的頭髮往左側抓起。

「連個貼布也貼不好。」

「幫我跟嗆我你能不能選一個就好。」

「……是這個位置痛嗎？」

「不是，再下面一點。」

「這裡？」他指尖若有似無地擦過她的肌膚。

她嚥了嚥唾沫，莫名有些燥熱，「……嗯。」

下一秒，左邊頸脖處輕輕被覆上一陣冰涼，緊密地與肌膚貼合，沁涼的藥草香隨之綻開，溫和地刺激著鼻腔，她的臉卻一陣燙。

「好了，垃圾自己丟。」語畢，季沃就轉身回前場了。

唐知菲垂眸看著被他塞回掌心的透明塑膠片，另一隻手反手撫摸脖子上的貼布，感覺自己臉上的熱氣都快把貼布的涼意吸走了。

這就是又愛又恨的感覺嗎……小丑竟是我自己，可惡，唐知菲妳爭氣點啊。

只是，每當看著季沃總是優雅而專注沖咖啡的身影，聽著他溫潤低嗓的如常嘮叨，唐知菲卻也慶幸他仍維持一如往常的態度與她相處，所以這樣又愛又恨的感覺，說到底——或許其實還是挺喜歡的。

夜幕低垂，咖啡堂打烊的時間到了，唐知菲將大門鏈條吊牌的Open翻轉蓋起。

進休息室打完下班卡，她單肩揹起後背包，撈過桌上的水瓶，今天傍晚忙了一波忘了喝水，乾脆咕嚕咕嚕一口氣將水喝光，卻喝得太快被嗆到。

結果走回前場時，被水嗆到的不適感還殘留在喉間，她無法控制地又接連咳了幾聲，同時也嗅到空氣中一股淡淡的奶油香氣，是季沃現在正在準備明日份的貓舌頭餅乾。

「咳、咳咳——」

「怎麼，妳感冒？」

聽見來自唐知菲由遠至近的咳嗽聲，季沃抬首朝她身上看去。

有那麼零點幾秒，他的聲音在這沉靜的空間中彷彿產生回音，她眼底偷偷閃過一抹機靈，卻旋即藏匿，懶洋洋地靠向吧檯桌沿。

「對……好像有一點。」唐知菲緩慢點了兩下頭，病懨懨地應聲。

「看妳白天還挺有精神的。」季沃擰眉，「附近那間小兒科診所營業到九點半，現在去還來得及。」

「去看醫生大概也沒用。」

「啊？」

「這是一個很嚴重的病……現在唯一的解藥只有你了，快救救我——」唐知菲委屈巴巴地摀住胸口，趁亂又咳了兩聲，咽咽嗚嗚地望著他的臉。

季沃淡定觀賞她拙劣的演技，右手還繼續攪著麵糊，「又到妳發瘋的時間了嗎。」

「不是，我在跟你告白。」唐知菲咧嘴囅笑，其中一側臉頰掐出一顆小小梨渦。

後來，唐知菲離開了咖啡堂，她站在自己的腳踏車旁卻耷拉著腦袋，直到晚秋的清風掃過她泛紅的耳尖，她深呼吸一口氣，抬頭仰望夜空，今天是滿月呢——

失戀的唐知菲，失戀的季沃，他們處於相同的困境，擁有相似的心情。

唐知菲想，若把失戀比喻為遊戲中的任務，他大概是還遲遲解不開任務的玩家，而自己是那個才剛進新手村，自投羅網正接下任務的玩家。

那麼，會是誰先解開任務呢……

第七章　完全比賽

深秋的午後時分，綿延的澄河路河堤公園正有許多民眾在散步慢跑，或是遛遛孩子和寵物，踏出一地的秋高氣爽。

微涼的溫度，只套件寬鬆牛仔外套的唐知菲露出一截白皙小腿，溜著滑板，帥氣地穿梭於人來人往之間。

砝——不遠處響起清脆的擊球聲，隨後是兩邊隊伍摻雜「接殺接殺！」、「衝一壘衝一壘！」的叫嚷歡呼。

唐知菲右腳順著節奏往地面踏了一下，接著又一下。直到一陣猖狂的風吹亂瀏海，髮尾不小心刺進眼睛，她反射性眨了眨眼，下一秒，看見楊若伊獨自坐在不遠處水泥階梯的身影。

楊若伊一身半截式的慢跑裝，側顏恬靜，視線正望向下方的棒球場，追著場上奔跑揮棒的小球員們。

唐知菲單手抱起滑板，蹲距在她身旁的臺階，挑眉壞笑，活像個搭訕的小痞子，「美女，一個人嗎？」

楊若伊聞聲側過頭，笑了笑，把原本擱在腿側的水壺移到左邊，讓出空位給她坐下。

唐知菲也看向眼前小型的迷你紅土球場，「妳還記得我們第二次見面的時候嗎？」

「記得呀，我那天剛好外送咖啡到吉高，妳剛好在校門口打掃，而且妳還幫我把飛來的棒球打回去。」

「現在想想能打中還真是奇蹟，說不定我有當棒球選手的天份。」她比出揮棒的動作。

「其實那時候，妳讓我有一種似曾相識的感覺。」

「為什麼？」

「季沃以前也曾像妳一樣幫我把飛來的球打回去，大概……高中的時候吧。」楊若伊的眼尾輕輕彎起，接著又想起什麼似的話鋒一轉：「對了，妳後來有打算什麼時候跟他告白嗎？」

「嗯——其實，我已經跟季沃告白了。」唐知菲耷拉著腦袋。

楊若伊聞言微微挑眉，其實沒有多大驚訝，這的確很符合唐知菲的性格，於是只是等著她繼續說下去。

「不過也直接被他拒絕了。」唐知菲說著，語調聽來有幾分瀟灑，甚至笑了笑，彷彿只是在分享一件生活中微不足道的小事。

「什麼時候的事?完全……看不出來，季沃也是，雖然他的確本來就不太把情緒表現出來。」

「已經是前一陣子的事了。」她說，「聽妳這樣說我就放心了，還好不管是我還是季沃，在你們眼裡看來都跟平常一樣，這樣就好了。」

「妳還好嗎？」

「雖然明明已經告訴自己要做好心理準備，但果然真正面對到後還是挺難過的，不過我現在已經好多了，我大概蠻適合受傷的喔。」唐知菲伸長了腿，腳踝抵著地面，左右晃呀晃，「其實失戀也不是什麼大不了的事，不過就是喜歡的人不喜歡你，哎——我還是回頭繼續去喜歡我的貓男爵好了。」

楊若伊聽著她自嘲般的坦然話語，或許當中藏匿些微逞強，卻不願讓人察覺，於是巧妙地用俏皮的語調掩蓋。楊若伊沒拆穿，只是凝視她稚氣未脫的側顏，然後，側過身伸手給她一個擁抱，輕輕往她的背拍了拍。唐知菲的雙手擱在腿側，鼻息間縈繞一抹屬於她身上的香味，猶豫兩秒，也抬起手回抱住她。

「……若伊。」

「嗯？」

「我想跟妳坦白一件事。」

「什麼事？」

「其實曾經有過幾次，我會吃妳跟季沃的醋，有時候想迴避你們在一起的場合，有時候當妳跟我說話，我會突然覺得煩躁……雖然不曉得妳是不是有察覺到，但還是想跟妳懺悔。」唐知菲悶聲。

從去年夏天，那日早晨的初次相遇為起點，唐知菲享受著與楊若伊在一起的時光，好喜歡她啊——然而如今，卻隨著自己心底那顆戀愛的種子悄悄發芽了，她開始會嫉妒起楊若伊，產生一種矛盾的情緒。

唐知菲吐露著關於自己的心事，那些複雜卻純粹的情緒。楊若伊聽著，最後只是笑了出聲。

「妳也太誠實。」楊若伊說，「如果不是妳現在告訴我，我真的沒感覺到。」

「我不是討厭妳，真的。只是每當那些當下心裡就覺得好像哪裡怪怪的……」唐知菲澄清，口氣甚至有些急了。

「喜歡的徵兆之一，是嫉妒呀，嫉妒是正常的。我也曾像妳一樣偷偷喜歡一個人。」楊若伊伸長了腿，模樣溫雅，「其實我挺羨慕妳的。」

「……羨慕我？」唐知菲不懂她的意思。

「對，羨慕——我羨慕妳身上可愛陽光的特質，羨慕妳與生俱來的那種坦率，羨慕妳即使已經明知那個答案不會是妳想要的，卻還是有告白的勇氣。」楊若伊話語中有著滿溢的真誠。

唐知菲聽著，唇瓣像金魚一樣張開了又闔上，最後只是沉默不語。

半晌，唐知菲嚥了嚥唾沫，擅自岔出另一條支線，她問：「妳和季沃認識這麼多年，妳曾喜歡過他嗎？」一個無聲的吸氣後，她強調，「是異性之間的，那種喜歡。」

她會決定拋出這個問句，並不全是為了季沃，說到底，具體的契機不過又只是為了滿足自己的好奇心。

楊若伊明顯愣了愣，素淨的臉龐頓時刷出一陣錯愕與訝異。

唐知菲靜靜望著她。

——好像啊。

楊若伊此刻的表情，跟季沃當時的表情好像啊，一樣溫柔，一樣複雜。可是，她眼底卻多了一抹懷念的流光。

砙——小白球又一次在半空中畫過一道弧線，一壘跑者積極衝刺，繞過二壘，卻在三壘前盜壘失敗，被觸殺出局。

「嗯，喜歡啊。」在一片飛揚的紅土中，在一陣混亂吵鬧的人聲間，唐知菲清楚地聽見楊若伊這麼說了。

楊若伊向她坦白著，柔軟的聲嗓彷彿母親在和孩子說床邊故事般，訴說屬於他們青春歲月的其中一個篇章。

「那個時候，我很喜歡季沃，只是到最後都說不出口，想著再等一下，再等一下……等著等著，就錯過時機了，等著等著，就變成過去了，但什麼時機才是最好的時機，當時的我也不知道。」

唐知菲怔愣著，一時半刻無所適從。

她凝視著楊若伊的側顏許久，最後盯向自己的布鞋，手指下意識捏著懷中的滑板，捏著、捏著……直到指節逐漸變得泛白。

震驚之後，是荒唐的後勁開始無聲無息地、如海浪般鋪天蓋地而來。

原來。原來——

「……原來妳也喜歡季沃。」

其實他也喜歡妳喔，至少——現在還是喜歡妳的，唐知菲想著。

「嗯，曾經喜歡。但這都是過去的事了。」

可是對他來說，卻還不是過去，唐知菲又想著。

「妳會怪我當初不告訴妳嗎？」

儘管內心還在嘗試與陌生的海浪和平共處，唐知菲只是唇瓣微彎，理所當然地反問：「為什麼？我有什麼理由需要怪妳呢。」

「妳是第二個知道這件事的人，第一個知道的是念仁，那時候……」楊若伊的呢喃戛然停頓，自嘲般的牽了牽唇角，「妳會對我這平凡的暗戀史有興趣嗎？」

唐知菲重新銜上她的視線，緩緩點了頭。

「我想聽。」

♠

關於楊若伊的暗戀。

楊若伊在小學六年級曾遭受一場無聊的排擠霸凌。儘管後來平安熬過了，但這段痛苦無助的記憶也從此在她心底劃出一道陰影。

雖然升上國中後她曾慶幸一切安然無恙，卻也因為已在不知不覺中習慣將自己縮得好小好小，於是久而久之，變成班上沒什麼存在感的幽靈人口。

但楊若伊好想摘除自己身上的這個標籤。該從哪個步驟開始改變？暑假倒數幾天的尾聲，她想著。乾脆先打亂生活中那一成不變的節奏吧……她如此單純地下定決心。

於是國三上學期的開學日那天，以往總刻意最後一個進教室的楊若伊提早一個鐘頭出門，在校門口的站牌下了車後，她緊抓著書包背帶，走進空無一人的教室。

楊若伊坐入第五排第四列的座位，班導說開學這天座位暫時沿用上學期的位置。接著，她拿出筆記本和自動鉛筆，穩定心神般的在空白橫線上隨意塗鴉。

嘎咿——直到不久，教室的後門被打開了。

季沃邊打著哈欠，慢悠悠走了進來，一張撲克臉顯然染著犯睏的氣息。

本以為是班上同學的楊若伊見著他極其自然地坐入她左手邊的座位，頓時滿腹納悶。

她在心裡練習無數次想對同學說的那句早安也沒能順利說出口，被硬生生僵在喉間，微揚的唇角來不及收起，形成尷尬的弧度。

而與此同時，季沃默默偏過頭看向她，下一秒，清冷的少年面孔也露出相同的疑惑表情。

「……同學，妳走錯教室了。」

楊若伊不解地眨了眨眼，「嗯……這句話應該是我要對你說的？」

楊若伊不認識季沃，唯二的印象只知道他是隔壁班的，以及曾有幾次在朝會的頒獎典禮上時，他總剛好排在她後面等領獎。

而這時，一名女同學推開教室前門，前腳才剛跨出卻愣了愣，又機械式地倒退半步，仰首往上方的班牌再三確認，「白痴喔季沃，你教室在隔壁啦！」她好沒氣地說。

「……哦？」睡眼惺忪的季沃挑起一邊眉。

「早——啊季沃你怎麼在這？」另一名男同學走進教室，邊悠哉地吸著大冰奶，「一大早就迫不及待來等我喔？」

季沃整個人睏意全消了，恍然大悟的模樣顯得有些蠢。

「我要笑死，放個暑假回來居然連自己教室在哪都忘了。」

「你很吵。」季沃惱羞成怒，起身往男同學屁股狠狠踹了一腳，兩個男孩扭打成一團，隨後他才迅速撈起掛在椅側的書包要返回自己的教室。

而與楊若伊視線交會的那一秒，季沃微微頷首，接著便故作鎮定卻飛也似的逃走了。

她的目光追向他稍縱即逝的背影，有那麼一瞬間，捕捉到他頰畔的一抹羞窘。

她這時也心想，他的意思大概是：「抱歉，剛才誤會妳了。」然後，她忍不住笑了出聲。

「哇……我好像是第一次看妳笑這麼開心耶。」女同學的聲音拉回楊若伊的注意力，對方反身坐進她前面的座位，新奇地盯著她瞧，「而且妳今天好早到，對了，妳吃早餐了嗎？」

「吃、吃過了……」楊若伊弱弱回答，幾秒後又匆匆改口補充：「可是好像還有點餓。」

「其實我在考慮要不要去後門那間早餐店買小籠包啦，雖然我有帶蛋餅，但我一定第二節就餓了。」

「那……我可以跟妳一起去嗎？」楊若伊鼓起勇氣，柔軟的聲線包裹著一抹積極。

「真假，妳要陪我喔？那我們現在去吧——」

那個蟬鳴叫嚷的夏日早晨，一身颯爽的季沃走進那間只有楊若伊在的教室，也從此走進了她的世界。

那是她與他第一次的接觸，而兩人真正開始熟識的起始點，卻橫跨了整整一年多的時間。

楊若伊與季沃分別考上吉川高中，當第一天在全然陌生的教室遇見彼此，雙方都產生一種他鄉遇故知般的奇妙心情，也是在同一年，十六歲的他們認識了二十一歲的朴念仁。

後來就這樣，楊若伊和季沃從最初只是隔壁班同學的關係，偶然變成同窗三年的鄰桌，隨著時光日積月累之後，成為十年情誼的好友。

高二的校慶運動會，眾所矚目的賽項非大隊接力莫屬。

從兩個月前開始，每節體育課和空堂全被拿來練習大隊接力，幾個熱血過頭的少年少女為了班導加碼的雞排珍奶更誓言要跑回冠軍，是同年級裡最勤奮的一班。

「大家——我們再練習一次。」綁馬尾的體育股長拍了拍手，「交棒給前面的人時記得大聲喊『接』喔！」

「還要跑喔，很冷耶。」

「培養默契啊，不然比賽那天交棒時你又像剛剛捅到前面那個人的屁眼怎辦？」

「大不了我給他捅回來啊。」

「靠，誰要啊，你等下最好不要再給我鬧喔——」

「你們兩個髒不髒，滾去旁邊輸贏啦。好了好了，現在單雙數各自帶開喔。」體育股長朗聲，注意到楊若伊還蹲在地上，提醒道：「若伊妳要去單數區那邊集合了唷。」

楊若伊聞聲，緩緩從膝間抬首回了句好，面色有些蒼白，隨後才起身，眼前卻一下子蒙上一片黑。

待恢復光明的瞬間，季沃的聲音自旁響起，「妳鞋帶鬆了。」

她垂眸查看，「啊，應該是剛才跑鬆了。」趕緊又蹲下將右腳鬆落的鞋帶重新繫緊。

「妳身體不舒服？」他突然問。

「……還好，生理期來所以有點頭暈而已。走吧，去集合。」她起身，若無其事地牽了牽唇角。「對了，你交棒給我時手的位置再壓低一點？我剛才接的時候覺得有點卡卡的，拿不穩。」

「是妳手太短了。」

「……」她往他臂膀揍了一拳。

良久。總算跑完今天最後一趟的練習，大家三三兩兩收拾東西準備下課回教室，被指派擔任大隊接力倒數第二棒的楊若伊還在原地來回渡步調整喘息。

直到臉不紅氣不喘的季沃走近，冷不防將他的制服外套隨手一拋，掛在她纖瘦的身板。

她愣了愣，一頭霧水。「……為什麼丟給我？」她問著，卻也不敢亂動。

而就在這時，季沃還沒說話，一旁的女同學卻急匆匆地衝上前，挨在她耳邊小聲提醒：「若伊，妳的經血流出來沾到褲子了……」

楊若伊怔愣，伸手往臀部一碰，指尖果真感受到一抹濕漉。

「雖然褲子是深色的遠看看不太出來，但近看……怎麼辦，我外套剛好放教室，妳的有帶來嗎？」女同學將口袋的面紙抽出幾張遞給她。

楊若伊搖搖頭，視線卻下意識地、默默地轉回季沃身上。

她頓時有些尷尬，聲如蚊蚋，「……那個，你的外套可以暫時借——」

我字都還沒說出口，季沃就回：「……妳拿去穿吧，太熱了，我懶得拿。」還一臉淡定，若無其事地別過眼，然後，他就被幾個男生拖去幫忙搬器材了。

楊若伊將肩上的外套緊了緊，這長度足足可蓋至腿根，後來她在女同學的陪同下前往保健室，所幸經血沾染面積沒再擴大，也順利借到了褲子更換，還吃了顆止痛藥。

距離上課鐘響已經過了十分鐘，廊道間迴盪一陣寧靜，返回教室的路上，楊若伊不禁回想起季沃一開始那突兀的行為，所以原來他已經先發現了，卻沒直接道破，而是以令人摸不著頭緒的舉動表達關心嗎……

拐彎抹角的體貼？她不禁心頭一暖。

楊若伊家的公寓大樓旁有一座小公園，曾有一段時間，她放學回家後不久便會搭公車到醫院陪媽媽。等公車的空檔，她總會習以為常地獨自坐在鞦韆上，偶爾戴著耳機發呆，偶爾聽著不遠處某一家人玩樂的笑聲。

當時的她肯定不會想到在多年之後，她會依然坐在鞦韆上，只是身旁卻多了一個男孩，不再是孤單一人。

「季沃，你下週六是在市區那座棒球場比賽對嗎？」楊若伊問，一下又一下盪著鞦韆。

「嗯。」正在與牆壁玩傳接球的季沃穩穩接住反彈回來的小白球，稍微調整了下右手的棒球手套。

「希望那附近有停車場，我爸媽說要開車去。」

他停下動作，轉過頭，「叔叔阿姨也要一起來？」

「對呀，我媽還說這次終於能親眼看你打球的樣子，我之前給她看照片他還嫌不夠。」

「……只是普通的區域預賽而已，也不用特地到場看，天氣這麼熱，萬一中暑了我可不管。」他轉回身。

看著季沃害羞卻故作嫌棄的背影，楊若伊只是覺得有趣，「你這場也會是先發投手嗎？」

「不會，但教練讓我這次站打擊。」他將手中的球又拋往牆壁，蠢蠢欲動的語氣，表情是藏不住的雀躍。

比賽時間落在火傘高漲的正午，陽春的小型球場騰起一片浮動的熱氣。

楊若伊一家人為了找車位而耽誤了點時間，匆匆進場時已是第二局上半兩人出局。他們選擇在本壘側的位置觀看，觀眾席是簡陋的水泥，現場的觀眾寥寥可數，零星地分布在各個遮陰處，多半是球員們的親朋好友到場支持。

流金鑠石的天氣，忘了戴帽子的楊若伊被炙烈的光線曬得時不時瞇起眼，目光卻始終追著球場上的季沃。揮棒落空的他、盜壘成功的他、被觸身球的他……無論是哪一個瞬間，她都沒有錯過。

這場比賽最終演變成投手戰，雙方以零比零的比數始終僵持不下。直到十局下半，第二個站上打擊區的季沃鎖定第一顆球，毫不拖泥帶水地直接轟出了一發再見全壘打，帥氣地一棒終結比賽。

隊友們宛如脫韁野馬般衝上前歡呼慶祝，繞回本壘的季沃被團團簇擁在中央，潑了一身濕，已分不清是礦泉水還是汗水，露出一張屬於少年的單純笑顏。

楊若伊驚喜欲狂，情不自禁地站起身鼓掌。然後下一刻，她看見他突然轉過頭，目光穿越安全護網，不偏不倚地朝自己的眼睛看來，靦腆而爽朗地笑了。

季沃被許多人戲稱是學霸左投，楊若伊更覺得他其實是一個走火入魔的棒球傻瓜。

下課鐘響，楊若伊和季沃兩人行經一樓的戶外走廊，左側的操場處突然傳來一道喊聲，那裡有上體育課的班級正在玩樂樂棒球，旋即注意到有一顆拳頭大的球正朝他們的方向飛來，愈來愈近，愈來愈清晰——

季沃眼睛一亮，猶如貓看見木天蓼般興奮，一個小跨步將楊若伊擋在身後，接著他把手上的公民課本捲成長筒狀，以握球棒的打擊姿勢將球硬生生打了回去。

「那邊的那個學弟！麻煩幫我撿個球……啊啊啊不是叫你打回來啦——」

站外野手位置的某個學姊氣喘吁吁地朝他們的方向跑來，卻眼睜睜看著球又從自己的頭頂飛往反方向，掉落在遙遠的水溝蓋旁，只得邊哀嚎著，再折返跑回去。

楊若伊稍微傾前歪頭，觀察著這時才回過神的季沃，只見他面露尷尬，乾脆低頭將捲曲的公民課本凹回平整。

「被罵了吧。」

「……妳好煩。」

半晌。他們坐在操場旁的司令台，她的右肩與他的左肩隔著一個拳頭的距離。

「季沃，你有沒有想過未來你會在哪裡，又會做些什麼事？」

「我打算晚上喝完牛奶後，躺上床鋪，好好睡一覺。」

「我不是說這種未來……你講幹話的頻率是不是愈來愈多了。」楊若伊要被他氣笑了，晃著一雙懸空的腿，「我覺得啊，我以後大概會選個勉強還算有興趣的科系讀，如果大學順利畢業，找份朝九晚五的工作，每天的行程就是家裡到公司兩點一線……嗯，聽起來真好玩。」

「妳有什麼夢想嗎？」

「夢想……我不知道我的夢想是什麼，我應該沒有所謂的夢想吧。那你呢，你有夢想嗎？」

季沃側過臉看她，少見地露出孩子氣的模樣，點了點頭。

「有。」他輕勾起唇，難得坦率的語調，一縷混著青草的微風自兩人間的空隙拂過，「我想成為一名職棒選手。只是人的欲望果然還是大太了，想爭取選秀會的資格，想入選國家隊，想要到世界去……雖然未來的未來，有誰能知道呢。」

楊若伊聽著，腦海不禁浮現出無數張他身上球衣沾滿紅土的畫面，渾身狼狽，卻樂在其中。而此刻季沃的眼裡，正毫無保留地閃爍著對夢想的熱愛與憧憬。

這樣的他，在楊若伊眼裡傻得很可愛。而這樣的她，也在不知不覺中對季沃產生了一份情竇初開。

一日國文課，老師要求每個人選一首詩篇到講台前默背。

「海上月是天上月，眼前人是心上人……」楊若伊一緊張，記憶力就瞬間喪失，「向來心是看客心，然後下一句是……」

季沃排在她後面，好整以暇地也在心底隨意默念了自己的詩，直到注意到她陷入窘境，於是——趁國文老師被教室後方嬉鬧的同學分散注意力時，偷偷在她耳邊打pass。

「……奈何人是劇中人。」

清朗卻刻意放沉的聲嗓，悄悄話程度的音量，她的耳朵卻彷彿被灼傷了。

高中三年的歲月，說長不長，說短不短，卻足夠培養一場含蓄的愛戀。

楊若伊一天又一天見證著季沃對棒球那份純粹的狂熱，也一如她對他那份不張揚的喜歡。

儘管安靜地喜歡一個人是她的本能使然，但隨著日復一日，她的喜歡也愈漸躁動了起來。

直到那個平凡的冬日午後，她和季沃、朴念仁三人一如往昔在澄河路河堤公園逗留。

「喂，你有沒有女朋友了？」

「怎麼可能。」

「你女朋友名字叫棒球吧？」

「……」

「那現在有沒有喜歡的人？」

「……沒有。問這幹麼？」

「你都不想談戀愛的啊？」

「不想。」

楊若伊低頭咬著吸管，默默聽著朴念仁的隨口一問，餘光清楚看見了季沃興致缺缺的側顏。於是，這份喜歡被她繼續安靜地鎖起來了。

十八歲這年寒假，楊若伊第一次整整一個月沒有季沃的消息。雖然有些寂寞，但她早已習慣他本就不是一個熱衷使用通訊軟體的類型，更明白他其實正為接下來這場高中生涯最後一場重要盃賽進行密集的閉關修煉。

吉川高中棒球社雖是社團性質，卻逆流而上打出超過科班的水準，這次更突破隊史紀錄過關斬將進軍八強，準備拼四強。

下一場對手是預料中的某所培育出許多優秀選手的傳統名校，說沒壓力是騙人的，每個人心知肚明這將會是更煎熬的硬仗，而身為隊上王牌投手的季沃卻反而更卯足全勁。

開學後不久，比賽的日子也終於來臨。這天，楊若伊特地起了個大早和季沃一起騎腳踏車去學校。雖然這場比賽明明與自己無關，她卻只是對他笑說，這是一種祝福的儀式感。

以往季沃總是很早就進學校晨練，兩人自然也不曾經歷過這樣的時光。

「你會緊張嗎？」騎到學校車棚後，楊若伊摘下安全帽，問。

「現在不會。」季沃將腳踏車上鎖，「等到了比賽會場大概就開始緊張了吧。」

「教你啊，在手掌寫個人字然後吞下去就不緊張了。」

「我又不是要去演講。」

「保證有效，信不信我？」

她邊說，攤開自己的右手掌示意，結果他季沃居然誤會她的意思，逕自將右掌朝上攤開，默默向她湊近。楊若伊猶豫一瞬，選擇順其自然牽過那指骨分明的大手，往他的掌心輕輕畫了兩撇。

然而，被羽毛搔癢般的觸感卻回饋給了自己。

半晌，兩人在直行往教室及轉彎進操場的交叉口分開。

當背著一大袋球具的季沃獨自轉身之際，楊若伊又突然叫住他。

「比賽加油，還有——記得不要受傷。」她加重後半句的力度。

「嗯。」他語氣堅毅，一雙眼眸在晨光下如水般清澈。

放學鐘聲響起，成群結隊的學生魚貫離開，楊若伊卻獨自待在車棚，望著手機裡與季沃的聊天室，那句他一小時前傳來的「輸了」兩字。

不久，幾輛由球員親友駕駛的汽車陸續停在校門口旁空曠的停車場，由於球隊經費不足租不起遊覽車，平均得五人擠一台車，棒球社的男孩們依序下了車，有些還能說說笑笑拿裝備，有些則面露疲憊，不發一語地走向社辦。

落在隊伍尾巴的季沃從一地夕陽餘暉中向她走來，肩上背著的除了球具及被汗浸濕的球衣外，還有一股沈重的落寞。

「嘿，比賽辛苦了。」楊若伊揚起如常的輕笑。

「嗯，結束了。」季沃說，「對了，妳那個方法挺有效的，我還真不緊張。」

「……你還好嗎？」

「我還要去社辦集合開會，妳先回去，不要等我。」

她看著他故作堅強的瀟灑背影，很想給他一個擁抱——卻只跨出了一小步，仍始終停在原地。

時光荏苒。

這一天，是吉川高中的畢業典禮。偌大的體育館迴盪著數首耳熟能詳的畢業歌，在一片感傷又感動的氣氛下，典禮順利結束，有些人抱在一起痛哭，有些人圍在一起合照留念。

「若伊——我還沒跟妳拍到照呢，快過來！」

一陣躁鬧中，出聲呼喚的是班上的班花，淚腺發達的她在稍早的頒獎環節忍不住哭過一次。

楊若伊不著痕跡地收回尋找季沃身影的動作，回勾住她的胳臂，笑著調侃：「妳鼻音好重噢。」

拍到第三張時，楊若伊握在手中的手機突然震動了起來，來電人是朴念仁，她也來參加他們的畢業典禮了。

於是和同學匆匆拍完照後，楊若伊獨自穿越重重人群跑向體育館入口，朴念仁正隻身站在門旁等她。

「怎麼只有妳？」朴念仁左顧右盼，「季沃不在？我以為你們會一起過來。」

「我剛問同學，他好像先回教室了。」楊若伊說。

「是喔……那，妳不追過去嗎？」

「……什麼？」

「妳不是喜歡季沃嗎？」朴念仁背靠著階梯的矮牆，理所當然地聳肩。

楊若伊霎時心一震，手掌不由自主涔出汗，腦袋有些混亂了，結結巴巴地承認，「原、原來妳知道，這麼明顯嗎……」

「沒有，一點都不明顯，妳就當我是特例吧，所以那個棒球控絕對沒察覺到。」她說，「是最後一天當高中同學了，雖然未來也還能見面，但『今天』不打算做點什麼嗎？」

朴念仁一席話彷彿一條溫柔的皮鞭，楊若伊垂在腿側的指尖下意識抓皺制服衣襬，直到幾秒後，她重新銜上朴念仁的眼睛。

「會——只是，除了告白這件事。」

楊若伊還是不敢告白。

她覺得自己好膽小……可是沒辦法呀。

她不敢賭季沃的答案。

她害怕未知。所以再等一下下——直到她能發現任何一點點的徵兆。

只要再一下下就好。

楊若伊抱著收到的幾朵畢業花束一路跑回教室，默默從後門溜進即將不再屬於自己的座位。

然後，她小心翼翼地從紙袋取出刻意藏匿的一束花，親手送給季沃，伴隨著一如往昔的笑容。

她靜靜醞釀了三年的暗戀直到此刻，只足夠擠出這樣份量的勇氣。

某年寒冬泡在圖書館溫書的一段日子，楊若伊曾被季沃問之後打算考哪間大學。

她當時單純想著不要離家太遠就好，心中首選便落在春田大學，接著她也反問他，而他說了完全不同的校名。

後來，季沃沒能考上他的第一志願，轉而考進第二志願的春田大學，兩人延續了緣分，儘管分別進入不同系所。企管系的她，日文系的他，兩人之間的距離，從鉛筆盒的寬度，一夕之間相隔成了只能遙遙相望的半個校區。

季沃理所當然加入春田大學的棒球隊，扣除課業及社團外的零碎時間，甚至勤勞地開始在咖啡堂打工，別人一天二十四小時，他利用得像是有四十八小時。

雖然已無法像從前那般朝夕相處，但兩人的友情依舊緊密。

季沃時不時會捎來幾句訊息，偶爾他們會約在學餐吃飯，當她姍姍來遲時，就見他已點好她愛吃的食物。

楊若伊會為他順利入選全國棒球聯賽而開心，也為他沒能為球隊得分而失落的模樣感到心疼。

楊若伊起初本以為自己將會渾渾噩噩地過完大學生涯，卻發現所有一切遠比她想像中還新鮮有趣。

來自四面八方的同學、琳瑯滿目的活動，還有——認識了系上一位綽號叫「小原」的學長。

小原學長的個性陽光，總是戴著一副招牌的黑框眼鏡。

這天是大學校慶，楊若伊被分配到系上宣傳攤位的外場組。當搭班的學妹去買飲料時，鋪著緞布的折疊桌前突然冒出一顆頭，她傾身向前查看，發現一個小女孩獨自蹲在地上。

「妹妹，妳怎麼了？」楊若伊輕聲問。

小女孩聞聲仰起頭，一雙水汪汪的大眼滾著倉皇無助，許是感受到她溫和的語調，瓦解最後一根防備心，哇的一聲開始嚎啕大哭。

「我找不到媽媽——」

楊若伊一下子措手不及，只得將手邊宣傳單擱下，連忙上前安撫。

「嗯？怎麼了？」這時，手拿一大塊棉花糖的小原學長從旁出現。

「她好像跟家人走失了。」

小原學長聽完楊若伊大致說明情況後，單膝跪地在還哭哭啼啼的小女孩面前，他先用棉花糖擋住自己的臉，再移開的瞬間露出奇葩搞怪的表情。

「別哭別哭——妳看。」

小原學長扮鬼臉逗得小女孩止住眼淚，咯咯咯地笑不停。

「哥哥你好醜！」

一旁的楊若伊觀賞他賣力的表演，見他長著一張斯文的臉孔，卻靈活得擠眉弄眼，忍不住噗哧笑出聲。

「學妹……我扮鬼臉可不是想逗妳笑喔。」他臉頰刷過紅暈，甚至紅到耳鬢。

「學長，你的鬼臉好像立刻就失寵了，她好像比較想吃你手上的棉花糖喔。」她單手撐顎。

「哎——但這是我要吃的。」他假裝猶豫，朝小女孩咧嘴笑了笑，「分妳一口，那妳別哭了好嗎？」

小女孩聽話地點點頭，很輕易地就被甜食擄獲。

「學妹，我直接帶她去教官室廣播找人，等等就回來。」

「啊，好的。」

語畢，小原學長便牽著小女孩的手又走往他剛才來的方向，一個大男孩一個小女孩一人一口津津有味啃著棉花糖，還有模有樣地聊起天。

「啊妳今年幾歲？」

「我……我八歲，哥哥你幾歲？」

「我大妳十二歲，妳算算這樣我幾歲。」

「那那個姊姊幾歲？」

「那個姊姊小我一歲喔。」

「她好漂亮，跟我們班的班長一樣漂亮。」

「我也覺得。」

留在原地的楊若伊默默見著這樣溫馨的畫面，忽然心頭一暖。

自那次之後，楊若伊與小原學長從點頭之交的普通關係，逐漸變成朝夕相處的朋友。

兩人經常一起結伴行動，一起去聽校外講座，一起去了許多未曾到過的地方玩耍，某回中秋節，楊若伊父母還熱情地邀請小原學長來家裡作客烤肉。

期末考結束當天，一票好友相約去新開的遊樂園玩。

當時包含楊若伊在內只有五個人要玩雲霄飛車，夾在兩對情侶中的她剛好落單，倒也不排斥和陌生人一起坐。結果，最大尺度僅敢玩旋轉木馬的小原學長卻在大家依序排進隊伍時，自告奮勇地湊上排在隊伍尾端的楊若伊身旁。

「學長，你明明怕，幹麼還勉強自己上來玩呀。」

「我陪妳啊。」

「什麼啊，這是英雄救美嗎？」楊若伊覺得好笑而揶揄他的同時，一陣淒厲尖叫又自他們身後快速飛越。

小原學長仰頭望向有好幾個圈的巨大支架，抱著視死如歸的覺悟，「再過五分鐘可能換妳得英雄救美我了。」

又或著是在某個普通的夜晚，他們一起從一場微醺的聚會逃亡。

「學長，你現在坐在角落的樣子看起來好邊緣喔。」

「學妹，妳現在坐在我對面的樣子看起來也好孤單喔。」

「我其實今天是被拐來的，我那兩個同學不曉得跑去哪裡了。」

「我更慘，被損友威脅來的，妳也覺得無聊？」

「你也是？那……我們要不要趁機從後門溜出去？」

「現在？」

「對呀，現在。我們兩個。」

後來，楊若伊那最初只敢惦記在心底的——關於向季沃告白一事，不知不覺之間也被忙碌卻豐富的日子沖淡了。

一年又過了一年，隨著彼此生活圈交疊的部分愈漸縮小，久而久之，開始有什麼東西在無形之中產生了變化。

楊若伊開始隱約能察覺季沃漸漸對棒球沒了最初的熱愛，一點一點的凋零，猶如此刻滿地的秋日枯葉。

楊若伊開始意識到，自己的眼睛總是會自主性地停留在小原學長那張溫暖如春的笑容。

然後，她再次領悟到告白需要時機。

等到她回過神來，才發現自己已經習慣了小原學長的存在，與他又走過了一輪伴著歡笑的春夏秋冬。

二十一歲這年，染了一頭深褐色長髮的楊若伊踏在酷暑沸騰的軟白沙灘，走在右側的是默默以身軀替她遮陽的小原學長。

她望著面前一望無際的蔚藍大海，側耳傾聽時而喧囂時而寧靜的海浪聲。

當海風吹拂之際，她竟恍惚想起十七歲那年，和季沃並肩坐在司令台的回憶。

他當時曾說過的話語，在這一刻彷彿再次飄過耳畔。

「雖然未來的未來，有能誰知道呢。」

所以，她沒想到她也喜歡上小原學長了。

所以，她沒想到在自己告白前，會先收到小原學長的告白。

「沒關係，妳不用急著回覆我。」小原學長體貼地讓出一段留白，桌上的震動器也恰巧響起，他起身，自然地落下一句：「我先去取餐。」

楊若伊愣了愣，目光卻留戀般的追向那道早已自然而然烙印在日常生活的背影。

她下意識抿緊了唇，又鬆開，深呼吸，肺部灌滿了屬於海的氣息。

接著，她一步，兩步——奮力邁開腳步，朝小原學長的方向跑去。

「那——我陪你一起去。」楊若伊說著，並主動牽住他空落落的右手。

季沃之於她，是單純而安穩的青春歲月。而小原學長之於她，則是溫暖卻嚮往的歲月靜好。楊若伊曾經想過，如果她當年——那些任何一個時刻克服膽怯，鼓起勇氣告白了，現在是否又將會置身於另一種時光。

但這樣的念頭也僅是稍縱即逝，這所有的一切，都這是她自己的選擇。於是每當回想起那場暗戀的獨角戲，她不遺憾，也不後悔，只覺懷念。

♠

薄暮時分。

面前這場比賽不知何時已經結束，兩方的小球員們正依序與彼此握手致意。而她倆誰也不曉得究竟最後是哪一隊贏了。

唐知菲從頭到尾只是默默聆聽著，當楊若伊話語間歇息的幾度留白，凝視她被夕陽柔焦的側顏。

「我才發現原來在有些情況下，喜歡是有時效性的。」最後，楊若伊說：「現實人生不像小說，必定都會有個結局，有時候啊，劇情就走到一半了，再也不會有下一章。」

♠

三月驚蟄。

今天是吉川高中的校慶運動會。天氣晴朗，五彩繽紛的三角旗幟在操場飄揚，通往體育館的廣場兩側擺設琳瑯滿目的食物攤販，整座校園瀰漫吵鬧的氣氛，不時震出幾聲比賽槍響與激昂的加油歡呼。

唐知菲的班級在大隊接力第一輪預賽就被刷下，眾人脫下號碼衣後便各自鳥獸散，她跟幾個同學擠進人山人海的園遊會覓食閒逛。

校慶的時間只有上午半天，中午打掃完後便可直接放學。

臨近下午一點，當唐知菲和同學正從外掃區慢悠悠返回教室途中，在視線所及之處不經意瞥見一張熟悉的撲克臉，再次定睛確認，發現一抹突兀的身影。

「妳先回教室，我去一下廁所。」

「好喔——啊妳要帶著竹掃把去廁所？」

唐知菲說完便獨自轉身往回走去，腳步急促而雀躍，絲毫沒聽見後方同學的疑問。

她隻手抓著竹掃把，守株待兔般的躲在導師辦公室的後門旁，直到幾秒後，鋁門如她估算的時間由內被打開。

季沃步出辦公室，才剛關上門，餘光就發現鬼鬼祟祟挨在門邊的唐知菲，正衝著他咧嘴一笑。

「妳怎麼在這？」

「……這我學校餒。」她吐槽，一臉「你傻嗎在講什麼廢話」，接著瞥見他右手提著咖啡堂的外送籃，「警衛伯伯讓你直接送進來噢？」

「伯伯說今天校慶，讓我進來參觀，雖然經過時已經收攤了。」

「我還有章魚燒，要不要吃？」

「吃剩的？」

「什麼吃剩的，真難聽。我只吃四顆而已，還有兩顆。」

「不要，妳自己吃。」季沃重新邁開步伐，準備往校門口的方向走。

唐知菲屁顛顛地跟上，「你現在要回去了喔？」

「不然呢？」

「既然都回母校了，不回味一下以前的高中時光嗎？」她提議，「反正店裡現在還有若伊顧呀。」

後來，雖然季沃嘴上說不要，身體倒是很誠實，任憑唐知菲連拖帶拉開始進行一場校園巡禮。

「妳今天有跑大隊接力嗎？」他隨口問。

「有啊，我跑第二棒負責搶跑道。」

「妳腿這麼短還能跑那麼快？」

「今天很嗆是吧。」

「正常發揮。」

「你腿長還不是跑輸我？」

「……我那時是沒做好暖身。」

「我都穿拖鞋讓你了。」她兩手一攤，譏笑聳肩。

乍暖還寒的春光照耀下，唐知菲與季沃並肩在吉川高中穿梭。

她不時悄悄瞥向他被曬亮的側顏，他偶爾只是不發一語地懷念，目光綿延，儘管這段路程一點都不遙遠。

那是屬於他的回憶，當歲月流轉之後，儘管有些人事物改變了，卻也有許多舊時光仍熠熠生輝。

迴盪著奔跑聲的穿堂、幾個少年少女還在逗留的中庭、今天暫停開放的圖書館……最後，兩人停留在空無一人的司令台。

其實唐知菲剛才的提議，有一半出於私心。

她也想要自己的身影出現在他未來的回憶中……

儘管只是一場再普通不過的散步。

兩人坐在司令台，唐知菲撐在水泥邊緣的左手與季沃擱在腿側的右手間隔著一根竹掃把。

她晃著小腿，突兀說道：「其實，前陣子若伊跟我聊了一些她以前的事，國中的、高中的，還有大學的，而且你的名字時不時就會冒出來刷存在感。」

「哦，是嗎。」他的反應一如她預料中平淡。

「放心，我沒說你喜歡她。」

「……我知道。」

唐知菲心不在焉地盯著ＰＵ跑道，「那你能不能也告訴我？」

聞言，季沃反而愣了愣，側過頭看向她，單純疑惑，「妳為什麼想知道？無聊的流水帳妳也有興趣？」

她耷拉著腦袋，不偏不倚對上他的視線，此刻模樣像吵著要吃糖的孩子，「我對你有興趣啊，所以想知道更多關於你的事，你就當說故事，我想聽。」

「妳……說這些話都不害羞的嗎。」

「不會啊，哪像你。」

她壞笑。他斜覷她一眼。

半晌，季沃無聲吐出一口嘆息，彷彿屈服自己的心軟，也宛如為接下來的一切所做的暖身。

「……我不會說故事。」他說著，語調卻像是那句耳熟能詳的開場白……很久很久以前——

並同時，親手撬開心中那個關於楊若伊的盒子。

關於季沃的喜歡。

♠

小學五年級的季沃，總在補習班下課後提著一袋厚重的講義，走到附近的小麵館解決晚餐。久而久之，老闆娘也認得這個永遠都點湯粄條、總是窩在角落鐵桌安靜吃麵的小男孩，三不五時便會偷偷切盤豆乾滷蛋招待他。

這天，小麵館一如既往飄著油蔥香，唯一不同的是，天花板角落電視機播的不是平常的台語新聞，而是一場世界棒球經典賽的現場直播。

季沃發現在場至少一半的人都邊吸著麵邊盯著看，坐在旁邊的大叔手上的筷子夾著貢丸，卻遲遲沒張嘴，拿著煮麵杓的老闆還從廚房冒出，用遙控器把音量調大了一格。

季沃不以為意，往碗裡撒了把白胡椒，繼續低頭吃麵。

然而漸漸地，當他聽著電視機裡傳來的那些震撼抓耳的應援曲，周遭不時響起此起彼落的「讚啦，德州安打！」、「唉，又殘壘，不會又要吃鍋貼了吧。」、「喔喔喔！強迫取分！」，雖然對棒球比賽的規則一知半解，卻也被吸引般的愈漸入迷，甚至換局的空檔，他夾起一口粄條，才發現居然已經被湯泡爛了。

雙方一來一往的進攻防守，比賽的戰況膠著刺激，高潮迭起。

「這一球……出去啦——**雙響炮！**」

「分數又被追平後，我們看到投手教練已經走上投手丘，教練團也向主審提出暫停了。」

「打者直接比出短棒——犧牲觸擊短打成功，一壘跑者順利上到二壘！」

「軟弱的滾地球，一壘手接到球後自踩壘包——這局可惜啦。」

「這是帶有一分打點的右外野方向高飛犧牲打，三壘的跑者全力衝刺，朝本壘撲下去——safe！」

直到九局下半，幾乎所有的用餐顧客都全神貫注於比賽上了。

「兩好三壞滿球數，現在只要穩穩地抓下最後一個出局數……投手投出第三顆好球——打者站著不動，三振出局！中華隊——中華隊終於贏得勝利啦！取得A組晉級！」

比賽結束，中華隊獲得勝利的瞬間，主播及球評激昂的吶喊再度自電視機炸出，整個小麵館的客人包括老闆及老闆娘也都拍手歡呼。

最後，季沃一碗湯粄條整整吃了三個多鐘頭。

比起物質上的飽足感，更讓他滿足的，是興奮感動的餘韻。

這場偶然巧遇的比賽產生的澎湃效應在他心底持續了整整一週，也間接在他心底埋下一個小小的契機。

從此，季沃開始對棒球這項運動產生濃厚興趣。

幾天後，季沃趁著午休時段溜到體育場看棒球隊的人訓練體能。

某個六年級的學長眼尖注意到季沃，頂著一身汗流浹背，大方地上前搭話。不久，當季沃離開時，手上多了一張報名表。

後來，季沃在五年級下學期正式加入棒球隊。起初季沃的父母並不支持，認為繳了學雜費不是讓他去玩樂，直到在他軟硬兼施的說服，甚至再三承諾不會荒廢課業，才讓爸媽願意在家長同意書簽名。

而他們本以為兒子只是一時興起，沒想到季沃升上國中也毫不猶豫加入棒球隊，並且一如他所承諾過的，無論課業或球技都能兼顧，兩者持續保持名列前茅的優等生。

季沃是家中獨子，父母工作忙碌，時常日夜顛倒，客廳永遠三缺一。自懂事以來，每當他打開家門，永遠只有滿屋子的寂靜迎接，總是只有自己一個人。

他的父母親性格內斂而冷峻，當年草率決定生下他，各自全力回歸拼事業，對孩子偏向獨裁式的教育方式。

年幼時的淘氣撒嬌被忽略，懵懂階段的幾次叛逆被強硬壓制。

「我剛下班很累，去找你爸。」

「我趕著上班，去找你媽。」

長久以來，在季沃心中關於「家」的記憶盒子，數據量最多的是這兩句話。

他曾偶然在街邊觀察他人家庭互動相處的景象，本該覺得有些溫馨的，卻也在同一瞬間，意識到自己和爸媽的關係，就像三個被迫關在一間屋子長期居住的室友……半生不熟的室友。

久而久之，他習慣將所有心緒安置在臉皮底下，無論好的情緒，還是壞的情緒，全都下意識鎖在體內，靜靜與它們歡騰，或是默默將它們消化於無。

儘管如此，這樣的季沃還是好好地長大了，長成一個平庸而本質溫柔的人。當個子愈長愈高，眼界也愈漸寬廣，他多少能明白父母望子成龍望女成鳳的理想，也逐漸能理解爸媽的愛，是屬於深沉的類型。

「新聞說今天會特別熱，你練完球記得多喝水，不要中暑。」季母出門上班前，這麼對他叮嚀了。

「你的棒球手套是不是壞了？我這週末不用加班，帶你去買吧。」難得提早下班的季父，這麼與他約定了。

於是，小小年紀就養成下廚習慣的季沃，今天也默默多捏了兩顆飯糰留給爸媽當宵夜或早餐。

「季沃，你先熱身一下，等等準備上場。」十六歲這年的某場縣內賽事，本正在板凳區幫忙學長整理球具的季沃被總教練喊去，臨危授命接替先發投手接續投球。

這是他第一次以投手身分在正式比賽中登板，獨自站在投手丘上，被成千上百隻的眼睛盯著，沾了止滑粉的指腹摩挲著掌中棒球的紅色縫線，緊繃且亢奮的情緒噴湧而出……

這一刻，他唯一能做的，只有深呼吸，冷靜。

抬腳，跨步，擺臂——

很好。

一切都很完美。

他投出時速一百四十五公里的速球，驚豔了全場。

後來，吉川高中也順利贏得比賽優勝。

「從前天比完賽到現在，你已經對著空氣傻笑幾次了，好詭異——我是說，難得整個人那麼爽朗。」這是楊若伊第三次這麼對季沃說。

「我一直都很爽朗。」他聳肩，唇角微幅上勾。

「嗚哇，你敢說我還不敢聽。」

今天是不用練球的週六，楊若伊受學藝股長之託協助採買遺漏的壁報素材，她找了季沃一起陪她。

兩人中午搭公車到市區，蹓躂了一整天，最後準備搭公車回去前，按照慣例繞到火車站廣場旁某個連遮棚都沒有的陽春小攤子，排隊買從小吃到大的雞蛋糕。

「啊同學妳要幾個？」講話含有濃烈客家腔的伯伯問，一邊往梅花造型的鐵烤盤添入麵糊。

「我要六個，謝謝。」楊若伊從零錢包掏出三個十元硬幣遞給伯伯。

兩人席地坐在廣場的環狀階梯，分食著香氣四溢的雞蛋糕。

「這次的雞蛋糕我請客唷。」楊若伊迫不及待咬下一口。

「陪妳曬太陽一整個下午，酬勞只有雞蛋糕？」

「吼，我還沒請款啦……」

「開玩笑的。」季沃拿走第二塊雞蛋糕，「我不太餓，吃兩個就好，剩下那些給妳負責。」

「太多了，而且我就是想買給你吃的——」她說著，腿上的帆布袋突然傳來一陣手機鈴聲，是媽媽打來的。

當楊若伊講電話的同時，季沃隨意張望，無意間注意到有兩個和自己年紀差不多的女生正邊走路邊低頭滑手機，結果其中一個直接撞上一名手提兩大袋手搖飲的外送員。

外送員踉蹌了下，不小心拉扯到綁著繃帶的右腳踝，吃痛地稍微皺了眉，卻連忙確認飲料有無大礙。

「白痴喔，走路看路啦。」

撞到人的女生嫌髒似的用力拍了拍剛才碰撞到的肌膚，隨後停在附近其中一輛改裝得花枝招展的機車。無奈的外送員忍氣吞聲，也只是默默走往自己的機車，卻偏偏在她們的正前方，得在原地等她們騎走才能移動。

「妳剛才有看到嗎，那個人臉歪嘴斜，好好笑。」

「長得好可怕，如果是我我才不敢出門給人當笑柄咧。」

「對啊，那是有病吧？」

她們說話的音量並不小，另一個女生跨上椅墊，扭動龍頭準備要退出，卻粗魯地把左右兩側機車的後照鏡撞斜，接著，將立中柱的機車往前推時，甚至忽略與前車後輪的距離，車體被這麼粗暴地一撞，一下子重心不穩，直接往正將飲料小心翼翼放進外送箱的外送員身上倒去。

身處過於狹窄的縫隙中，使得他沒有足夠空間站穩腳步支撐突如其來的重量，甚至反射性地後退，於是砰一聲，背後一整排機車接連應聲倒地。

「什麼聲音？車禍嗎？」正結束通話的楊若伊也留意到旁邊的小騷動。

而這時，突然有一名身穿牛仔破褲，渾身散發一抹酷帥氣質的女子朝那兩個女生走近。

那是季沃第一次見到朴念仁。

朴念仁將夾在指間的菸熄滅，扔進熄菸桶，「妳們剛才邊走路邊滑手機撞到人裝沒事，現在都把對方的機車撞倒了，不覺得應該要道個歉嗎？」

兩個女生以挑釁的眼神上下打量她，一陣恥笑。

「妳誰啊，妳哪隻眼睛看到我們撞到他？」

「哦？我只說妳撞到人，沒說撞到哪個誰啊，這是不打自招？」

「喔，所以咧，有證據嗎？而且到底關妳屁事？」

「這裡，那裡，還有那裡，都有監視器。」她伸出食指四處比劃，微笑，「要鬧我們可以鬧大一點，要不要一起去警局，反正我很閒，沒差。」

「神經病……幹，走了啦。」

兩個不良少女欺善怕惡，油門一催，夾帶著改管的噪音轟的一聲落荒而逃。

朴念仁上前替外送員將傾斜的機車扶正，「有受傷嗎？我幫你。」

「我沒受傷，謝謝妳。」外送員感激地說，「妳真熱心。」

「沒事，舉手之勞而已。」

「不過這點小事，用不著報警浪費資源……」

「啊，別擔心，我只是胡說八道想嚇唬她們。」

搬到第四台機車時，某個肩揹吉他的年輕男生從不遠處急忙衝來查看自己倒地的機車，一臉莫名其妙。

「剛才有兩個瞎妹把這整排機車弄倒，肇事逃逸了。」朴念仁簡單解釋。

「咦？喔，好……需要我一起幫忙嗎？」

「那個女生好見義勇為喔。」楊若伊不禁讚嘆，面露崇拜。

季沃也點了點頭。

後來，他們兩人搭上回程的公車。下一站是澄河路站，坐在倒數第三排靠走道的季沃伸手要按下車鈴，前座卻猛地冒出一隻手搶先一步按了，他這才發現朴念仁也搭上同一班公車。

到站後，楊若伊發現自己的悠遊卡餘額不足了，兩人便又繞到附近的超商儲值。

半晌，才剛步出超商自動門，就見外頭不知何時降下一場又急又猛烈的暴雨，乾燥的馬路一下子被填滿汨汨流水。

被擋住去路的兩人暫時躲在屋簷下避雨，趕忙將手上提著的壁報素材加強防護避免弄濕。

「那個人是不是剛才在廣場的那個女生？」楊若伊從帆布包取出一把有著粉紫小花圖案的折疊傘。

季沃順著她示意的方向，朝對街某個騎樓瞥了眼，「喔，對啊。」

「……她看起來身上好像沒傘。」

「可能吧。」他撐開手中的折疊傘，見她杵在原地，偏頭問：「我們不走嗎？」

她聽見了，卻分心地看著朴念仁隻身一人直接衝進雨瀑，莫名於心不忍，「我過去問問她要不要一起撐傘好了。」

於是，楊若伊左右張望確認無來車後，逕自過馬路走向對街。

「哈囉……那個，不介意的話，一起撐吧？」楊若伊追上已半身濕的朴念仁，讓她納入傘下。

朴念仁愣了下，一頭藍黑色長髮結成條，髮尾滴著水，卻婉拒：「呃，沒關係，謝謝。」

「可是雨下很大，容易感冒——」

她忽地笑了，「沒差啦，淋個雨也不會死。」

「舉手之勞而已。」默默從後方追上楊若伊的季沃聽見她們的對話，頂著一張撲克臉，順勢說道。

「對呀，就像妳剛才做的一樣，而且我們也不趕時間。」

「哦，原來你們剛才也在市區——」朴念仁有些意外地挑眉，「好吧，那就麻煩妳了，我要去的地方在附近，再走五分鐘就到。」

季沃輕輕拉住楊若伊的帆布包一角，將自己的傘遞給她，「我跟妳的傘交換，我的比較大，妳們兩個人撐才不會太擠。」

「對耶，我的傘蠻小的，兩個人撐的話肩膀一定濕。」楊若伊自然地接過他的傘，並將自己的傘回遞給他。

「好細心欸。」朴念仁看向他，大方讚美。

季沃愣了愣，一時半刻不知該如何反應，默默撇頭，盯著在水窪載浮載沉的小樹果。

「……他這是害羞的意思？」朴念仁稍微蹲低身子，像是在跟楊若伊說悄悄話。

楊若伊點頭偷笑，「他最禁不起別人稱讚了。」

「……我沒有。」他反駁，一抹薄紅如漣漪般在頰畔暈開。

後來，三人穿梭在雨霧瀰漫的街道，沿途放眼望去是季沃半熟悉半陌生的環境，伴隨著嘩啦嘩啦的雨聲，技巧性地迴避腳邊大大小小的水窪，雖然最終仍無可避免褲管被水花濺濕的悲劇。

在朴念仁的導路下，他們拐進其中一條小巷弄。

當再次走出巷口，季沃留意了眼佇立在左側的路牌，上頭寫著：「澄河路19巷」。

不一會兒，終於抵達咖啡堂，雨也停了。

「今天剛好公休，店裡沒人。」朴念仁從長褲口袋取出一把鑰匙，推開其中半扇胡桃木門，「進來坐坐吧？請你們喝點東西，不是我自誇，你們會喜歡的。」

這時候的季沃還不曉得，在接下來的日子，他將會反覆進出這扇胡桃木門無數遍，在咖啡堂渡過無數個白晝黑夜，一年，一年，又一年——

季沃的十七歲，有許多零碎光陰會駐紮在咖啡堂，而在那些光陰中，永遠都有楊若伊的身影。

叮鈴——店門被推開，正操作咖啡機的朴念仁抬眸望去，「兩隻蹭飯仔又來啦。」

蹭飯仔一號楊若伊半靠在吧檯，冤枉地鼓起嘴，被逗得甜甜地笑了，「我上次、上上次還有上上上次都有幫忙拖地耶，季沃你說對吧。」

自個兒飄到旁邊研究咖啡機的蹭飯仔二號季沃被點名，低頭瞥了那隻推了把自己腰際的細白手肘，也點點頭，一本正經地說：「還幫妳省去報廢食物的時間，這是做好事。」

朴念仁「哈、哈」笑兩聲，走出吧檯，「今天一樓客滿了，你們去二樓吧。」並將寫著保留席的小卡放上其中兩張四人桌，「對了，我前幾天調整了下菜單，你們幫我看看這種版型順不順眼。」

季沃和楊若伊熟門熟路步上階梯，這時候的二樓漫著空無一人的安逸。

比起二樓，他們兩人更常也更喜歡待在一樓，總是會坐在最靠近吧檯的方桌，偶爾偷聽朴念仁研究餐點時的自言自語，偶爾觀察朴念仁沖咖啡的側影。

如果像現在的情況時，他們會選擇唯一座落陽台的圓桌，有時望著窗外的花朝月夕，有時他會為她講解數學題，有時她會讓他抄歷史課本的筆記。

「要喝什麼？」季沃問她。

菜單內容早已不知不覺記在腦子裡，楊若伊找到幾樣新品，猶豫幾秒，還是舊愛最美，「嗯——還是老樣子好了。」

「鮮奶茶，正常甜，少冰。」他默念著，並不是疑問。

「你居然記起來了。」

「這沒什麼難的吧。」

「……也對啦。」

「那妳記得我的嗎？」

「當然……」她說著，從書包取出鉛筆盒及一張空白的作文紙，「今天天氣熱，所以是冰拿鐵。」

季沃輕笑，拎起比手掌大一半的皮革菜單，隨後下樓點餐結帳。

朴念仁正在替客人帶位，季沃知道她忙，便待在吧檯一隅等候，默默又研究起旁邊那台咖啡機的運作。

直到冷不防間，突然有個客人靠向自己，問：「請問這裡有洗手間嗎？」

季沃抬手指引，「有，那扇門進去就是了。」

砒啷！接著這時，一旁猛地傳來餐具掉地板的聲響，眾人循聲齊齊刷去，季沃與掉了叉子的客人正好對上眼。

「那邊的店員弟弟——不好意思，可以再給我一支叉子嗎？」那位客人朝他出聲喊道。

下午體育課測體適能一千六，難以忍受滿身汗的季沃恍惚想起之前拍照用的白襯衫忘在社辦，放學後索性就直接換上了，他想大概是因為這樣，所以對方才誤會他是店員，乾脆也協助遞上一把新叉子。

朴念仁餘光注意到了，繞回吧檯時，微抬了下下巴道：「謝啦。」

季沃見她正將一份布朗尼及愛爾蘭咖啡放進托盤，問：「這是要送去哪桌的？」

「三桌。」她回，而他直接順勢端起，「你要幫我？」

「嗯。」

一直以來，咖啡堂是朴念仁和她的父親共同經營，直到父親漸漸年紀大了，身體狀況欠佳，便正式將整間店交棒給她。

這時期的咖啡堂每個角落都充斥和洋折衷的溫度，泛著暈黃暖光的迷你鐵骨吊燈、深淺交錯的木頭桌櫃、只出現在老電影的沙發椅，除此之外，飲品餐點也在水準之上，價格卻十分親民，只是每個月營業天數不一，打烊時間更是隨主人心情而定，彷彿需要點滿幸運值才可觸發的神祕糖果屋。

獨立而隨興的朴念仁一人可當十人用，在任性與現實的諸多考量下，始終沒有額外再請員工，於是偶爾的偶爾，還是難免會遇見這樣的狀況。

須臾。忙完一波的朴念仁上二樓補餐巾紙，順道騷擾那兩個正絞盡腦汁構思作文的小鬼頭。

「因此，棒球是我的夢想——」朴念仁故意以演講的口吻唸著季沃作文紙上的內容。

聞聲，季沃背脊一涼，難為情地胡亂以手臂遮掩自己的嘔心瀝血，整張臉紅得像顆熟透的番茄，幾乎可以滴出血了。

「欸，你寫的字很漂亮耶。」

「……妳別偷看！」

「哈哈哈哈哈！」朴念仁笑得喪盡天良，「你們餓嗎，剛才有客人臨時改單，但我餐已經做了，多出一份，你們一人一半？」

宛如天降甘霖般，楊若伊立刻從作文紙上仰起頭，「好呀，我腦細胞快死了，需要熱量……」

「妳才寫完第二段就燒光腦細胞了？」耳郭還紅著的季沃挑起一側眉。

她隨手捏起橡皮擦屑丟他，又氣又好笑，「……你這連第一段都還沒寫完的人憑什麼講我。」

不一會兒，朴念仁將對半切成兩份的鮪魚三明治送來，又趁亂偷唸季沃的作文，把他氣得牙癢癢，隨後便下樓迎接另一波忙碌了。

楊若伊朝自己那份三明治一下切一下撕，被完整分割出來的吐司邊被晾在盤子的角落。

季沃將作文紙對折收回書包的L夾，隨意瞥了眼，問：「妳不吃吐司邊？」

「我討厭吐司邊。你要吃嗎？」

楊若伊見他眼睛一亮，伸手將她遺棄的吐司邊全挪進自己的盤裡，她忽然覺得這畫面有點可愛，輕輕抿唇，攪拌著冰塊早已融化的鮮奶茶，「那以後我的吐司邊就負責讓你處理了。」

「喔，好啊。」

鎮上快速道路橋下的狹長馬路每週六都會有一座夜市，季沃和楊若伊經常相約騎腳踏車去逛，而在十八歲這年冬夜，當兩人如往常般坐在堤防聊天吃東西時，她突然聽見一抹細微的怪聲。

兩人循聲探尋，直到那抹孱弱的咽嗚聲愈來愈鮮明……發現堤防末端一處乾涸水溝內卡著一個破爛紙箱，裡面是一隻流浪狗。他們蹲在暗處觀察了一陣子，確認是一隻無依無靠的落單小狗後，小心翼翼將紙箱搬上地面。小狗灰頭土臉，蜷縮著瘦骨嶙峋的身體，毛被爛泥巴結成塊狀，顫抖著奶音，看起來好可憐，她於心不忍，連忙脫下自己的圍巾讓牠保暖。

「牠的腳掌好像受傷了。」季沃注意到紙箱內殘留的斑駁血跡，甚至還有半個血色的狗掌印。他上網搜尋尚未打烊的動物醫院，謹慎地撥了電話向院方確認後，兩人便帶著牠前往治療。

後來，他們花光了身上僅存的零用錢，獸醫說牠是估計才四個多月的幼犬，乍看是柴犬，但應該有混到一些台灣土狗的血統，整體而言除了受傷及營養不良外，是隻生命力頑強的健康寶寶。

須臾。冷風颼颼，兩人一狗站在一盞熾白路燈下，季沃問她：「現在我們怎麼辦？」

楊若伊猶豫一陣，語帶私心，「……我想把牠帶回家。」

「叔叔不是對狗毛過敏嗎，這是要讓叔叔直接睡門口？」

「那牠怎麼辦？牠只有自己一個人。」她垂首憐惜地望著懷中紙箱內正安穩熟睡的小狗，又默默抬起那雙總是溫煦如春的桃花眼，與他對視，一秒鐘，兩秒鐘，三秒鐘……

季沃撓了把後頸，無奈道：「先把牠暫時帶回我家安置幾天？不然繼續站在這也不是辦法。」

「好——你最好了。」楊若伊用力點點頭，感激地笑了。

後來季沃偷偷摸摸將腳踏車停於車庫，卻只是鬼鬼祟祟在自家門前徘徊，直到季母眼尖從窗台瞥見人影，直接打開大門，問他在做什麼，他才硬著頭皮掀開紙箱。

季母對他擅自把流浪狗帶回家這件事沒意見，僅是要他自己想辦法處理，而季父只是淡淡叮嚀一句別弄亂家裡就好，便上樓沖澡了。

季沃和楊若伊兵分二路詢問認識的人有無收養意願，唯二有意願的人是她的阿姨以及他棒球隊的大四學長，然而，前者不巧前幾天才從收容所領養毛小孩，後者則深思熟慮後改變心意了。

「季沃抱歉啊，因為已經養狗養貓養兔子了，如果再多養一隻動物，大概會換我出去流浪。」

「學長沒關係，其實……剛好也有人決定想養了。」

「是噢太好了，那我罪惡感可以減輕一點了，不過是誰啊？」

「……我。」季沃對自己脫口而出的話感到驚訝，隨即卻又恍然大悟，其實這樣的一念早在願意讓髒兮兮的小狗睡在自己懷中整整一下午時，便註定了。

當晚，季沃向父母提出自己的想法，他其實有百分之五十的把握，因為有幾次不小心看見媽媽趴在客廳地板逗狗，而爸爸居然還偷餵牠吃狗狗專用的零食小饅頭，或許是大家顧著顧著，就顧出感情了吧，他心想。最終，在懷揣忐忑經過一場家庭會議後，季沃正式將這隻楊若伊發現的流浪小狗收編，從此多了一個家人——萌萌。

「對了，一直忘記問你，為什麼萌萌會被取名叫萌萌呀？」楊若伊牽著狗繩，一瞑大一吋的萌萌走起路來像隻兔子，「等等，你該不會——是參考當時那個紙箱……」

「就地取材，兩分鐘就想好了。」季沃一臉單純，平常謹慎多慮的他在這時候特別乾脆。

「其實我後來發現那個紙箱的店，居然是賣情趣用品的……」她細白的頸脖激出一抹紅。

季沃欲蓋彌彰地乾咳兩聲，轉移話題：「對了，昨天總教練告訴我，日本仙台市某所棒球強校想邀請我到學校參訪，似乎是對我有興趣。」他說著，卻才反而害羞得整個耳根都紅了，逗得楊若伊笑出聲調侃他，卻也打從心底無比為他高興。

「……算了，我不帶禮物回來給妳了。」

「好嘛，別這樣。等你將來成名了別忘記我喔。」

然而後來，季沃卻遭遇了計畫趕不上變化的夢魘。

二月，晴空萬里的日子，高中畢業前最後一次的重大比賽。儘管戰局僵持不下，站在投手丘上的季沃始終維持氣定神閒的姿態，無懼每棒皆強打的難纏對手。

當第四棒打者接連破壞成界外球時，他決定以招牌速球正面對決，無奈終究形成一發長打。總教練這時向主審提出暫停，當看著投手教練及隊友從四面八方朝自己走來的瞬間，他哽著喉，緊握拳頭，磨破皮的指節擰出了血。

「你投得很好了，下去休息吧。」總教練拍拍季沃的肩膀，給予他肯定。

儘管季沃百般不願，卻也心知肚明自己的投球任務到此結束了。截至八局下半第二個出局數為止，他燃燒手臂共投出一百零一顆球，僅僅只被敲出零星的兩支安打與一個保送。

接替投球的學弟似乎是過於緊張，登板後一下子便被連續擊出安打，壘上的跑者們輕鬆跑回本壘，一分，又一分……形成了對手的大局。

最後，吉川高中以大比分輸了這場比賽，三年級的少年們也正式向高中生涯道別。

輸球是家常便飯，不甘心是人之常情，他明白。身體過度勞累而導致出現傷害，那些過於期待的聲浪轉瞬變成茶餘飯後的嫌棄，受邀至日本參訪的機會不了了之……這些事實他也都接受。

季沃只是不懂，為何好不容易傷癒歸隊了，自己卻得了投球失憶症。他失落地想，原來這就是從天堂一瞬間墜入地獄的感覺。

五月晚春。楊若伊約季沃一起去參加鎮上的一場音樂祭。

月光如水，星光閃爍，他們被洶湧的人海淹沒，卻始終不約而同將對方保留在視線中。

即使她沒主動表明，他也明白她這是在嘗試將他一口氣澈底拉出低潮的邊緣地帶，只要再一點點，只要再一下下——而她成功了。

人群不斷從四面八方推擠而來，楊若伊不小心被急著想鑽進搖滾區的陌生人撞開，季沃迅速伸手握住她纖細的手腕，將她帶近自己。

「小心……妳可以抓著我的衣服，這樣就不會走散了。」

兩人物理性地隨波逐流，直到被卡在其中一隅視野良好的位置，就這麼駐足原地，聽著那些風格迥異而精彩的音樂。

他們肩並著肩，眼睛為之一亮地為當年才二十二歲的失眠星球的青澀演出而著迷，直到最後一首歌曲結束，輪到下一組表演者上台調整樂器時，兩人才同時回過神。

半晌，季沃留意到楊若伊似乎被擁堵的人群悶壞了，便提議先離開這裡。她點頭，輕輕抓著他T恤衣角，跟著他走往相對稍微寬敞的另一處角落。

五光十色的夜空，震耳欲聾的戶外空間，台下人們隨著慵懶的音符擺動身軀。

「……妳會對我失望嗎？」樂曲間奏的沉靜，季沃出聲，彷彿是加重音階的悄悄話。

楊若伊清楚聽見了，只有她能聽見，也曉得他指的「失望」是什麼意思。

「當然不會。為什麼我要對你失望呢。」她失笑，微微仰首對上他晃過霓虹微光的眼眸，「我知道你真的很努力，你是一直那麼那麼喜歡棒球，所以我也才——」

「……也才什麼？」他察覺到她的欲言又止，她卻只是唇瓣微張又緊閉，移開了交疊的視線。

歡騰的留白在兩人之間長達數十秒。

「季沃，就算之後我們高中畢業了，進了大學，也要像現在一樣繼續好好相處喔。」

「好。」這不是理所當然的嗎，他心想。

「你還記得剛才那個樂團嗎？失眠星球。雖然完全沒聽過這個樂團，但他們的歌每一首都好好聽，而且個性比想像中還幽默，好可愛。」

「我也覺得。」

「感覺他們將來一定會紅。」

「這是預言嗎？」

「有說有機會嘛，把願望直接講出來，老天爺聽得更清楚。」楊若伊笑了，「到時候，我們以後再一起去聽失眠星球的演唱會。」

「嗯。」這個約定，季沃永遠記在心底。

很久以後，每當季沃懷念起這天夜晚，失眠星球的音樂變成忽遠忽近的背景音，再怎麼熱血搖滾的聲光派對其實根本記不清了……唯一鮮明的，是楊若伊微微泛著紅暈的側顏。

畢業典禮這天，季沃一早陸續收到幾個學妹送的畢業花束，社團的學弟們也直接到教室找他，其中一個真性情的學弟還不捨地哭了出來。

後來在體育館集合時，季沃也被其他班的女同學要求一起合照留念，硬要在旁觀看全程的幾個損友眼紅調侃左一句大情聖、右一句人帥真好，還趁機踹他屁股。

季沃隨手抄起被遺落在角落的竹掃把反擊，無奈以一敵十只有死路一條，難得想請求支援，第一首選便是不遠處正在和老師拍照的楊若伊，卻直接被其中一個損友撲抱問候，幾個長不大的少年就這麼一路打回教室。

當玩鬧告一段落，幾個男孩開始互相在彼此的制服上簽名。而簽到一半，季沃餘光發現楊若伊抱著幾束收到的花，氣喘吁吁地從教室後門衝向自己的座位。

他不動聲色地收回視線，蓋上奇異筆的筆蓋，朝正埋首趴在桌面的男孩問：「你的制服我簽好名了。我的你簽好了沒？」

「急什麼，我的簽名要最華麗好不好，再多附上一個唇印給你——」

「……你嘴巴怎麼塗成這樣，好恐怖。」

「剛剛跟女生借口紅啊，怎樣，我美嗎——欸我還沒親上去餒！」

季沃忽視頂著驚悚大紅唇的損友，一把撈過自己的制服，筆直走向楊若伊的座位，正想讓她也在自己制服左胸口簽名時，她卻搶先一步，將一束花推到他眼前。

「喏，送你。」楊若伊說。

季沃接過花束，突然失笑，「妳怎麼變出來的？為什麼早上騎車時都沒發現。」

「這代表我……藏得很好啊。」

「齁——為什麼妳只有送季沃，我的咧？」大紅唇同學猛然湊近，過於吵鬧的抗議引來其他人的注視。

「楊若伊妳偏心喔，只送好朋友，都不管其他好同學喔——」

「切心啦，虧我也常幫忙妳催收報名費。」

「幹，我一束花都沒收到，我做人是多失敗……」

「妳該不會其實是偷偷喜——」

「不、不是啦，就……」被眾人圍剿的楊若伊慌了，下意識看向季沃。

偏偏季沃卻沒接收到她的電波，只是勾起一側唇尾，狡黠得像隻成功叼走獵物的貓，火上澆油地炫耀：「只有我有。」

這時，朴念仁隻身站在門框邊，曲起指節敲了敲敞開的教室鋁門。

楊若伊見救星出現，趁機溜向前門，朴念仁先向旁邊還在起鬨的少年們簡單頷首，朝季沃使了個眼色到外面聊，他便直接拿著花跟上她們。

「妳今天居然有空來。」朴念仁三不五時會變成幽靈人口，行蹤不明，季沃對她的現身頗感意外，卻隱約嗅到一抹酒氣。

「為了參加你們的畢業典禮，我直接把店關了，感不感動？」朴念仁兩手一攤。

「……分明就是昨天酒喝太多，還在宿醉。」

「你這張嘴實在很不可愛。」她笑得不鹹不淡，三人正好走到一顆鳳凰花樹前，「欸，你們兩個一起去那裡站吧，我幫你們拍張照留念。」

「我都可以。」季沃偏頭看向身側的楊若伊，見她盯著懷中的花束有些發愣，聲嗓放軟，「怎麼了？」

「噢，沒、沒事……」她搖搖頭，抿出一抹甜笑，「我只是在想，不如，我們三個人一起照如何？認識到現在都還沒合照過。」

朴念仁微微挑眉，「行啊，那用我的手機拍吧，再傳給你們，哈囉——那邊的同學，能麻煩你幫忙當個攝影師嗎——」

升上大學後，與楊若伊結伴在咖啡堂蹓躂的畫面驟減，習以為常的時光變得難能可貴，漸漸地，只剩季沃自己一個人固定會出現。

某天，朴念仁隨口聊到下個月開始咖啡堂的營業時間會拉長，打算徵個工讀生——說著，她一雙狹長的墨黑眼眸自咖啡機探出，「……這不就有個現成人選嗎。」

「什麼人選？」吧檯外側的小桌，正埋首用筆電處理家教講義的季沃連頭也沒抬。

「你現在課滿嗎？」

「還好，有興趣的都選修了。」

「缺錢嗎？」

「誰不缺錢呢。」

「好，明天開始上班。」她拍板定案。

「……蛤？」他這下才抬起頭，一臉懵。

另一方面，開學後不久，季沃也順利加入了春田大學的棒球隊。

吉高棒球社的總教練曾告訴季沃，長期觀察下來，他過去有點類似靠天份在投球，有時也容易心急，再加上或許是得知自己被眾多職業球探暗中關注，過於求好心切，反而無形中讓壓力加乘，於是在教練的建議下，季沃暫時棄投從打。

一條路走膩了，不如轉個彎，也許會遇見意想不到的景色。

只是最後，他在關於棒球這件事上，卻事與願違，打擊方面沒多大出色的表現，始終維持不上不下的成績，投球的手感始終無法恢復成理想中的狀態，甚至氣力用盡般的失去信心。

儘管如此，這時期的季沃也未曾想過要走往「放棄」的那條岔路，依然腳踏實地訓練，努力爭取機會。直到他在一場全國聯賽以代打身分上場，卻沒能為球隊建功後，從此再也沒出賽過。

久而久之，他心中那份熱愛也燃燒殆盡了。他總是隨遇而安，於是也順其自然地接受了這樣的灰燼。所謂的夢想，有時候或許除了可控的毅力，奢侈的幸運，還得要有熱情啊。

時光飛逝。

忙碌的考試報告，充實的打工生活，載浮載沉的社團練習，將一整天的時間填得毫無縫隙。

季沃二十歲這年，失眠星球正式發行了出道以來第一張全創作專輯。

一日平凡的午餐時段，季沃和楊若伊約在學餐，用餐談笑間，向她分享了這件事，語尾滾著小小的雀躍。

「失眠星球？」楊若伊一雙桃花眼眨了眨，注意力卻分散在手機的聊天室，「……啊，我們以前在音樂祭看過的樂團，居然出專輯了，好厲害！」

「我想預購一張專輯，要一起買嗎？」

「不了，你買吧。」她微微笑，拎起枕在腿側的帆布包，「抱歉啊季沃，我跟同學有約，先去圖書館囉。」

於是季沃只是將「那妳想聽跟我說，再借妳。」這句硬生生吞回喉間，默默把手機裡失眠星球的新歌ＭＶ頁面關閉——「嗯，拜。」

當年看了失眠星球現場演出而被圈粉的楊若伊，後來有了更著迷的歌手，反而是季沃覺得自己的靈魂好像被他們的音樂催眠了，漸漸成為粉絲。

而很久以後，他也履行約定，去了失眠星球的演唱會——儘管只有他自己一個人。

生活是周而復始的齒輪。

二十一歲的季沃已經將棒球歸類在純粹的興趣，而在咖啡堂打工好一段時日的他，開始對咖啡產生更強烈的熱愛。

與此同時，季沃發現自己變得有點奇怪。

例如，每當聽見身側的楊若伊十句有七句不離小原學長時，他總是莫名希望自己的耳朵能暫時壞死，他曾自己被這般極端的念頭感到震驚。又例如，每當看見楊若伊與小原學長同框談笑的畫面，他體內總會出現一種微小卻折騰的情緒，宛如一隻又一隻蟲子般，啃食著他的心臟。

季沃真的覺得自己變得好奇怪。

「你幹麼，心情不好喔。」朴念仁正挑揀著咖啡豆，乍聽是問句，卻是肯定的語氣。

「……沒有啊。」

「那你幹麼一直盯著若伊的大頭貼看，變態。」

「這算變態嗎？」

「你喜歡她？」

「什麼？」

「你吃醋？」

「我——」

「我是指，你吃若伊還有那個男生的醋，看他們曖昧的樣子，你覺得吃味，不想面對。」

聞言，季沃愣然停下擦拭餐桌的動作，默默挺直身，整個人卻神情蔫巴，嗓音甚至顯得有氣無力，「……我不確定，但也或著就像妳說的，我不知道我現在的心情到底是怎樣。」他吐出一口嘆息，嚥了嚥唾沫，「小原學長是我的朋友，我很尊敬他，我並不是討厭他，我很難形容這種奇怪的感覺……總感覺有一種明明原本是屬於自己的東西卻突然被搶走了的煩躁感，但人不是東西，她其實……也根本不是我的。」

「嗯，那麼——大概可以解釋成喜歡了。你這就是喜歡楊若伊了，懂？」

季沃怔愣地消化著朴念仁的話，在這一刻竟恍惚搞懂那種介懷且複雜的情緒從何產生，以及這種若即若離的空虛感為何物，於是才曉得，原來一直以來，也有另一種喜歡占據了自己的生活。

有時候，失去是另一種收穫。那麼，若是在從未擁有過的情況下呢——

清冷帶光的少年與溫煦如春的少女，從國中的初次相遇，相伴徜徉高中的朝夕相處，然後，走向大學的若即若離。季沃終於意識到楊若伊不僅是好朋友，也是自己喜歡的人。然而——

「季沃，我跟你說一件事喔……」

「嗯？」

「我前幾天開始跟小原學長交往了。」

當他對她的那份感情萌芽的瞬間，也瞬間凋零了。

儘管季沃腦筋一片空白，被迫接下猝不及防的炸彈，卻只給自己幾個呼吸的時間冷靜，一步，兩步，三步……在經過前方那棵樹為止前必須好好地牽起唇角，好好地祝她幸福就好。

「恭喜啊。」季沃說，聲調及模樣始終如一的溫潤從容。

「你是第一個知道的。」楊若伊露出一張春心萌動的笑顏。

「真是榮幸。」

「你好像完全不驚訝這件事耶。」

「不，我很驚訝。這大概……是我們認識以來，最震撼的消息。」

「你太誇張了吧。對了，昨天跟學長聊到你，他還說等你下次休假我們三個再聚一聚。啊，他好像把車直接開到後面的路口了，我先走囉——」

二十二歲這年的一月，他們走在颳著冷冽寒風的澄河路河堤公園，直到與她並肩齊行的節奏被一樁好事戛然而止。

當楊若伊轉身離開，而季沃被留了下來，他獨自站在原地，一雙茶色眼瞳若有似無地翻攪著孤寂，只能望著她逐漸縮小的背影。

順利從春田大學畢業後不久，彷彿歷史重演般，季沃收到了來自朴念仁的請託。朴念仁說，希望他能暫時替她守護咖啡堂。而季沃只是點頭，義不容辭地接過咖啡堂的鑰匙。後來的某一天，季沃發現楊若伊注意到自己因過於沉浸工作而不小心犧牲睡眠，她出於擔心，或許也稍微偷渡了些私心，便向他提議——「我能不能也一起待在咖啡堂？就像……以前那樣。」

「好。」季沃終究還是心軟了。

♠

唐知菲的眼睛總是看著說話者，卻不會產生壓迫感，是稱職的聆聽者——例如那日黃昏，當楊若伊懷念著關於她含蓄的喜歡時，例如此時此刻，當季沃坦白著關於他遲鈍的喜歡時。

她從頭到尾只是靜靜聽著，眼眸始終平柔而專注，不發表任何感想，一字一句聽到最後——

只為他們未果的暗戀感到遺憾。

季沃喜歡楊若伊，而楊若伊其實也喜歡季沃，只是彼此都不知道。為什麼這麼剛好呢。為什麼就這麼擦肩而過了。一個太早放棄，一個太晚發現。可是其實，沒有誰對誰錯，不知者無罪——一場戀愛本就需要剛剛好的時機點。

關於告白與否的抉擇，唐知菲的選擇與當年的季沃相反，他選擇將對楊若伊的感情深埋於心底直到永遠，而她選擇將對季沃的感情毫不保留地傾訴於日光之下。

然而，他們都是失戀的患者，症狀是——這份喜歡才剛萌芽，卻也同時意識到無法開花。

良久。學校鐘聲再次響起，敲碎此刻偌大校園中時而喧嘩時而靜謐的空氣。

唐知菲僵硬著懸空的小腿，啟口喚道：「……季沃。」

季沃望著操場與藍天的邊際線，只是輕應：「嗯？」

「原來你也是朴念仁，木頭人。」

「什麼意思？」他皺眉疑惑，「幹麼提到她？」

「如果——我是說如果，其實若伊以前也喜歡你的話，你會怎麼樣？」

「這種假設性問題沒有意義。」

「我是說『如果』嘛。」

「……如果是現在，大概會先震驚，然後覺得空虛，但多少也有點被安慰到，不過就這樣了。」

「那你現在還是喜歡她嗎？愛情的喜歡。」

聞言，季沃下意識怔愣，緩緩垂首，薄唇微抿，若有所思。

當沉默再次滋長，望著他黯黯萎靡的側顏，唐知菲內心莫名刮起一股煩躁感。

然而，當她衝動想起身離開的瞬間，他卻猛地重新抬起頭，整個人的神情猶如曙光乍現般。

「是因為對象是妳，所以才想一股腦地把心事全說出來嗎，唐知菲……我突然發現——」

季沃一雙茶色眼瞳浮爍著不可思議的情緒，儘管溫潤的聲嗓依舊平靜，清冷無波的臉龐卻震盪起如釋重負的水花。唐知菲怔愣看著，竟覺得訝異而有趣。

「那些蟲子好像消失了。」

唐知菲隨即會意到他話中的意思……

終於等來姍姍來遲的奇蹟，季沃心中那個關於楊若伊的盒子，總算修好了。

♠

六月向暑。這一天，朴念仁回台灣了，這次短暫停留兩週的時間。

「嗨各位——今天居然大家都剛好在，我也太會挑時間了吧。楊小妹妹想我嗎？高木藤你也變太壯，有在認真健身欸——」

唐知菲在第一天有見到朴念仁，她一身像剛從時裝秀後台下班的俐落西裝，腿側擱著一只行李箱，熱情地給她一個擁抱。直到第二次見到朴念仁的時候，已經是她要啟程回日本的當天，也是唐知菲自己的畢業典禮當天。

和幾個同學聚餐結束後，唐知菲從楊若伊傳來的訊息得知朴念仁現在在咖啡堂，季沃等等要載她去桃園機場。唐知菲立刻表示自己也想一起去，當機立斷伸手按鈴，在澄河路站下了車。

半晌。駕駛座的季沃斜睨副駕駛座的唐知菲一眼，「跟屁蟲喔妳。」

她笑得不鹹不淡，逕自繫上安全帶，故意回：「我這次想跟的人又不是你。」

「……」好，他認輸。

這時，後座左側車門被打開，朴念仁彎身朝車內探頭，掃視他們兩人之間的戰場，「打情罵俏？」

「對啊——」

「並不是。」

而接著，右側車門也被打開，肩披米色小罩衫的女人單手抱著筆電坐入朴念仁身旁的空位，整個人散發一抹高嶺之花的氣質，與唐知菲視線交會的瞬間，朝她微微一笑。

「妳好呀，終於又見到妳了。」

是金曜日の探偵さん的老闆娘！唐知菲驚喜交加，「咦……嗨、嗨妳好！原來妳也回台灣了。」

「是呀，當然。第一天我剛好留在娘家，就沒跟念仁一起過來咖啡堂了。」

「原來是這樣……」唐知菲手指偷偷扯了兩下季沃的衣襬，他餘光感應到她的眼神示意，無奈偏過頭，讀出她臉上寫著小小的問號，兩秒後微挑起眉，意會到某件事。

「她們是情侶，已經結婚了。」季沃像是在為她解惑。

「什麼！」唐知菲驚訝得張大嘴。

「什麼！」朴念仁學她，大笑兩聲，「知菲妳居然不知道嗎？我以為很明顯呢。」

於是接下來到桃園機場的整趟路程，朴念仁大方地向唐知菲長話短說分享了她們的愛情故事，她也慢半拍得知，原來季沃之前讀的那本散文集的作者「木頭人」，其實就是朴念仁的伴侶。

距離她們登機還有一段時間，唐知菲和季沃沒有馬上離開，四人在機場大廳待了一會兒。

途中，季沃去洗手間了，朴念仁的太太臨時接到出版社編輯的來電，頷首示意後走到一旁。頓時，只剩唐知菲和朴念仁兩人獨處。

唐知菲醞釀著開頭語，決定先爆自己的料，表情顯然有些小小尷尬，「……其實，我之前曾誤會季沃喜歡的人是妳。」

「蛤？我？噗……」朴念仁差點把口中的抹茶拿鐵噴出，「這是我至今聽過最荒唐的笑話，告訴妳啊，假如他哪一天被困在無人島，只能選我或黑猩猩，他絕對會直接跳海。」

唐知菲耷拉著腦袋，瞥見自己的制服左胸口還留著畢業胸花別針留下的痕跡……躊躇半晌，還是忍不住偷偷向朴念仁稍微提起關於季沃以及楊若伊的祕密。

她們都身為這個祕密的旁觀者，那麼假如對象是她的話，就構不成犯罪了吧。

朴念仁聽見關鍵字，先是瞠圓眼，對於唐知菲知道他們的過去感到極其驚訝，隨即又恢復從容不迫的模樣。

「如果我當時選擇推他們一把，也許他們現在就在一起了。」朴念仁向後靠上椅背，她說著，露出小小的虎牙，「我是一個自私的人，不過無論是以前還是現在，我不曾也不會後悔。」

朴念仁曾經有個喜歡的女孩，女孩是她的國中同班同學，是當被對自己永遠刺上叛逆標籤的教官惡意誣陷時，唯一挺身支持她的英雄，是她相伴多年的摯友。

在朴念仁二十歲這年，女孩稀鬆平常地挽著自己手臂的瞬間，她竟猛烈而微妙地感受到一陣難以言喻的心動。她很快便釐清自己對女孩的想法，她喜歡她，不僅是朋友之間的喜歡。然而，她卻深深明白當時的社會風氣對同性戀並不友善，連家人也是。

同樣是愛，這種愛卻不被世人允許。

她選擇好好地珍惜與對方在一起的每分每秒，靜靜地保護這份不會有結果的喜歡，默默地——從旁幫助喜歡的女孩追求她的男神。直到那天，女孩對她露出憤怒且不解的表情，委屈地哭紅了眼。

「念仁，妳為什麼要擅自把我對他有好感的這件事洩露給他知道？我那時候不是要妳就算知道了也什麼都別做嗎……」

「……我只是想幫妳。」

「就算是旁敲側擊也不要，我很感謝妳的好意，可是我跟他變得很尷尬……他沒再回我訊息，我甚至測試過了，他也把封鎖了，都是妳害的……」

朴念仁心一緊，比起為自己解釋，更想替她抹去那些眼淚——她卻始終不諒解地倒退一步，甩開自己小心翼翼而不安伸出的手。從此之後，女孩與她漸行漸遠。

出於善意的私心，她擅自插手他人感情事，想導往好的方向，卻間接使其抵達悲劇的終點。朴念仁失去好朋友，也失去了喜歡的權利，這件事在她心底成為一道隱晦卻深刻的陰影。

於是後來，儘管朴念仁看得出季沃對楊若伊的寵溺，以及楊若伊對季沃的愛戀，她也總只是瞇起狹長的眼，意味深長地看著他們相視而笑的恬靜畫面。

儘管在那平凡而閃亮的時光洪流中，她有數次機會助攻，卻選擇當一名與世無爭的旁觀者。唯二的小小破功，是參加季沃和楊若伊的畢業典禮那天，終究還是出於善意的私心了，儘管以結果論來說，成效不彰。

而參加完兩個小鬼頭的畢業典禮，朴念仁駕車前往市區的書店，偶然與一名同齡的女子邂逅。

「您詢問的這本書目前店裡的庫存只剩一本，啊、剛好在那位小姐手上……」店員委婉的說明不小心引來女子的注意。

女子側過頭，恰巧與朴念仁對上眼，脂粉未施的臉蛋流過一抹小尷尬，微微頷首。

見狀，朴念仁連忙解釋：「不是的，沒關係——我再去別間書店買就好。」

「這樣啊，不好意思了。不過請問……妳也喜歡這本推理小說嗎？」

「嗯，喜歡到前兩集已經被我翻到爛了，妳也是嗎？第三集間隔好久才出版，終於等到了。」

「真的好久，我前陣子還忍不住下訂了原文書。」

「我也是，而且其實我打算過陣子飛日本，進行一場聖地巡禮。」

「真的嗎？我也是呢——妳是幾月要去？」

朴念仁本以為自己再也不會遇見心動的人……而三年後，她與女子展開了一場戀愛，同時，那一天也是女友創作的散文集正式出版的日子。

「妳不覺得其實我們很有緣分嗎？」

「舉個例子來聽聽？」

「我的筆名是『木頭人』，妳的名字是『朴念仁』，朴念仁在日文的意思，可以解釋成木頭人，像是在感情中後知後覺的男性，或是木訥寡言的人，可是單看字面上，我們的名字一樣呢。」

有些人曖昧十年，卻無疾而終。有些人一見鍾情，卻直到永久。

隔年，朴念仁與女友在雙方家人的祝福下立下婚約。之後，她義無反顧決定陪伴侶前往日本生活。

經過一週的深思熟慮，朴念仁選擇將咖啡堂委託給季沃。在她心中，季沃是第一人選的原因有三個，第一，理所當然信任他的為人及能力，第二，她知道他剛畢業，正在找工作，第三——只是為了嘗試讓他稍微轉移失戀的情緒。

無論在台灣還是日本，每一次見面，始終保持旁觀者的朴念仁，能做的只有給他一個擁抱。

「在不該逞強的時候逞強，只是自找麻煩，想哭的時候就哭，這是人的本能。」朴念仁說。

「……嗯。」季沃應聲。

「我不會叫你不要想太多，想想就想。你可以陷在負面的情緒裡，但請偶爾拿出求生欲，讓待在『裡面』的時間變短，留在『外面』的時間變長，久而久之，你就豁然開朗了。」

相擁的距離，朴念仁終於聽出季沃聲嗓間一抹倔強的哽咽，慶幸他決定不再裹足不前。

「回去吧，那個妹妹還在前面等你。」

最後，朴念仁在金曜日の探偵さん門前再次與季沃道別，看著他泛紅的眼眶，在複雜的情緒中掙扎，然後，一步一步，走往那個正替他顧著行李箱、名叫唐知菲的少女身邊。

很久以前，只有朴念仁知道其實季沃喜歡楊若伊，也知道楊若伊曾喜歡季沃，但自始至終，她幾乎只是默默看著，靜靜聽著，任憑這場青春時光中懵懂卻盛大的愛戀自由成長。

很久以後，唐知菲與當年的朴念仁是相似的立場，她分別知道他們的過去，她知道季沃還喜歡楊若伊，但他要她別說，也知道楊若伊曾經喜歡季沃，但已經是過去式了。

朴念仁當年選擇誰都不說。那麼她自己呢？唐知菲想著。

唐知菲望著不遠處某座班機時刻表，下意識靜默了，直到又一則機場廣播響起，她遠遠地看見季沃單薄的身影從交錯的人群之中愈漸清晰——

唐知菲的選擇跟朴念仁一樣。

有些心事，就讓它繼續埋藏在無人知曉的時光吧。

第八章　不是一支蘋果糖能解決的

被氣象報導稱是今年最熱的這天，當放榜時間一到，書桌前的唐知菲懷揣緊張，往頁面鍵入自己的准考證號碼及身分證字號……下一秒，她目瞪口呆地盯著筆電螢幕，只見自己的名字與春田大學日文系並列在同一行，大喜若狂地對著空氣拳打腳踢。

她居然成功考上春田大學了！對她來說，能順利錄取失眠星球的母校，簡直是美夢成真。

後來，唐知菲也興奮地第一個傳訊息告訴楊若伊這件事。

知菲菲菲：「若伊我跟妳說！我考上春田了，又變成你們的學妹了哈哈哈！」

若伊ZOE：「親愛的恭喜妳！追星的力量果然最強，那咖啡堂的打工，妳之後應該會繼續吧？」

唐知菲已讀了，指尖在手機螢幕虛晃許久，只是在輸入框打了又刪刪了又打，遲遲沒拼湊出完整的一句話。直到楊若伊又傳了個問號的貼圖。

知菲菲菲：「其實，我打算先暫時告一段落了。」

而訊息送出後的第八秒，楊若伊就直接打電話來了。

「知菲妳怎麼了？為什麼突然就決定想離職了？是……因為他的關係嗎？」

「不全是因為季沃啦，他的占比……大概只有百分之十而已喔。」唐知菲語調俏皮，自嘲般的笑了，「準備要唸大學了，接下來可能會面對各種不確定的因素，時間上也不能保證可以像現在這麼彈性，反正打工到現在也存了一些錢，暫時還應付得了。」

「這樣啊……好吧，尊重妳的決定，無論如何都支持妳，我們還是要保持聯絡，不准消失喔！」

「這句話是我要對妳說的吧！哎唷……妳聲音聽起來怎麼好像快哭快哭的感覺。」

「……我捨不得妳嘛！」

隔天是星期日，也是咖啡堂的公休日。

睡到下午才醒的唐知菲騎車出門買遲來的午餐，回程途中，騎經那個再熟悉不過的小路口，以賭博的心態又迴轉，情不自禁地駛向閉著眼睛都能準確抵達位置的咖啡堂。

當聽見一道由遠而近的引擎聲停在身後，季沃轉過頭，就見唐知菲安全帽面罩下張揚著一張鬼靈精怪的表情，還朝他叭了兩聲。

「我都不知道妳這麼喜歡上班，那我下個月多排幾天給妳。」季沃一身休閒長褲長袖，將店門鎖上，再次拉筋伸展了下。

唐知菲拉開安全帽面罩，好奇地問：「你現在要去哪裡？」

「慢跑。」

「那——我也要跟你一起去。」

於是唐知菲將機車停在咖啡堂門口，飢腸轆轆地邊啃著烤飯糰，邊跟著季沃一起走到澄河路河堤公園。

晴朗的週末午後難得沒什麼人，放眼望去，筆直的紅白磚步道只有滿地的枯葉樹果，臨近盡頭處才隱約發現幾個遛狗健走的民眾。

「奇怪，你不是要慢跑嗎？」當唐知菲嚥下最後一口烤飯糰，發現明明說要慢跑的季沃還走在她旁邊，似乎在配合自己散步的速度，「你在等我吃完午餐喔？哎唷好感人。」

季沃一臉像在看一個白痴，「……才沒有，我只是在熱身。」

「喔。」再度被自作多情打臉的唐知菲眼神死，「趕快滾去跑步啦，氣死。」

季沃以鼻息吁出一聲輕笑，隨後便邁開步伐逐漸跑遠了。

不久，許是唐知菲刻意放緩了行走速度，抑或是季沃跑得太快，她遠遠地就看見他居然已經從盡頭又跑回來了，現在正站在不遠處的樹下調整呼吸，還從長褲口袋取出濕紙巾擦拭臉和手。

此刻的唐知菲，凝望獨自佇立在樹叢光影間的他，眼底含笑，惆悵卻在心底發酵。

他帶給她與眾不同的悸動，卻也在無形之中使她受傷，那麼對她來說，這究竟是幸運還是不幸？

唐知菲走向季沃，他仰頭灌了幾口水，雙頰微微泛著運動後的紅潤，卻仍一身清爽。

當抓準某個適合的時機，她神色自若地啟口問：「季沃，離職申請最晚需要什麼時候提出？」

聞言，季沃旋緊水瓶瓶蓋的動作僵了一秒，語帶慎重，微微挑眉，「妳打算離職？」

她點點頭，將自己的想法告訴他。

除了那百分之十的原因刻意選擇保密。

季沃聽完，沉默了幾秒，搖曳的斑駁光影在他臉上留下半瞬痕跡，最後他只是點頭。

「好，我知道了，確定日期後再告訴我，當天要再請妳交接一下店務。」

恍惚間，唐知菲覺得心裡空落落的，對他總是沉靜從容的反應又恨又愛。

妳還在期待什麼呢。

這是妳自己選的啊。

唐知菲下意識握緊了拳頭，又鬆開，指甲在掌心烙下月牙般的白痕，她默默將手藏進背後。

「那我有離職禮物嗎？」她語調自然，故意說笑。

他嗤之以鼻，「離職還想要禮物？」

「沒有功勞也有苦勞嘛，不過我自認我為咖啡堂創造不少業績喔……」

「之後來店裡隨便妳吃到飽。」

「好沒誠意喔——那我的畢業禮物呢？」

「居然還跟我要畢業禮物，妳真貪心！」

「人本來就是貪心的。」唐知菲大言不慚。

而季沃就這麼簡單地被說服了，問：「妳想要什麼？」

「什麼都可以嗎？」

她邪佞一笑，見他傻傻掉入圈套，不安地眨著眼，迴避她炙熱的視線，顯然是自亂了陣腳。

「好啦開玩笑的，其實我想要的是……」她輕笑，一縷日光在兩人之間浮爍，她食指指向他空著的右手，「借我。」

還沒等他回應，唐知菲下一秒便直接抓住他的右手，輕輕地放上自己的頭頂。

季沃怔愣在原地，直到掌心感受到一抹實體的溫熱，才意會過來，遲疑半瞬，決定順著她的意，像寵溺小狗般撫摸她的頭——拍、拍。

她滿足地偷偷笑了。接著不及一個眨眼的時間，她率先倒退一步，迴避了他的大手。

她知道自己必須適可而止。

唐知菲突然自顧自地開始說：「我發現有時候眼不見為淨不是沒有道理，就是因為每天都能見到你，所以才容易一直喜歡你。」

「唐知——」

「你要說我厚顏無恥也好，罵我是瘋子也沒關係……我要求的不多，我只要你偶爾想起我。」

「嗯。」季沃說，「妳瘋子也不是一天兩天的事了。」

「我要走了，你真的沒話要跟我說了嗎？」

他唇瓣微微抿起，又鬆開，叮嚀般的語調，呢喃般的音量，「……偶爾記得回來就好。」

「哎──好熱噢，我要先回家了，你自己一個人繼續跑吧，不要中暑喔。」

語落，唐知菲揚起唇角，一派瀟灑，乾脆地轉身離開。

當視線範圍不再有他之後，她吸著發紅的鼻子，尚未痊癒的傷口湧出名為酸楚的膿，始終倔強地不肯讓它們墜下。

被拋棄在原地的季沃，默默望著唐知菲逐漸縮小的背影。

恍惚間，他想起二十二歲那年的自己也是目送著楊若伊的背影走遠，然而，當時自己的心情，卻是和此刻唐知菲的心情相同，他能感同身受──

可罪魁禍首卻也是他。

♠

在正式離開咖啡堂的前一週，唐知菲獨自一人騎機車到南投武嶺玩兩天一夜。

她穿上防曬外套，再次檢查輪胎，破曉時分，天未亮便出發。屋宅馬路間彌散尚未褪色的濃墨，逐漸駛離熟悉的小區──當又一次仰望，頭頂是一片鮮明的藍天白雲，轉眼間，已置身在陌生而新鮮的城鎮。

抵達清境遊客服務中心，唐知菲簡單吃了關東煮果腹，做最後一次休息後，幫機車加滿了油，趕在中午前順利抵達武嶺。

她將油箱蓋開啟，「九五加滿，謝謝。」

「同學，妳從哪裡騎來啊？」

「我從新竹來的。」

「那麼遠，厲害喔，武嶺亭現在剛好在施工維修餒。」

「是啊，之前有看到新聞，不過沒關係，去年跟朋友來玩時已經有拍照打卡了。」

加油站員工將發票和找零遞給她，「不要太晚下山啊，前段可是沒路燈的。」

「好，謝謝。」

儘管熬過一段漫長的舟車勞頓，此刻唐知菲內心的興奮仍遠大於身體上的疲憊。

群山，雲霧，陽光——再次闖入仙境，同樣的路徑，卻與乘坐汽車是截然不同的心情。一陣陣沁涼與肌膚緊密貼合，更能深入感受高山的靈魂。

唐知菲想起那一天，他們四人停在路邊檢查車子的狀況時，她信誓旦旦向楊若伊立下想騎車登武嶺的目標，當時被從旁飄過的季沃潑了冷水，而現在，她成功打臉他了。

唐知菲傳送兩張照片到咖啡堂的LINE群組，一張的主角是面前壯闊美麗的合歡群山，另一張是自己和機車的自拍照。

知菲菲菲：「你各位注意啊，看看我現在在哪裡！@季沃see？」

若伊ZOE：「妳居然真的騎去武嶺了，好厲害哈哈哈，昨天上班妳怎麼沒跟我說啦！」

高木警官藤：「欸，都不揪！」

季沃：「好棒棒喔。」

季沃：「自己注意安全，不要滾下山。」

半晌。趕在山區起霧前，唐知菲重新坐上機車，返程下山前往民宿。

清幽的世界，唯一響亮的背景音是隔絕在安全帽外的引擎聲，行駛在綿延彎曲的山路，三十公里的時速，去年盛夏的那些回憶卻如夢似幻地一幕幕緩慢重播——於是渾然不覺地，她一顆顆淚珠漸漸沿著頰面滑至下巴，邊騎邊哭。

她涕泗橫縱，在這充滿冷空氣的環境中，口罩被滾燙的淚珠浸濕，像一塊剛從冰箱拿出的破爛面膜，鼻涕也無法控制地流了出來，她不禁對眼下這荒唐的窘境感到崩潰，又覺得自己好可憐。

她的淚腺頑強，並不常哭，最後一次哭得這麼慘要追溯到幾年前了，當時看了電視重播一部關於狗狗的真人真事改編災難電影，儘管不喜歡狗，卻仍是被寵物與主人間的感情所動容。

而此刻，在這段美麗而綿長的路迢上，唐知菲幾乎用完了一年份的眼淚。

「白痴嗎妳哭屁哭……嗚……臉好痛——」她一邊啜泣一邊自暴自棄，終究還是不小心吃到鼻涕了。

這趟獨旅，唐知菲選擇上回造訪過的露藝民宿。她拎著安全帽，行李只有一個後背包，推開乳白色的大門，走向櫃檯。

「老闆娘您好，我要Check in，今天有預約一間單人房。」

「好，那跟妳借一下身分證喔。」老闆娘還熱情地倒了一杯烏梅汁給她品嚐，「來，這我們自己熬的啦，很好喝喔。」

等待的空檔，唐知菲啜飲著冰涼的烏梅汁，悠哉地在挑高的大廳隨處晃晃。

然後，她站定在一面牆前，儘管其中那張嫩綠色的紙上沒有留下任何能代表身分的字眼，她也輕易認出了自己的字跡，紙張上標記著那次員工旅遊的日期，還有兩行留言——

「早餐很好吃」

「以後還想跟他們一起來，四個人一起」

以及，被偷偷寫在小卡片背後的……一件無人知曉的心事。

「我好像有點喜歡你」

唐知菲上唇沾著半圈沾著烏梅汁的汁液，靜靜地讀著自己去年寫的留言，懷念的心情微妙地扭曲，變得有些複雜了。

那時正悄悄萌生的怦然，如今已變成悲劇收場的悵然了。

恍惚間，紙張上的字跡漸漸被霧化，本已停歇的眼淚居然不受控制地在眼眶翻湧，又滴滴答答滾了下來。

「房間幫妳安排在三樓唷——」老闆娘拿著房卡走來，「哎唷，妹妹妳怎麼了？」

「沒有啦，烏梅汁太好喝了……」唐知菲鼻子通紅，哭著笑了，「……阿姨，我能不能再續一杯？」

「哇，這麼捧場喔，那阿姨多再招待妳吃點心，一個女孩子怎麼哭成這樣……好啦，把眼淚擦一擦吼。」

♠

唐知菲從吉川高中畢業了，從咖啡堂畢業了，卻還遲遲沒能修完關於失戀的課題。

終於進入夢寐已求的春田大學，新的環境，新的人事物，新的喜怒哀樂，一切新鮮而有趣。

延畢一年總算畢業了的高木藤轉為咖啡堂正職，後來，店裡也沒再徵人填補唐知菲的空缺。

咖啡堂原本四人的LINE群組仍保留著，誰都沒有退出。

儘管如今缺少空間性的親近，唐知菲對於楊若伊以及是高木藤仍維持良好的聯繫，而她與季沃，卻減少了許多。她早已摸清季沃的習性，他一直以來不算是個熱愛使用通訊軟體的類型，在幾乎人人罹患手機成癮症的時代，他簡直是涅而不緇的代表。

以兩人的情況，從認識至今，關於主動這件事，她總能在當下輕易編出十個以上的話題延續對話，無論是喜歡以前，還是喜歡以後，所以或多或少都有一點心甘情願，大概是偶爾會好奇他又會有什麼樣的反擊。可是，無論何種感情，不可能永遠只依靠單方的人牽住彼此之間的那條線。

唐知菲盯著與季沃的聊天室視窗……忽然來氣了，骨氣地把手機甩上床鋪，然後，默默開始賭氣……氣他，更氣自己。

她心底那股或許有些幼稚，卻又自認情有可原的脾氣，就這麼在內心深處燃燒了好一段時日。

丹楓迎秋。

直到這天，季沃主動傳了訊息過來。

季沃：「我下個月要去東京進修了。」

熟悉的名字陡然撞入眼簾，唐知菲當下心一驚，還是很沒志氣地被他短短幾個字虜獲心緒。

「……我去一下廁所，妳先去教室占位置吧。」她轉頭向同學告知一聲，便抱著日語閱讀的課本隻身朝反方向走。

她停在三樓和四樓樓梯間的陰影處，先點進與他的聊天室，刻意已讀了三分鐘才回覆。

知菲菲菲：「進修？是關於什麼的？」

季沃：「咖啡師證照。」

知菲菲菲：「那你會待在日本待多久呀？」

季沃：「半年左右。」

知菲菲菲：「所以至少有半年見不到你了。」

季沃：「應該吧。」

知菲菲菲：「咖啡堂怎麼辦？」

季沃：「有若伊跟木藤在，木藤的堂妹前陣子開始在店裡打工，雖然預計只做到明年暑假，剛好我那時應該也回台灣了。」

知菲菲菲：「萌萌怎麼辦？」

季沃：「牠先暫時帶回老家給我爸媽照顧了。」

那我怎麼辦——

她哽著喉，煩悶地吐了一口氣，咬著下唇肉，果斷將輸入框的這五個字刪除。

而沒等唐知菲回覆，季沃又傳了一句訊息。

季沃：「我要走了，妳沒別的話要對我說了嗎？」

知菲菲菲：「……沒有。」

然而下一秒，她還是忍不住補了一句。

知菲菲菲：「不要忘記我喔。」

季沃：「想忘都難。」

知菲菲菲：「……我就當你這是稱讚了！」

秋天是收穫的季節，結實纍纍的稻穗，唐知菲卻採收了一整季的落寞。

♠

週六，一如往昔的咖啡堂。季沃將餐點裝入淺藍色紙袋，薄唇微彎，一手托住袋底，遞給顧客，「您的餐點好了，請小心拿，謝謝光臨……」

恍惚間，他似乎嗅到一抹似曾相識的香味，一種療癒懷念的氣息。寶寶的痱子粉？不。不對。這個形容不太準確，應該是……

「你幹麼一直盯著那個女生，認識的嗎？」楊若伊手拿夾子，正在旁邊替甜點櫃填補蛋糕，剛才餘光瞥見他異常的舉動，好奇問。

「不認識，只是覺得那個人身上的香水味……有點熟悉。」

「香水？哦——我也有聞到，知菲也有這款香水，這牌子最近爆紅，好像愈來愈多人噴了。」

「對——就是唐知菲。」

「什麼？」

「……沒事。」季沃收回臉上一瞬的恍然大悟，轉向流理臺清洗杯盤了。

距離季沃啟程飛往東京還有三天的時間。

與晚班的楊若伊分工處理完店務，兩人忙碌了整天，面容流露些許疲憊，卻沒有馬上下班離開，而是留在打烊後的咖啡堂。

有著銀色彎月的夜晚，他們坐在吧檯的高腳椅，從懵懂純粹的十六歲，聊到進行式的二十五歲，分享著自己的讀後心得。

「話說，好難得看你會喝這個。」楊若伊以眼神指向擱在他手邊的焦糖瑪奇朵。

「今天突然想喝。」季沃淺啜一口，唇瓣殘留微微的奶泡。

「知菲不在店裡以後，總感覺少了點什麼。」

「少了噪音。」

「果然太習慣她了，還是覺得有點寂寞呢。」楊若伊慼嘆，指腹摩挲裝著鮮奶茶的馬克杯。

接著，她餘光驀地注意到他指尖正把玩著某樣東西，暈黃的吧檯燈下，一個金屬名牌折射出微小而閃爍的光。

那是唐知菲的名牌。

「你也會覺得寂寞嗎？」

「妳是指什麼？」

「覺得寂寞。還有，習慣。」

幾秒的留白，季沃點點頭，卻是若有所思的神情，「……嗯，好像有一點。」

楊若伊暗自觀察著他似乎還渾然不覺的模樣，輕輕勾起唇角，一雙桃花眼游過一絲饒富興味。

「誠實點，把『好像』去掉吧。」她說。

♠

唐知菲偶爾會經過咖啡堂，幾次是無意間的，幾次是刻意的。她曾帶幾個大學同學去光顧，也曾在上課前拐了杯焦糖瑪琪朵外帶，反正——那時季沃承諾以後隨她喝到飽。

弔詭的是，在那些「偶爾」之中，她的來訪經常碰上他的休假，甚至不在二樓的家。以前，要相處大半天是信手捻來，現在，想見上一面比登天還難。

僅存下來的「偶爾」，往往又掀起一場貓狗大戰，當兩人視線碰撞，她會鬼靈精怪地皺出一張鬼臉，孩子氣地以鼻息噴出一聲哼，他那雙眼睛始終澄澈而沉靜，不服輸地硬要跟她大眼瞪小眼。而今天，當唐知菲再次推開那扇胡桃木門，咖啡堂已經不再出現季沃的身影了。

房裡，唐知菲捧著那瓶當年楊若伊送她的淡綠色香水，這瓶香水一直被她刻意塵封在包裝盒裡，一見鍾情的氣味若有似無晃過鼻尖，每當她噴上這瓶香水，便會無法控制地想起那段歲月。啊——可惡，明明是想讓他記得她，結果現在卻反而角色互換了。她覺得自己的心臟好像正被人死死捏著。想求救，卻無能為力——因為是她自己捏的。

唐知菲這時候發現，原來香水是一種時光膠囊，曾經裝著她怦然微甜的單戀，如今藏著她悵然微酸的失戀。

或晴或雨的車水馬龍間，有那麼幾次，她的目光會不受控制地停留在那些素未謀面的陌生人身上，只因一閃而過的背影像他，只因虛無飄渺的餘音令她想起他。

四季交替，晝夜輪轉，蟬鳴蛙叫的夏夜或朔風凜冽的晚冬，儘管唐知菲長大了，卻仍改不掉一個壞習慣——她還是會偷偷想念某個人。

唐知菲有時候只是不甘心，她其實認為自己很快就能調適好心情，可以坦然地走出失戀的漫長路。然而，埋藏在內心深處的那抹情緒比想像中難搞，總是忽明忽滅，於是有時候，她又矛盾地有自知之明，自己還需要一些時間，再一點點就好……只是最後——她跟他會漸行漸遠嗎？

八月殘夏。

大二這年暑假，唐知菲規劃了一場五天四夜的東京之旅，這趟同行的旅伴是兩個大學同學辛諾、米娜，他們是一對交往多年仍處於熱戀期的情侶。

從成田機場搭乘ACCESS特急列車抵達淺草，三人直接前往這次下榻的飯店，Check in完成後，唐知菲在自己的房裡稍微補了防曬，臉上是如草莓牛奶般粉嫩的清淡妝容。

今天的仲見世商店街依然人滿為患，三人各自買了幾樣小吃當午餐，和其他造訪的旅客一樣，蹲坐在路邊石頭享用。唐知菲咬著軟糯口感的章魚燒，腿側還放著一碗熱騰騰的豚汁，曬著恰到好處的陽光，放空般的望向那片日本藍的晴空。

半晌，填飽肚子後，他們離開淺草，搭乘地鐵進入澀谷市區。

三年前第一次造訪日本，唐知菲連五十音都看不懂，如今遊走在東京街頭，她已經是當朋友在電器行結帳卻與店員雞同鴨講時，負責協助翻譯的那個了。

「送爸媽的禮物費用我們平分，剛才是先刷我的卡嘛，除以二……零頭不跟你收啦，之後再給我五千，記得喔。」米娜將收據及信用卡收進皮夾。

「拜託，我都給妳幾億了。」辛諾順手接過女友在藥妝店的戰利品，痞痞地朝她眉來眼去。

唐知菲冷笑，飄出一句：「……我懷疑你在開車，但我沒證據。」

「什麼意思？」天真的米娜幾秒後才意會過來，又羞又氣，「……欸你、你很討厭耶！」

「寶貝不要害羞……」

笨蛋情侶。唐知菲眼神死。

後來，三人轉乘東急東橫線，前往米娜指定排進行程的自由之丘。

唐知菲隻手抓著電車吊環，搖搖晃晃的景緻快速從眼底掠過，令她不由自主想起那個偶然與季沃在東京巧遇的冬日午後——隨處可聞的烏鴉聲、澀谷的十字路口、津戶神社的鳥居、自由之丘的紅磚小橋，還有那間在郵筒旁的昭和咖啡廳……

唐知菲凝望面前窗格大的風和日麗，視線卻逐漸聚焦在車窗上那張自己的臉，不自覺地產生一種似曾相識的錯覺。

那個時候，車窗上倒映著他失戀的表情，如今雪融了，車窗上卻變成倒映著她自己失戀的表情。

良久。當唐知菲恍惚自回憶中抽離，已站在某條商店街的入口，定睛一看，是金曜日の探偵さん附近的那條小商店街。

米娜和辛諾興致高昂地走馬看花，還被其中一間懷舊遊戲攤位吸引，三個人輪流拿著空氣槍開始射擊擺在層層檯面上的獎品。

米娜及辛諾玩上癮了，堅持要挑戰最大獎，玩膩了的唐知菲只好在旁邊等，以調侃代為鼓勵。

「身為男人你這槍法不行啊，獎品這麼大一個擺在那，軟木塞子彈連碰都沒碰到。」

「剛才是熱身，現在我要認真了。」

「耶，我射中了！欸你行不行啊，上次玩漆彈不是很強？」

「……不行，我要再玩一次！Again! Again!」辛諾不服輸，米娜幸災樂禍地在旁邊用手機錄影。

唐知菲有些百無聊賴地倒退幾步走出賣店的屋簷，飄到隔壁幾間店家晃晃。

比起上次近乎門可羅雀的景象，今天的商店街可謂門庭若市，小時候是電視兒童的唐知菲看了不少日本卡通及綜藝節目，於是一直以來她印象中的日本商店街就是眼前這般畫面。

「知菲，妳不是想去一間文具店找朋友嗎？還是妳先去，我們等等過去找妳？」當唐知菲正抬頭觀察商店街的拱形天井時，米娜湊近問她。

「好啊，那我們再LINE聯絡。」

唐知菲晃了晃手機，隨後便獨自離開這條小商店街，走往附近的金曜日の探偵さん。

既然這次的行程也有安排自由之丘，於是出發前幾天，唐知菲也事先聯絡了朴念仁，說自己到時候會去找她們玩耍。

不一會兒，唐知菲推開那扇與咖啡堂極其相似的胡桃木門。

老闆娘正在櫃台替顧客包裝商品，僅先向她莞爾招呼。另一旁，手勾著一個編織木籃的朴念仁在往架上補貨，一見她來，熱情地上前把她揉了她腦袋一把。

待老闆娘忙完，唐知菲從包裡取出一本書，這次特地把木頭人的散文集一併帶來了。

她露出小粉絲的靦腆表情，遞上筆和書，「請幫我簽名！」

老闆娘溫婉的眼眸盈滿笑意，翻開扉頁，「沒問題，還會幫妳署名的，謝謝妳的支持呀。」

「對了，妳也有跟季沃說妳來東京玩嗎？」朴念仁側身倚著櫃台問。

唐知菲搖搖頭，「沒有，我沒刻意跟他說。」

「為啥？」

「不想主動告訴他。」

「你們吵架？」

「我們沒有吵架啦，就……反正之前在咖啡堂三天兩頭膩在一起，也不差這一次嘛。」

察覺到她眼神飄移，神情貌似有些意有所指，朴念仁只是微挑眉，沒再繼續多問。

「妳的朋友們等等也會過來嗎？還是妳要回去跟他們會合？」

唐知菲瞥了眼牆上的花紋掛鐘，再評估那兩隻的習性，「嗯，我差不多也要回去找他們了。」

然而這時，她竟發現自己居然漏接幾通米娜和辛諾分別用LINE打來的電話，再點進群組，原來是他們找不到文具店在哪。

唐知菲返回小商店街，已四處不見他們兩人的蹤影，也始終無法聯繫上。

在原地等了會兒，忐忑之餘，她只好在自由之丘的巷弄間兜轉，米娜和辛諾還是無消無息。

正當她暗想不妙，平常吸收太多討論世上各種未解案件的影片，腦海雪上加霜地浮出一串「大學生情侶日本失蹤案」的字眼……而下一秒，手機終於傳來米娜的訊息：「傻眼，我現在才看到妳有打給我……因為一直聯絡不上妳，所以我們剛先搭車回澀谷了，嗚嗚知菲抱歉啦。」

唐知菲雖有些無奈，倒也鬆了口氣，簡單回覆那她現在也搭車回澀谷跟他們會合。

豈料，當她抵達澀谷站後，米娜和辛諾又人間蒸發了，二十分鐘前問他們現在人在哪，卻連已讀都沒有。

老實的唐知菲站在某個醒目的地標乾等了一會兒，最後低吼一聲，決定不管這對情侶檔了。她潛入熙來攘往的人海，依循記憶中的路線，毫不猶豫地走往津戶神社。

今天天氣晴朗，交錯在屋宅樓廈間的坡道染上淺淺的虹色，唐知菲隨意拍了幾張，時而仰望藍得像滴出顏料般的天空，時而瞥向地面那道跟隨自己的短圓影子。

「唐知菲……」

當津戶神社就在幾步之處，恍惚間，她似乎聽見有人在叫她的名字。她循聲望去，陽光深處正佇立著一道熟悉的高瘦身影。

這一刻彷彿穿越時空，重現兩人第一次在自由之丘巧遇的那個午後——

季沃一身白T外搭米灰色亞麻短袖襯衫，墨黑的髮絲被漂上午後的朦朧日光，頗有幾分在拍鹽系男子雜誌專題的畫面，見著他徐步朝自己的方向走來，唐知菲很明確地感受自己的心跳漏了一拍。

看樣子她還病得不清。

「好久不見。」季沃說。

「你怎麼也在這裡……世界也太小了吧，這是孽緣嗎。」唐知菲語帶訝異。

「聽說妳暑假會到東京玩——高木藤說的。我後來問他妳是哪幾天會來。」

「為什麼不直接問我就好了，幹麼，怕尷尬？」

「……誰怕尷尬了。」

她得逞般的輕勾唇角，想想又不對，便好奇問：「那你又是怎麼知道我現在人正在津戶神社？該不會在我身上偷裝竊聽器吧……喔——變態！」

「我有看到妳ＩＧ的限時動態。」

「所以你就直接來這裡等我？」

「賭的。如果妳沒來，我就回去了。」他語氣淡定，字句卻有幾分傻氣，「所以這一次我們不是巧遇了。」

無人的神社，侘寂的空氣，濃淡交疊的樹叢，燦爛的陽光鋪撒在一片鬱鬱蔥蔥之間，清晰地篩落一地光的碎片，當看見具現化的「木漏れ日」，她驀然想起以前其中一本課本角落的、他的筆跡。

唐知菲和季沃走往前方的拜殿，各自往賽錢箱輕輕投進五元硬幣，進行參拜。她默默回想二拜二拍手一拜的步驟，雙手合掌，閉上眼，開始虔誠地在心裡向神明訴說祕密。

她先委屈巴巴地跟神明撒嬌，自己當年的其中一個願望是希望季沃能走出他的失戀——結果如今，願望實現了，卻變成她自己也失戀了，更諷刺的是，讓她失戀的人此時此刻就站在身邊。

於是接著，她再次向神明許下願望——

「神明大人，希望您能保佑我早日走出這場失戀。」

「可是對不起，我發現我現在還是一個貪心的人……就算哪一天我真的不喜歡季沃了，我還是想跟他繼續當朋友。」

最後，唐知菲重新睜開眼，再次深深鞠躬。

她餘光瞥見站在右側的季沃仍閉著眼，還在參拜，於是悄然無聲地走到不遠處販賣許多種類御守的地方逛逛。

「欸，要不要求籤？」不一會兒，季沃的聲音自幾步遠的地方響起，手上還拿著六角柱的鐵製籤桶。

「好啊。」唐知菲走近他，也往桌上的木箱洞口投進一百元硬幣。

兩人輪流抽出一支屬於自己的籤，再從密密麻麻的深褐色小抽屜取出相對應的籤詩。

「妳剛才向神明許了什麼願望？」季沃突然問。

唐知菲故意吊高眉毛，挑釁示意：「你先分享你自己跟神明許的願望來聽聽啊。」

「『希望神明能保佑我愛的人和愛我的人都幸福快樂。』……」他這次出乎她預料的順從，語落，頓了頓，又道：「對，就這樣。」

季沃今年的願望，和三年前的願望是一樣的。但是現在，對他來說——唐知菲會被歸類在哪一個……有那麼一個瞬間，他居然不知所措了。

「你想知道我的願望嗎？」

驀然間，唐知菲的聲音拉回季沃稍微出神的意識。

他唇瓣翕動，最後點頭，語氣難得地坦率，「嗯，我很好奇。」

只見她小幅度地招招手，示意他蹲低點，他便稍微彎下了腰，聽話地默默將左耳湊上——

「不告訴你啊。」

「……」

季沃立刻直起身板，好沒氣地斜睨她。

唐知菲只是頂著一張鬼靈精怪的表情，顯然是故意捉弄他，成功騙走他的願望。

結果下一秒，當她瞥見自己手上的籤詩時，立刻垮下原本神氣兮兮的臉，只見上面寫著一個大大的「凶」字。

季沃指尖捏著自己的籤詩，幸災樂禍地在她眼前左右晃了晃，像在揮鈔票，「欸，我抽到大吉。」

唐知菲不理他，猶豫幾秒，逕自走往旁邊一片白茫茫的繫籤處，這次選擇將手上的籤詩綁在繩子上，讓壞運留下，希望能逢凶化吉。

「唐知菲，要不要一起拍張照？」

半晌，當正打算離開津戶神社時，季沃驀然在某棵樹前止住腳步，唐知菲見狀，也跟著停下。

「你要跟我拍？」

「不要就算了。」他轉身就想繼續走。

她下意識伸出手想抓住他的衣服，指尖卻在能搆到的範圍前臨陣脫逃，假裝若無其事，只剩咕噥：「……我又沒說我不要，我只是有點驚訝。」

於是他開啟手機的相機功能，站在她左側的位置，「喂，妳別苦著一張臉。」

於是她咧嘴一笑，卻顯得有些不自然，詭異得像都市傳說的裂嘴女，「呵呵——」

「好醜的笑臉，有夠尷尬。」

「啊啊啊——你別捏我的臉！愈拉愈寬啦！」

唐知菲像隻張牙舞爪的小狗奮力掙扎，雖然一點都不痛。

季沃只是哼笑一聲，絲毫不受影響，食指和拇指還是沒鬆開……下一秒卻彷彿被電到般猛地收回手彈開，迴避她的眼睛。

……什麼嘛，這是在嫌棄她嗎！她忍不住擰眉。

「你真的很白目，弄花我的妝了。」

「喔……抱歉。」

「那所以現在，到底還要不要拍照？」

「……拍，要拍啊。」

掌鏡的季沃將自己的手機橫拿，稍微拉遠抬高，長方形大小的螢幕擠進兩人的身影，唐知菲的肩膀輕輕碰上他的肩膀，鼻息間的空氣一下子若有似無地滲入屬於他的氣息。

「噗……」

「季沃你笑屁。」

季沃先拍了幾張，見手機螢幕中她那張奧嘟嘟的臉，沒忍住地噗哧笑出聲，唐知菲惱羞成怒地瞪他一眼，卻也不自覺被他的笑聲感染。

而這時，唐知菲的手機突然又響起訊息通知聲，是辛諾。

辛諾：「知菲姊……」

知菲菲菲：「姊屁姊，你們現在人在哪？」

辛諾：「呃，那個——妳直接回來淺草這裡好不好？今天居然剛好有花火大會，我們等妳喔！」

唐知菲要氣死了。

聽見她像卡車引擎聲的低吼，季沃隨口關心：「怎了？妳朋友？」

「我朋友他們居然拋下我搭車回淺草了，有異性沒人性的兩個混蛋。」唐知菲眼神死。

她這兩個朋友其實什麼都好，偏偏就是湊在一起時總容易活在自己的兩人世界。

「那妳現在也要過去淺草嗎？」

她點點頭，「我要去鏟奸除惡。」

「嗯，那我們走吧。」

「你要陪我去？」

「反正我晚上很閒，本來就打算要去淺草晃晃了。」他聳肩。

「真感人。」

「是啊，看妳可憐，我就發揮一下同事愛。」

「你還是閉嘴好了。」

依照自己對季沃的瞭解，再加上私心，唐知菲還是擅自當成是他想專程陪她走一段了。

兩人轉乘地鐵搭往淺草站。良久。從地鐵站出口出來時，外頭天色已暗了不少。

漫步於熱鬧而古色古香的淺草商區，當唐知菲被巷弄一隅的自動販賣機吸引目光，分神想著要不要掏出硬幣投罐飲料時，季沃冷不防伸手捉住她的後背包提把，示意先停在旁邊的花圃。

「欸，妳從上車前走路就一跛一跛的，腳受傷？」他擰起眉，問。

「腳踝被鞋子磨破皮起水泡而已，畢竟走了一整天，痛到最後已經麻痺了。」她無傷大雅地聳肩。

「妳不怕細菌感染？」

「……沒那麼嚴重吧？」

結果在季沃的堅持下，唐知菲還是乖乖查看了下自己的右腳踝，原本貼的ＯＫ繃已經鬆落了，傷口隱約滲出了血，他蹲踞在她面前，從肩包取出外用式藥膏及ＯＫ繃，遞給她，建議她至少換過新的包紮。

「你怎麼什麼都有啊，是多啦Ａ夢的百寶袋嗎。」

「那妳就是大雄了。」

「我才不要當大雄。」

「對了，妳那兩個朋友還是沒回LINE？」

「回了，不過我看現在這廟會的人潮要順利會合也很困難。」

「不然，我們先一起行動？」

「……好吧，我就陪你逛廟會好了。」

宛如穿梭舊時代的夏季夜晚，琳琅滿目卻整齊劃一的屋台，有炒麵、刨冰、撈金魚……等等，許多人穿著浴衣及木屐，手拿小扇子搧風散熱，人山人海的夏日廟會，唐知菲和季沃就這麼融入人群，物理性地隨波逐流。

而行走間，她注意到他時不時投來的目光，「幹麼一直看我？」

「沒事，怕妳跟丟。」

「我又不是小孩子了。」

「妳喜歡什麼花？」他突然摸不著邊際地拋出另一個話題。

「有錢花。」

「……」

季沃無言，而唐知菲說完後自己倒是笑得很開心。

「欸我發現……妳的頭髮，好像長長了。」

當不知不覺逛到下一條屋台街道，季沃又說著，無意識地伸手輕輕捏著她肩上某根翹起的髮尾，直到自己意識到的瞬間才愣了愣，在她注意到前若無其事地又收回。

「那我回去就把它剪了，我甚至已經剪了兩次頭髮，你看我們多久沒見。」

「那妳——」

「季沃，你今天是吃錯什麼藥，怎麼這麼多問題？好煩喔。」唐知菲感到莫名其妙地皺眉，斜睨他一眼，然後逕自加快了步伐。

其實，唐知菲心裡很清楚，自己正被某種情緒支配。

鬧彆扭的情緒。像吵不到糖吃的小孩子。像個不成熟的大人——

但怎麼辦呢，她現在居然想暫時繼續當一個不成熟的大人。

剛才連半個字都來不及出聲的季沃，只能眼睜睜看著唐知菲即將消失在人海中的背影……直到第七秒，他連忙邁步追上她。同時，他餘光瞥見一旁賣蘋果糖的屋台，這是第二間了，想起不久前經過第一間時，她留戀的目光多停留了幾秒，於是他趁她在與朋友通話的空檔，默默買了兩支蘋果糖。

「請妳。」當唐知菲將手機收進口袋後，季沃把其中一支蘋果糖塞給她。

「……這是討好的一種手段嗎？」她嘴巴雖說著不好聽的話，雙手卻很誠實地乖乖接下。

「妳難道沒有別的形容詞了嗎……算了，就當我真的在討好妳吧。」

他只是有些無奈地失笑，而她不動聲色地悄悄將上揚的唇角用蘋果糖遮蔽，含糊地道了聲謝謝，默默啃著——好甜。好硬。好酸。

「欸，妳知道失眠星球前陣子得最佳樂團獎嗎？」

「我當然知道——」

季沃也啃著蘋果糖，祭出最有用的話題，而果真如他意料中的結果，唐知菲彆扭的模樣這下終於澈底消散，喜上眉梢，興奮又驕傲地開始與他分享她當天全程收看頒獎典禮直播的過程。

兩人你一言我一語，偶爾吐槽，偶爾互嗆，彷彿回到以前在咖啡堂打鬧的時光。

「季沃，我想買這個狐狸面具，不覺得很可愛……嗎？」透過面具小小的孔洞，唐知菲看見季沃撐著膝蓋，驀然與她視線平行。

當她察覺自己的心跳似乎又要漏跳一拍的瞬間，他指向她身後其中一個頭長雙角的惡鬼面具，似笑非笑，「比起狐狸，我覺得妳更適合這個。」

心跳的確變快了——是憤怒造成的，唐知菲氣得追著季沃打。

後來，唐知菲當然還是買了最喜歡的狐狸面具，玩心一起，甚至豪邁地把那個惡鬼面具一起買下，直接送給季沃，還一臉「小錢，沒事，你就收下吧。」的挑釁表情。

他臉一黑，收也不是，不收也不是。

她堅持要他也入境隨俗陪她一起戴上面具，他抵死不從。

兩人胡鬧爭論了一番，直到這時，消失大半天的米娜和辛諾終於現身了。

「知菲——親愛的！抱歉——我們回來……來了……」米娜一觸及到唐知菲陰毒的眼神，立刻怯生生地鄭重道歉：「對不起啦，我們沒有什麼好辯解的，下次不會再這樣亂跑了。」

「你們的手機是掉到太平洋？還是跑去異世界？現在變魔法師了嗎？」唐知菲雙手環胸，微笑歪頭。

「別生氣別生氣……明天午餐我們請客，妳想吃什麼都可以，任意點餐！」辛諾連忙示好，並注意到站在她身後的季沃，禮貌地也向他打招呼，「這是妳朋友嗎？嗨你好。」

季沃僅是淡淡地莞爾頷首，即使明顯無意產生多一分交集，卻又不失禮貌。

雖然他自己平常對唐知菲十句沒三句好聽話，可彼此都知道，這是一種兩人默許的相處模式，這並不代表他討厭她，甚至輕視她，他反而曾有多次默默在心裡佩服她如魚得水的人際關係。

所以，當有人濫用她的好脾氣，儘管是他，也會不爽。

唐知菲忙著揍扁她兩個朋友，沒注意到季沃眼底閃過的微妙寒意。

後來她只是心想，算了，雖然自己氣歸氣，但如果他們沒有搞失蹤，她今天應該也見不到季沃。

砰——砰——當煙火炸開的聲音忽遠忽近，又此起彼落地響起，幾個人轉移陣地，幸運在人群的縫隙中找到其中一塊視野佳且保有空間感的位置。

五顏六色的融化球體自河面衝往天際，猶如逆飛的流星，偌大的夜空正綻放著一叢又一叢絢爛多彩的煙火，無比浪漫。

季沃欣賞煙火到一半，若有所思地默默偏過頭，望著她因閃爍的光亮而忽明忽暗的側顏。

躊躇幾秒，他身子稍微傾向她，問：「回台灣見嗎？」

而當他看向唐知菲的前一秒鐘，她其實正分神地耷拉著腦袋，視線停留在地面上兩道搖曳的影子，直到她又重新仰首，望向璀璨磅礴的煙火秀的下一秒，就聽見他的聲音陡然在耳畔朦朧地盛放。

沒有多餘的猶豫，唐知菲只是說：「我再想想。」

第九章　請治癒我

唐知菲和米娜及辛諾旅行回來幾天後，在東京進修的季沃也正式回到咖啡堂工作了。刻意奔赴的巧遇，相隔一段時日的久違相處，唐知菲與季沃兩人最後一次的對話卻停在花火大會的隔天。

那日一早醒來，季沃頂著一頭睡亂了的髮，洗漱完後背靠床架攤坐在地，迷茫的視線隨意擱在角落的空行李箱，狹小的房內靜得只有自己平緩的呼息。

睫毛沾著未乾的幾顆濕漉，他闔上眼，耳畔彷彿還殘留那些煙花的呢喃。

幾秒鐘後，他重新掀開眼簾，坐挺身子，將在津戶神社拍的合照用手機傳給唐知菲。

直到夕陽西下，他才收到她回傳的訊息：「好喔，謝謝。」

季沃微彎的唇瓣趨於平行，倒回床鋪，握著手機機身的指節戛然鬆開，房裡只剩西曬的寂靜，還有一種，空落落的異樣感。

時至今日，他們兩人的聊天室仍舊毫無動靜。

將機車停妥於咖啡堂旁，季沃脫下安全帽，不自覺地從防風夾克口袋掏出手機。

當指腹即將碰上某個名字的瞬間，他卻陡然愣了愣，意識到這是自己這一週第十八次點進與唐知菲的聊天室。

……不，還是算了吧。

季沃拔出車鑰匙，被安全帽壓塌的瀏海不小心刺進眼睛，他皺眉，不耐地撥開，表情卻比天邊的幾塊烏雲還陰鬱。

♠

他推開胡桃木門，此時的咖啡堂尚未營業。

楊若伊正將剛完成的幾種口味鹹派擺進甜點櫃一側，見季沃兩手空空，疑惑地問：「你剛不是去超市嗎，買的東西呢？」

才嚥下一口水的季沃差點被嗆到，被她這麼一問，才遲鈍想起採買的食材居然被自己忘在機車車廂，「……在車上，我去拿。」

他尷尬地抹去殘留在唇邊的水，手搭上門把的同一秒，面前的胡桃木門卻被某人先一步由外向內被推開，看見來人，他下意識地瞠大眼。

唐知菲見季沃一副被鬼嚇傻而立正不動的模樣，一臉茫然。

「……妳怎麼來了？」他怔愣問。

「來蹭飯。」她理直氣壯地回答，「若伊問我今天有沒有課，想把我們上個月一起預購的藍芽鍵盤拿給我，我就直接過來了。」

「……喔。」

季沃側過身，讓唐知菲進屋，餘光注意到她手上還提著兩大袋禮物，其中一個紙袋他認得，是花火大會那天晚上，陪她在淺草買伴手禮時其中一間專賣店的LOGO。

季沃走回機車拿遺漏的食材，瞥見後照鏡的小小藍天，原來早上的陰天只是短暫的，現在已經完全放晴了。

當季沃提著環保袋回到咖啡堂，就看見唐知菲正盤腿坐在地上，偷跑下樓的萌萌興奮地尾巴搖得像螺旋槳，她伸手將牠抱個滿懷，這畫面簡直是世界第八不可思議。

「萌萌——好久不見，你怎麼又變胖了，果然是阿嬤養的。」

「唐知菲，妳已經不怕狗了嗎？」

「喔對啊，我妹她男友前陣子去實習，我妹就把他養的狗帶回家裡幫忙照顧，我在家真的沒地方逃，差點沒把我妹殺掉，結果久而久之就克服恐懼了。」

一人一狗親暱地玩在一塊，季沃默默也原地蹲下，恍惚間，心底莫名冒出一個陌生的念頭……好好喔。

下一秒，季沃猛然站起身，這一舉動也引來唐知菲的注意，他僵硬地別過臉，不發一語地起身將環保袋的食材依序歸類。

白痴嗎，他在想什麼——居然羨慕起自家的寵物？

……太詭異了。

後來，當晚班的高木藤也到咖啡堂，唐知菲化身成聖誕老人，將精心挑選的伴手禮各自送給他們三人。

高木藤接過禮物，露出溫暖如夏的笑容，「謝啦，每次妳出去玩我都有口福欸。」

「看我多愛你們，若伊在門口澆花吼，那我去找她。」

當唐知菲前腳離開休息室，輪到不久前去倉庫盤點的季沃走了進來。他坐上沙發一角，雙肘靠著膝蓋，將捲起的襯衫衣袖恢復原狀，看高木藤開心地撕開紙袋封口，像個孩子般將糖果餅乾擺在桌上。

季沃隨後靠上椅背，悶著聲音喃喃自語：「……原來你有多一個巧克力。」

高木藤聽見了，有些訝異原來季沃是一個心思這麼「纖細」的類型，開始解釋：「應該是剛好啦，她回台灣那天我有去載她，而且她前陣子訂機票時遇到問題，我有大概教她怎麼處理……」

「我又沒說什麼。」

見季沃還木著一張臉，高木藤觀察幾秒，不禁嗅出一抹饒富興味。

於是下一秒，他冷不防衝出休息室，玩心大起地製造一則謠言：「喂知菲，季沃在抱怨為啥他沒有巧克力——」

「高木——」季沃心一驚，連滾帶爬也追了出去。

「喔，巧克力啊，因為木藤前陣子幫了我不少忙嘛。不是啊，明明你自己還在日本待了半年……好啦，這個給你。」

對比面紅耳赤的季沃，唐知菲泰然自若地將包裡的小點心加碼送他，就回頭找楊若伊去了。

「……」季沃頓時啞口無言，只得尷尬地接下，真想挖個洞把自己埋起來。

這時，亂源高木藤又飄了過來，笑得人畜無害，故意探出第三隻手，「你又不要了？那給我——」

「不行，這我要。」季沃兇狠地睨他一眼，護食般的迅速拆開包裝，一口塞進嘴裡。

後來，唐知菲在咖啡堂待了一整天，平日午後的冷清時段，店內沒半個客人，楊若伊在休息室用餐，高木藤騎車去吉川高中外送了。

唐知菲坐在吧檯外的高腳椅，晃著懸空的小腿，乖巧地看著吧檯內的季沃正在做客訂的肉桂捲，幾次寧靜間隙的無聊鬥嘴，尋常不過的畫面，她心底湧出一瞬似曾相識的懷念。

製作麵團，等待發酵，耐心揉麵，塗抹內餡，季沃將白白胖胖的麵團送進烤箱烤成漂亮的棕色，空氣中逐漸漫著一抹淡淡的肉桂香氣，直到一整盤肉桂捲出爐時，已是黃昏落日了。

「欸，給妳。」季沃將一杯熱焦糖瑪奇朵沿著桌面輕輕推向她。

「這麼好噢。」

「……多做的。」

「呿——嘴硬。」唐知菲捏著杯耳，若無其事地把原本勾在耳後的碎髮撥鬆，將被夕陽抹紅的臉頰藏進髮絲。

初冬的某個星期六，在楊若伊的提議下，四人在咖啡堂後院舉行了一場久違的火鍋聚會，打烊後先一起到大賣場採買食材和幾手啤酒，四人各坐一張小板凳，鍋爐的白湯滾滾，香氣裊裊，偶爾幾杯黃湯下肚，在小小的後院瀰漫一陣歡快融洽的氣氛。

月白風清，唐知菲咀嚼著青菜，萌萌趴在她腳邊啃零食，她抬頭看見那顆躲藏在城市中的巨大滿月，卻反而想起那年盛夏在合歡山捕捉到的渺小流星。

「這蝦子已經熟了喔，可以吃了。」高木藤順手用篩網將鍋邊的浮沫撈起。

唐知菲夾過一隻蝦子，用筷子一下便把蝦殼完美剝除，放進楊若伊的碗裡。

楊若伊倍感窩心，一口送進嘴裡，俏皮笑道：「平常果然沒白疼妳。」

「為什麼……妳只給她，我沒有？」今天話特別少的季沃冷不防飄出一句，卻是語出驚人的程度，「……偏心。」

「蛤……蛤？」唐知菲傻住，夾在筷子間的小花魚板還掉進碗裡，怔愣看著坐在對面的季沃。

只見不只微醺程度的季沃右手撐顎，手肘順勢抵著膝蓋，左手指尖抓著剛開的啤酒，在鍋爐沸騰的熱氣襯托下，眼神更顯迷茫，整個身子還搖搖晃晃的，差點沒從板凳往後摔。

「欸他是不是醉了，剛才好像已經喝第三瓶了。」高木藤故意壓低音量，卻憋不住笑意。

「一定是，他今天怎麼喝這麼快。」楊若伊趁機將他左手拿著的啤酒放回桌面。

「來，我是誰？」高木藤歪過頭，反手用食指指向自己的臉。

「高木藤……你什麼時候染頭髮了，好像黃金獵犬的毛。」

「給我道歉，我一直都是這個顏色好嗎！」

唐知菲玩心一起，挪動板凳靠近他，似笑非笑，「帥哥，要不要跟我回家？」

茶色眼眸一瞬間有些曖昧，聚焦在那張熟悉的臉蛋，他意識迷離地喃喃：「……喔，好啊——」

三人頓時毛骨悚然，哄堂大笑，這個季沃不是平常的季沃，人設崩了——

而隔天，酒醒後的毫不意外地對此事矢口否認，唐知菲早有預謀地秀出影片，他直接崩潰。

♠

這一天週日，是個大喜之日，楊若伊成為了最美麗的六月新娘。婚禮會場在郊區，季沃一早開車載唐知菲及高木藤三人一起去，朴念仁與太太也特地回台祝賀，六人一起拍了合照。

唐知菲身穿及膝小洋裝外搭一件米色西裝外套，帶著由楊若伊一封封親手封上蠟章的喜帖，參加了人生第一場婚禮。風柔日暖的藍空下，是彷彿置身普羅旺斯的森林草地，浪漫歡愉的樂曲流淌其中，長桌擺著以迷你野餐籃裝的賓客禮物，花廊入口立著一幅由新人一手包辦妝髮拍攝的婚紗照，新郎與新娘赤著腳，在一片白沙灘上相牽漫步。

期間，唐知菲去了洗手間補妝，走回森林一隅，她耷拉著腦袋，盯著自己的跟鞋鞋尖，緩緩吐了一口氣，又重新抬起頭，看向那個男人。

季沃正獨自站在不遠處，沐浴在清新的日光下，他依舊一如初見般的自信清朗，一如往昔般的沉穩優雅，一如她青春記憶中的每分每秒，直到現在仍刻骨銘心——

下一秒，彷彿感知到了什麼，他轉過頭，她卻還沒準備好合適的表情，視線便不偏不倚與那雙茶色眼眸銜接對望，剎那間，世界被抽空了所有聲響，只剩自己逐漸加快的心跳聲。

「唐知菲，妳在發什麼呆……」季沃朝她的方向喚聲，「我剛在找妳，妳的位置在我旁邊，我們先過去吧。」

這一刻，她彷彿又變回了那個長不大的唐知菲，還完好如初地安放在心田的那顆種子，曾被自己捏碎卻捨不得丟棄，居然無法控制地死灰復燃了。

「欸，妳昨天沒睡好？」席間，季沃悄聲問她。

唐知菲倒抽一口氣，下意識傾向他，又羞又尷尬地再三確認：「所以我的黑眼圈很明顯嗎？我才剛補完妝餒——」比起與他過於貼近的距離，她更在意自己的黑眼圈。

「妳的眼睛從內雙睡成雙眼皮了……」尾音才落，他恍惚意識到自己比起今天的主角楊若伊，反而更在意唐知菲的睡眠不足……而下一秒，又聽見了她的聲音——

「欸，你的耳朵……」鬼迷心竅的，唐知菲細白的指尖輕輕碰了他的耳垂，「好紅。」

季沃喉間一繃，不自在地眨了眨眼，卻不抗拒她的觸碰，目光也沒從那雙澄澈的眼睛移開。

「……因為，我現在很開心。」他的聲音被周遭賓客突然迸出的談笑掌聲而霧化，但她還是聽得很清楚。

「我也是，若伊終於完成她人生清單其中一項願望了。」她說著，有些僵硬地轉移視線，望向也恰巧看向他們兩人，接著相視而笑的楊若伊。「……對了，所以我的黑眼圈到底明不明顯？」

「嗯，很明顯。」

「吼煩欸，好吧算了……」

「但還是很漂亮。」

「……欸你再說一次，我沒聽清楚。」

「好話不說第二遍。」

婚禮結束後，高木藤與女友有約，臨時要去參加一場家庭聚會，因此便請季沃直接讓他在市區的火車站下車，於是此刻，車上只剩季沃與唐知菲兩人。

指腹摩挲著方向盤的皮革，季沃乾咳兩聲，故作自然地朝副駕駛座的唐知菲問：「妳會累嗎？」

「現在嗎，不會啊。」她聳肩。

「我等等打算要帶萌萌去寵物店美容，妳要不要一起來？」

「……好啊，反正我今天一整天都沒事，很閒的。」

以前，她曾向他坦白：「我很好奇你所有的一切，我會嫉妒若伊，但也羨慕她……可是她說，這就是喜歡了。」

♠

這時的季沃再次想起唐知菲說過的——當你喜歡上一個人時會產生的那些徵兆。

原來，好奇心是再次於東京巧遇的那天。

原來，他曾經嫉妒過高木藤甚至是楊若伊，而且還羨慕起了萌萌。

原來，光合作用是一句我喜歡你、一整季的想念、一張連陽光都入鏡的合照、一抹懷念療癒的香味，還有她每一次坦率而燦爛的笑顏。

請治癒我，其實是屬於她的告白。

或許唐知菲的存在，在某一刻已經改變了。

除了習慣，還有愛。

她討厭打雷閃電。

她怕黑也怕鬼。

她以前怕狗，現在已經進步到可以跟萌萌抱在一起的程度。

她比起月亮，更喜歡滿天星星。

她喜歡喝焦糖瑪奇朵，甜度只要一小匙的焦糖。

她喜歡在魔幻時刻的傍晚，偷偷上咖啡堂頂樓看風景。

她喜歡宮崎駿所有的動畫電影。

她喜歡失眠星球。

她喜歡我。

她喜歡我嗎——

……還喜歡我嗎？

良久。車輛駛下交流道，兩人回到了咖啡堂。

靜謐昏暗的空間，落地窗簾的縫隙透著一線微弱白光，季沃摸黑點亮吧檯燈，唐知菲乖巧地跟著走進屋，跟鞋踩踏地板的聲響沉而清脆，在各懷心事的兩人間迴盪、迴盪……

「妳先在一樓坐著吧，想喝什麼可以直接用。」季沃說著，手指稍微拉鬆了領帶。

唐知菲側眼捕捉到他脫下西裝外套的幾秒過程，竟忽然有種要流鼻血的衝動，尷尬地咽了咽唾沫，震驚自己居然飢渴成這樣。

「好喔，其實我有點渴了……咳、我是說，你要來一杯嗎，冰拿鐵？」

「好，冰塊不要太——」

「太多。」

他怔愣，笑了笑，「嗯，我很快就下來。」語畢，便轉身上二樓了。

然而才過不到一分鐘，正當唐知菲準備繞進吧檯煮咖啡的瞬間，季沃卻又走了回來，那張清俊的臉龐少見地流露一絲焦慮。

「你動作也太快了，我都還沒倒咖啡粉——」

「如果我現在說我喜歡妳，妳還願意跟我在一起嗎？」

「……什麼？」

唐知菲怔愣，不可思議地看著季沃，只見他又徐步朝自己靠近了些。

「你現在是在跟我開玩笑嗎？」她問。

「告白嗎，我是認真的。」他揚起唇角，溫潤的聲嗓無比坦率，「我喜歡妳啊，唐知菲。」

這一瞬間，世上所有的聲音彷彿凝結了。

「……欸，季沃。」

「嗯？」

「捏我一下。」

「為什麼？」

「捏了會痛代表不是夢。」

「……不要。」

季沃果斷拒絕，直接伸手將她圈入懷裡，他的體溫扎實地渡了上來，唐知菲沒有拒絕，抿出一抹甜笑，手指輕輕捉著他的襯衫。

「如果我不喜歡你，我怎麼可能跟你回來？『帶萌萌去寵物店美容』這理由其實超爛的好嗎……」雖然嘴上嫌棄，她卻咯咯咯地笑了，「但好啦，蠻可愛的。」

他沒說話，只是默默將臉埋進她的頸窩，蹭了蹭，有幾分孩子氣，漸漸地，眼淚沾濕了她的衣領，漫開成小小的透明花瓣。

「你怎麼哭了……別、別哭啊——不對，你哭屁哭，要先哭的人應該是我才對吧！」

聽見近在咫尺的微弱啜泣聲，感受另一個貼近的心跳，唐知菲的臉頰迅速漲紅，季沃哭著哭著就又笑了出來。

♠

唐知菲與季沃開始戀愛後，生活沒多大改變，她依然上課或追星，他依舊上班或遛狗，始終是歡喜冤家的相處模式。

「知菲，那個坐在機車上的男生好像在對妳揮手欸，妳認識？」

「啊——他是我家的公主。」

「啥？」

「男朋友啦。」唐知菲自然地道出新的代稱，尾音掐著一抹撒嬌。

唐知菲向朋友們道了再見後，小跑步往季沃的方向走去。今天白天，她和幾個大學同學相約到市區數個景點拍畢業照，期間，季沃問她預計幾點結束，晚上一起吃飯，他下班後直接來載她。

於是後來，他們在咖啡堂附近的小吃店用完餐，又走往澄河路河堤公園散步消化，微涼的夏日晚風，兩人十指相扣的手，就這麼一路從起點牽到盡頭，再走回來。

「季沃，背我！」唐知菲奮力一跳，輕盈地直接撲上季沃的背。

「……妳想讓我死也不是這種死法吧。」他雖說著惡毒的話，手還是牢牢地將小女孩抓緊。

「不然我背你──」她張揚著一張鬼靈精怪的笑臉，從他背上爬下來，轉而站在他面前背對他，半彎著腰。

臉皮薄的季沃顧慮到旁邊還有不少運動的民眾，遲遲沒有動作，只是無聲地被逗笑，見小女孩反手拍了拍自己的背在催促，他又心想……算了，就陪她玩吧。

於是季沃聽話地趴上唐知菲的背，比她高兩顆頭的身高使得他完全就是腳貼著地板走。

「喂，到底有沒有吃飽，剛才不是還多點一份臭豆腐嗎，根本背不起來啊。」

「好重……你根本故意壓我！」

他們兩人是各自獨處也自得其樂的類型，而每當見面時，唐知菲會特別黏他，偶爾猝不及防就顛起腳往他頰畔親上一口，總逗得面前男人那張清冷的臉龐瞬間紅得能滴出血了。

儘管與她相比，季沃顯然較不擅長表達情意，但已經養成每當想念的時候，就坦率地說出我想妳，偶爾當她超出自己預期的冷落時，他就會去煩她，煩到她會又氣又好笑地要他滾開自己找事做。

生日相近的唐知菲與季沃今年理所當然地一起過生日，吃了好吃的食物、看了有趣的展覽、在遊樂場廝殺出了一場貓狗大戰，直到夜色瀰漫，才騎車回到咖啡堂。

季沃知道她愛喝梅酒，將一瓶默默釀成功的梅酒和小卡片送她當生日禮物，唐知菲好笑又感動之餘掐指算了算，這酒至少也得釀上一年以上，鬼靈精怪地伸手搭上他的肩，循線挖掘自家男友的少女心是何時萌芽的。

被迫稍微彎下腰的季沃臉一熱，其實自己還真不知道具體時機，就只是下意識將青梅放進了玻璃罐……思及此，他若無其事地偏頭乾咳兩聲，又轉回一把撈過自家女友的後背，額角親暱地蹭了她的鎖骨，問不先喝幾口嚐嚐味道嗎。

唐知菲只是綜藝地嘿嘿兩聲，從床底抽出一個外層綁著緞帶的大盒子，要季沃拆開看看。

唐知菲是屬於不習慣走手作路線的類型，上週在百貨公司直接卡一刷，買了她暗自觀察季沃很中意的那台掃地機器人給他當生日禮物。

她記得他曾上網爬文分析各牌掃地機器人的性能，但考慮著這不是必需品所以暫時還沒下單，因此他現在收到後一定會很開心——

而他的確很開心，甚至比她想像中還開心，只見他眼睛一亮，盤腿坐在地毯上，像個小男生興奮地在研究新玩具，看看嘴角那猖狂的笑意，居然還哼起廣告歌來了……

好的，唐知菲感覺自己之後開始要吃掃地機器人的醋了。

平凡的日子，因彼此擁有相同的情感，在無形之中變得更有趣了點，更浪漫了些。

例如，唐知菲隨口的一句：「巷口新開的飲料店超多人排隊欸，好像很好喝。」

隔天中午，當她面試工作完回到季沃家，就瞥見放在小茶几上的兩杯手搖飲。

坐在沙發長腿交疊，膝上枕著一本書的季沃抬眸，「今天也很多人，我排了二十分鐘才買到，有加珍珠的那杯是妳的。」說完，低頭翻了下一頁繼續讀。

「齁，你是聖誕老人嗎——哎呀，突然也好想要一張飛到箱根的機票噢——」

「唐知菲妳少在那邊，現在才秋天，飲料喝完記得沖一沖壓扁丟回收……順便幫我的拿來，我也要喝。」

又例如，某個週日，季沃跟幾個高中同學去聚餐，唐知菲趴在沙發邊玩switch邊等門。

當門鎖聲響起，季沃回來了，唐知菲放任自己目前排名第一的賽車偏離跑道，像隻親人的狗狗般衝上前討抱。

她鑽進寬鬆的大衣裡，往他胸膛蹭了幾下，側耳彷彿能聽見細微的心跳聲，正在逐漸加快。

屬於她的體溫融化自外頭染上的一身冬意，他望著懷裡的女孩，眼神溫柔，大手往她柔軟的短髮順了兩下。

「妳又想耍什麼把戲了？」

「嗯——我在吸貓。」

「……吸貓？」

「會上癮的。」

這個小孩，他真的永遠玩不贏她。

杏花春雨。

♠

失眠星球正式在各大官方帳號宣布接下來的活動計畫，這是成軍多年以來，第一次的世界巡迴演唱會。這系列的演唱會自明年夏天揭開序幕，首站從台北小巨蛋出發，許多人引頸期盼，即將引爆一場歌迷內戰。

搶票當日，距離中午十一點的開賣時間還有七分鐘，唐知菲和季沃盤腿坐在地毯，兩人手邊各持著一台筆電，殺氣騰騰的眼神，表情卻是緊張又興奮。

倒數五分鐘，甩著手，甩散指尖的顫抖。

倒數三分鐘，再次確認已登入售票系統的會員。

倒數一分鐘，開始不停刷新頁面。

倒數五秒、四秒、三秒、兩秒、一秒……鼠標迅速移往「立即開賣」，用力按下！

不一會兒，螢幕中的藍色小圈圈才轉了不到三十秒，季沃眼睜睜看著自己被系統殘酷地踢出，頓時生無可戀，「……我被踢出來了，我先輸驗證碼再重新進去。」

「跟你說啊……我搶到票了！」

「搖滾區？」

「對，搖滾區兩張，厲害吧，有沒有獎勵？」唐知菲睫毛搧了幾下。

季沃攤開雙手作勢要將她打橫抱起，似笑非笑，「公主抱轉三圈？」

「好爛噢——走開啦，我要先下單付款！」

河傾月落之前，朝陽出上之後——

這一天，是期待已久的失眠星球演唱會。

下午，唐知菲和季沃一起搭高鐵北上，轉搭捷運後，提早抵達台北小巨蛋，現場早已人滿為患，數位工作人員持著大聲公穿梭其中。

「各位失眠星球的歌迷朋友們，由於天氣炎熱，請多注意補充水分，不要中暑喔！」

「目前周邊商品的庫存都很充足，請耐心等候排隊——」

「如果是只需要購買螢光棒的歌迷朋友，可以直接到專屬櫃台排隊結帳喔——」

傍晚五點半，各區域入口陸續有人排隊進場，唐知菲與季沃排在自己區域的隊伍末端。

「妳的領子沒弄好，都幾歲了……」他出聲提醒，順手替她整理沒翻好的襯衫後領。

她只是乖乖站著，手指捏著螢光棒，任憑他的手腕若有似無擦過自己的臉頰，像蝴蝶停留的撓癢感……

襯衫領子齊了，卻換心跳亂了。

「妳上次來聽演唱會的時候，散場時是不是有被人踩到腳？」季沃話鋒一轉。

「喔……好像有。」聽他這麼一提，唐知菲依稀想起那天的狀況，「為什麼突然這麼問？」

「告訴妳一個祕密啊。」

「什麼祕密？」

「其實是我不小心踩到妳的腳。」

聞言，唐知菲目瞪口呆，「……你？你嗎？真的假的？」見他一臉老實，絲毫不像唬爛，她暴跳如雷，「太過分了，你怎麼可以拖到現在才跟我認罪！」

季沃笑著安撫，大掌穩而輕地捉住她殺傷力不強的拳頭，「妳票拿好，準備要給工作人員驗票了。」

那一年，唐知菲和季沃分別坐在三樓看台區，是陌生人的關係。

而此刻，她與他兩人並肩站在一樓搖滾區，是一對戀人的關係。

「……現在，你可以抱抱正在你身邊的那個人，如果你今天剛好是一個人來聽失眠星球唱歌的，沒關係，那我們四個人當你的朋友、你的情人、你的家人——」在充滿愛的歌裡，主唱的聲音無比治癒人心。

唐知菲望向左側的季沃，不偏不倚也對上他那雙茶色的眼瞳，兩人相視而笑。

演唱會結束後，唐知菲與季沃手牽著手，走在擁擠的人海中，分享此刻澎湃感動的心情，徒步前往今晚過夜的旅館。

先洗完澡的唐知菲肩膀披著浴巾，活蹦亂跳地趴上床尾，不顧自己還頂著一頭濕髮，興奮地只急著想上失眠星球的ＰＴＴ專板閱讀其他粉絲發表的熱騰騰演唱會心得。

不久，輪到一身清爽的季沃從氤氳繚繞的浴室走出，見她的髮尾居然還滴著水，他擰眉，

「頭髮怎麼還不吹乾？妳到時候感冒了我不會理妳。」

「別烏鴉嘴，我等一下會吹啦……哈啾！」她話未說完就自打臉，打了個響亮的噴嚏。

季沃無奈，居然產生一抹無法反駁的心軟，索性將圍在脖子的毛巾隨手擱在一旁，一把將唐知菲扛到梳妝台的椅子，撈過吹風機，打算先幫她吹乾頭髮。

他指骨分明的大手細心地梳理著她蓬鬆的髮絲，她坐著，他站著，這樣的視角很難不瞥見她的手機畫面，於是下一秒，就看見她正將手機桌布從原本的兩人背影合照，換成偶像的照片，還講究地後製符合桌布的尺寸大小。

「……欸，說好的儀式感呢，妳就這樣狠心拋下我的手機桌布不管？」

吹風機轟轟的運轉聲下，唐知菲隱約聽見身後的季沃冷不防冒出一句孩子氣的囁嚅，她狀似掙扎地摩挲下巴，一副癡漢樣，開啟手機備忘錄準備撰寫自己的演唱會心得，「沒辦法，我們主唱大人新上傳的這張美照太婆了，不換對不起我的良心。」

「……」

直到她一綹綹濕髮終於全乾，他才接續吹乾自己的頭髮。

不一會兒，吹風機的聲音熄滅了，整個房間一下子沉靜了幾分。

季沃不發一語地坐回床鋪。唐知菲連瞥都不用瞥，就注意到某人居然在鬧彆扭，於是快速敲完第一段最後一個字後，放下手機，跟著爬上床鋪。

她擠進他身旁的空位，似笑非笑，「吃醋喔？」

他故意不看她，神情說多傲嬌就多傲嬌，「誰吃醋了……」

尾音未落，唐知菲猛地探前，試圖讓他消氣，趁機往他喉結處輕輕地親了一下，仰頭竊笑，孰料，她這行為卻是引火自焚。

季沃耳尖一紅，天生清冷的眸子在這一刻滾著濃郁的曖昧，大掌捧住眼前人的雙頰，低頭吻上她飽滿的唇瓣。

兩人身上沾著相同的沐浴乳香氣，她手指捉著他胸口的衣料，情不自禁地加深了吻，一下、又一下……他轉而一手撫上她的後腦勺，另一隻手游移至她的腰側，侵略性地撬開齒間探入，舌尖輕觸，她被吻得頭暈轉向。

短暫的幾秒喘息，他聲嗓憨沉，撩得她渾身酥麻，「知菲，記得呼吸……」

她渾身發熱，只是鬼靈精怪地笑了，掐著撒嬌的氣音，「……不繼續嗎？」

♠

翌日。

他們推開那扇胡桃木門，一起回到了咖啡堂。

「我之後打算搬家，想換成大一點的空間。」

「為什麼？」

「以後是兩個人了，還有一隻狗，現在的屋子果然還是太小了吧。」

「這是求婚嗎。」

「妳猜啊。」

「不然這樣吧，娶我跟嫁我，讓你隨便選一個。」

「嗯，不管選哪個都是地獄……」

「喂——你現在是想讓我直接把你送上天堂嗎，好啊我可以成全你喔……還笑！你給我過來！」

病痊癒了。

任務解開了。

終於走出這條失戀之路了。

然後，在這一刻才發現，在盡頭等待著自己的，是那個人溫暖的笑顏，而這樣的存在，將成為另一個起點。

這將又會是一個全新的故事——

一個屬於唐知菲和季沃，兩個人的小日子。

【全文完】

要青春106　PG2889

要有光
FIAT LUX

她比咖啡療癒

作　　者	終　燦
責任編輯	石書豪、劉芮瑜
圖文排版	陳彥妏
封面設計	禾　風
封面完稿	吳咏潔

出版策劃	要有光
發 行 人	宋政坤
法律顧問	毛國樑　律師
印製發行	秀威資訊科技股份有限公司 114台北市內湖區瑞光路76巷65號1樓 電話：+886-2-2796-3638　傳真：+886-2-2796-1377 http://www.showwe.com.tw
劃撥帳號	19563868　戶名：秀威資訊科技股份有限公司 讀者服務信箱：service@showwe.com.tw
展售門市	國家書店（松江門市） 104台北市中山區松江路209號1樓 電話：+886-2-2518-0207　傳真：+886-2-2518-0778
網路訂購	秀威網路書店：https://store.showwe.tw 國家網路書店：https://www.govbooks.com.tw
總 經 銷	聯合發行股份有限公司 231新北市新店區寶橋路235巷6弄6號4F 電話：+886-2-2917-8022　傳真：+886-2-2915-6275

出版日期	2023年7月　BOD一版
定　　價	400元

Printed in Taiwan

讀者回函卡

國家圖書館出版品預行編目

她比咖啡療癒 / 終燦著. -- 一版. -- 臺北市 :
要有光, 2023.07
面 ;　公分. -- (要青春 ; 106)
BOD版
ISBN 978-626-7058-80-0(平裝)

863.57　　112004077